The Diogenes Variations, Op.5

第歐根尼變奏曲

Chan Ho-Kei

陳浩基

謹以此書獻給天野健太郎先生

曲目

TRACK **LIST**

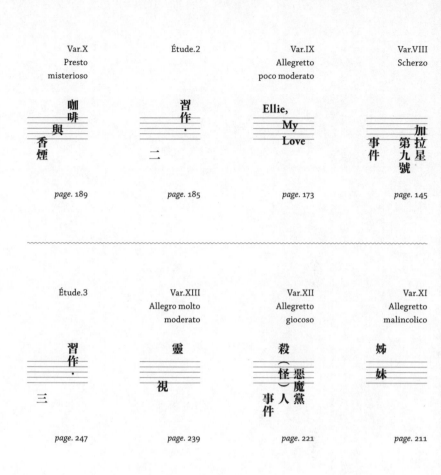

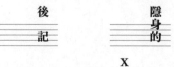

Var.I

Prélude:

Largo

窺伺藍色的藍

藍宥唯沒有愛上這位
跟自己名字相近的女生，
他愛上的是支配感、
是在陰影中一隅偷窺的快感。

一、

在人聲鼎沸的街道中，藍宥唯是個孤獨的人。他很清楚，身邊的行人不過是世間的過客，從離開母親的子宮，呼吸第一口混濁的空氣，在追逐金錢愛情理想等虛幻不實的數十載過去後，殘存的只是一副臭皮囊，只是細菌的養料。他站在喧囂的大街，低頭漠然地看著蒼白的雙手，感到自我的渺小。他對凡人的追求嗤之以鼻，因為這片枯黃的土地上，沒有真實的生存意義，只有虛偽的假設。這個世界沒有神，沒有目標，沒有終結，沒有意義。他相信自己比他人走得前，走得遠，可是，他知道即使多優越他也如同螻蟻。最叫藍宥唯不安的，是他了解自己只是芸芸眾生的一員，是沙漠中的一顆沙子。這股無力感無時無刻也在提醒他，在浩蕩的時代洪流下，他的生死毫不重要。即使他消失了，太陽如常照耀，社會如常運作，人類如常步向滅亡。

「哈。」

藍宥唯苦笑了一聲，繼續向前走。

藍宥唯不是個流浪漢，他有正當的職業，有穩定的收入，有自購的居所。他和常人一樣，會到超市購買日常用品，會上餐館吃飯，會到商場看看日新月異的科技產品。可是，這只是他為了融入這個社會刻意模仿的行為。在辦公室裡，藍宥唯是位優秀的軟件工程師，同事們更認為他是個認真的好男人，不煙不酒不賭不嫖。他在人前裝出平凡的面孔，假裝歡笑、假裝發怒、假裝憂愁。沒有人能觸摸他內心的黑暗，察覺那些異於常人的念頭。

鑰匙插進匙孔，厚重的大門被打開，鉸鏈金屬摩擦的聲音在走廊迴盪。藍宥唯放下公事包，解開領帶，嘆了一口氣，坐進每天下班回來坐慣了的座位。他伸手打開螢幕的電源，百多萬點像素在眼前慢慢發亮，他嘴角微微上揚。藍宥唯僅有的情感，只投射在冰冷的網絡世界上。

深藍小屋。

瀏覽器的首頁設在一個叫作「深藍小屋」的部落格，然而，這個網頁不是藍宥唯所有。天藍色的背景、卡通化的小屋圖案、心形的圖示，這些活潑輕快的元素，跟藍宥唯格格不入。

畫面上方顯示著昨天更新的內容。

「山本壽司的料理真是超好吃喔~~\(^o^)/~嘻~~雖然工作有點忙，但今天晚上跟麗子和娜娜去了吃壽司！很大片的鮪魚啊~~~！娜娜旅行歸來，買了可愛的小擺設送我，是隻陶瓷小貓……」 —— 2008.08.07

粉紫色的字體，別緻的日式顏文字，伴隨著七彩繽紛的照片，在虛擬空間上訴說著一段段無聊的經歷。字裡行間所透露的少女氣息，和坐在螢幕前、目不轉睛的藍宥唯形成奇妙的落差。藍宥唯兩年前無意間搜尋到這個部落格，自此他便著魔似的，無時無刻惦念著這些文字。那時候，在他瞥見「很高興！我今天找到工作了！(/^3^)/~」這平凡句子的一刻，冷漠平靜的內心忽然泛起了漣漪。對已經三十歲的藍宥唯來說，這是十分新鮮的經驗。他做過好些叫人不寒而慄的瘋狂事，但他從沒有像看到這個「(/^3^)/～」時那麼興奮。

藍宥唯緩緩地捲動著網頁，默念著畫面上的一字一句。「深藍小屋」的主人是個勤奮的女生，她在三年間幾乎每天也更新，把生活的點滴記下來。雖然，她沒報上真實姓名，只用上「小藍」這個網名，部落格的相冊中也沒放上自己或朋友的照片，可是藍宥唯對她的一切瞭如指掌。藍宥唯總是不明白，現代人一面替家中的窗子換上磨砂玻璃，一面卻大方地在網上公開私隱——今天在泰豐樓吃了豬扒飯、昨天在電影節看過《海角七號》、前天在羅斯唱片行遇上小學同學……統統上載到網上。

人類喜歡作出矛盾的決定。

藍宥唯如此結論。

「爸媽今天回來探望我，我去了接機。他們又重提舊事，說要接我一同過去……我就是喜歡這兒嘛！我捨不得我的朋友和工作啊。我也二十一歲了，不是小孩子喔！>_<;;」

——2007.09.14

這篇日記除了透露她的年齡外，更指出了她的父母已移民外地。

「今天第一天上班，便遇上了火警！好嚇人呢！>^;; 還好是小火，消防員們一陣子便把火撲熄了。有很多記者採訪呢！起火的那一層剛好是我們辦公室正上方，真是心有餘悸啊……」

——2006.08.03

只要拿當天的新聞比對一下，她在哪兒工作，甚至她上班的部門也一清二楚。

「午飯時同事們聊起租房子的話題。他們都說我一個女生獨居很大膽！那位親切的男同事叮囑我小心門戶，他說去年和前年也發生了歹徒入屋殺害獨居女生的可怕案件，建議我搬回市區居住。我不是弱弱的女生喲！我懂空手道的！高中時我是校際空手道大賽女子組冠軍！嘿！不過很感謝他的關心~~ (^3^) 我很喜歡這兒看到的日落景色啊！而且住慣獨棟的房子，我才不願意住擠迫的市中心單位耶。」——2007.07.06

日記下方貼著一幅從室內往外拍攝的照片，是夕陽映照的海濱。從拍照的角度、攝進鏡頭的露台欄杆和街道特徵，任何人也能說出拍照者住在南灣海灘附近兩層高的獨棟房子。

「昨天 M&Q 清貨大減價！我買了兩件小背心，是歐洲的名牌呢！跟我的黑色牛仔褲很相襯！」——2007.01.22

網頁附上衣服的照片，旁邊有衣架和手機。憑著手機和衣架的比例，這照片說明了她的身材。

「我報了日語班！和麗子一起！逢星期六晚上課，為了到日本自助旅行，我要努力啊！Yeah！」——2008.01.03

「嗚……我的小金魚比比死了……(TT_TT) 牠陪伴我已兩年多……比比，一路走好……」

——2006.12.08

「今天隔鄰搬來了一位漂亮的大姊姊，她和我一樣也是一個人居住呢！她真的很漂亮，身材又好，有點像那個叫Misa C.的日本模特兒！她告訴我，原來附近有個小石灘，雖然小石子會刺腳板，但水質比我常去的海灘更乾淨，人也少得多，我找天去看看！只是五分鐘路程，很近呢！這樣我夏天便可以每天享受海水浴了~~」——2007.11.02

「今天很高興，吃晚飯時碰到同事，搭了便車回家，省下不少時間~~(^_*)/」

——2008.04.26

林林總總，數年間的日記記錄著她身邊的瑣事。雖然每一篇也微不足道，藍宥唯卻把每一片積木堆疊起來，築構成「小藍」的全貌。她家境富裕，父母移民美國，獨個兒住在南灣，沒有考上大學，進了一間政府機構當見習生。她身高大約一米七，身材偏瘦，長髮，有輕微潔癖，對個人衛生用品十分講究，略懂空手道，喜歡日式料理……憑著十數幅照片的線索，藍宥唯找到她的住址——他已經不下一次，到她的住所附近查探，鎖定了她的房子。

藍宥唯沒有愛上這位跟自己名字相近的女生，他愛上的是支配感、是在陰影中一隅偷窺的快感。深藍小屋是世上唯一能勾起他情感的地方。可是，他每天也感覺到，這份感情逐漸消滅，有如為末期癌症病人注射嗎啡，劑量必須隨著時間增加，否則當藥物不能遏止痛楚時，終點只有一個——死亡。

一隻飛蟻停在螢光幕上。藍宥唯伸出手指，輕輕拈起飛蟻，夾著翅膀讓牠在指尖掙扎。藍宥唯歪著頭看了好一會兒，用力一壓，指頭傳來「卜」的一聲。把殘骸抹掉後，藍宥唯的注意力再次回到螢幕。他在瀏覽器上開啟新頁面，在常用的書籤裡選了「天空討論區」。天空討論區是個沒有人氣的網上論壇，只有五、六個看版，一個月也不一定有新文章。藍宥唯沒按進論壇，相反地，他點了點頁頂的廣告，一個宣傳免費下載螢幕保護程式的廣告。

卡嗒。

卡嗒。

藍宥唯點擊了廣告的兩個角落，畫面卻沒有變化。當他按第三個角落時，瀏覽器跳轉到一個新的網頁。這個頁面只有兩個可以輸入文字的框框，背景漆黑一片。熟悉電腦技術的藍宥唯知道這是一個浮動IP的網頁，沒有固定的網域名稱，如果剛才沒有在廣告的正確位置點擊三次，根本沒辦法找到這兒。他也知道，這個網頁並不是以 HTML 寫成，而是一整個 Flash 頁面，它所顯示的文字和圖片不能用簡單的方法擷取下來。他在文字框鍵入自己的稱號和密碼，按下輸入鍵，這個 Flash 頁面亮出多個欄目。

獵奇

兒童（男童）

兒童（女童）

性虐

自殺／自殘

犯罪

跟蹤

雜談

……

這是一個地下的討論區。藍有唯記不起從何時開始成為會員，他只知道這網站曾捲入賣淫及兒童色情的案件，管理員稍作迴避後便架設這個高度設防的討論區。只有成員知道登入的訣竅，而新成員要有三名舊成員推薦才可以加入，目的便是隔絕一般人和警方闖進。這是一個充滿邪惡的網站，瀏覽器的標題上正顯示著它的名字：Sin-City。

藍宥唯不特別喜歡這兒，他不是個看到兒童裸照或斷肢便會勃起的心理變態者，他只是嘗試在這個充滿原始慾望的陰暗角落裡找尋自我。他點進「性虐」，在網站內置的書籤功能中按進一串舊討論。第一篇文章附有二十幅照片，分別是兩個二十來歲女生的裸照，她們身上有被虐打的傷痕。照片的主角都彎曲著身子，痛苦地迴避拍攝者的鏡頭，極力地反抗著，可是隨著照片的編號遞增，相中人身上的傷痕愈來愈多，手腳也無力提起。雖然身上一絲不掛，這兩位女生的臉孔卻被打格，彷彿拍攝者不想讓人知道她們的身分。

這些裸照下方，只有四篇留言。

「我操，都上載到這網站了還打格？又沒有特寫又沒有插入，你還給我在臉上打格？」
——2006.06.06

「太假，模特兒過分造作，零分。」——2006.07.01

「這個不錯，樓主沒眼光〈拍手1〉」——2006.08.26

「樓主加油，請多發幾張〈拍手2〉」——2006.11.05

藍宥唯苦笑一下。這串討論在版上已兩年多，仍只得四篇回應，閱讀次數只有六十一。藍宥唯心想，網站的傢伙們都不知道這二十幅照片是他們一向推崇備至的真實犯罪，虧「二樓」的蠢貨還說模特兒造作。相中人是兩年半和三年前兩宗轟動的殺人案件受害者，當時東區先後有兩位二十多歲的獨居女性被擄走，及後赤裸的屍體被發現，縱使沒有強暴的痕跡，但死者身上傷痕纍纍，在死前遭到極為殘酷的虐打。其實只要留心細看，便會發現照片中的女生跟案件中的被害人有著相同的特徵，例如髮型、膚色、疤痕、黑痣、乳房的形狀、臀部的大小等等。可是，藍宥唯知道，一般人根本不知道這些細節，因為報章從沒有報道。

「人命不過如同螻蟻。」

他自言自語道。

藍宥唯離開版面，按進「跟蹤」。同樣地，他點進書籤功能，按下一項討論串。

「我在網上看上一個女生」

題目便是如此直接明快，沒有修飾地說明事實。

「我偶然找到一個女生的部落格，自此不能自拔。快一年了。我還找到她的家，知道她的工作和家庭狀況。我想擁有她，支配她的一切……」文字下方附上深藍小屋裡那幅小背心和黑色牛仔褲的照片。

「沒臉沒真相，給我看看她的樣子」——2007.07.06

「媽的，貼衣服的照片幹啥？沒有偷拍嗎？」——2007.07.14

「出浴照希望！」——2007.07.23

……

這一串比性虐版那一串熱鬧得多，雖然大部分人也只是瞎起鬨，沒有實質的提議。

「我和她已經很接近了。我想我會出手。她一個人住。」——2007.11.14

文字下方附有一幅失焦的照片，是一位長髮女生的背影。這篇留言下，他人的回應熱烈起來。

「去吧！去吧！記得拍照」——2007.11.15

「光說不做的不是男人」——2007.11.15

「為了證明是你的傑作，請你用馬克筆在她身上寫上『FUCK ME』再拍照」——2007.11.16

「不要衝動，慢慢部署才可能成功。你掌握她的生活作息時間嗎？有想過被撞破的可能嗎？釣大魚便要放長線，魯莽行事只會壞事。」——2007.11.16

「樓上說得對，不用急於一時。完美犯罪是要時間部署的」——2007.11.17

接下來有很多不同的意見，有提議趁著目標回家時用刀恫嚇，有提議打破窗戶，待目標睡覺時為所欲為。當然，有更多純粹鬧版的發言，想像比色情小說更下流更無稽的情節。討論斷斷續續的維持了好幾個月，甚至吸引了犯罪版的常客參一腳。

「實行前要好好考慮環境因素，替有可能出錯的地方預備應急方案，例如逃走失敗、被目標奪去利器、行事中途遇上第三者等情況。你打算幹到甚麼地步？Bang？Rock & BM？還是 Pop？前兩者會留下不少麻煩，後者雖然簡單乾脆，但實際上不少人到了那一刻只會手忙腳亂。」——2008.01.02

Bang 是強暴、Rock 是注射毒品、BM 是勒索、Pop 是殺害，以上都是論壇成員慣用的黑話。留言者一副專家的口吻，大概沒想過樓主是隻有殺人經驗的老鳥。藍宥唯每次看到這段用心的留言，都覺得比其他胡扯的討論更可笑。

「她現在逢星期六因為一些事情夜歸，我認為那是最好的時機。」——2008.03.25

「星期六晚出手最好，因為星期一至五晚出手的話，那女的翌日沒有上班便被揭發。你在星期六晚行事的話，星期天可以慢慢善後。你有甚麼計劃？」——2008.03.26

星期六的晚上。四個月前，藍宥唯已認定這個時段是下手的機會。

「這星期出手。請等我匯報。」——2008.04.21

「好！」——2008.04.22

「Bang! Bang! Bang!」——2008.04.22

藍宥唯清楚記得那忙亂的一晚。

「失敗了。那女的提早回家，還有男伴。我在旁邊埋伏，料想不到她有同伴相隨，被困在死角。幸好他們沒有發現我，待那男的離開後，我匆忙逃跑。趁她找鑰匙開門一刻從後施襲的方法似乎行不通，我需要更周詳的計劃。」——2008.04.27

藍宥唯當時的情緒高漲，焦躁和興奮交織，比起閱讀深藍小屋的文字，產生了更激烈的情感。他對自己的心情感到驚訝，灰藍色的世界一下子灑滿閃亮的紅點。藍宥唯念小學時試過自殺，在剃刀割下手腕的瞬間，他的心跳沒半點變化，而他冷靜的表現更讓發現他的老師以為這是意外。面對死亡，藍宥唯的情緒也沒有半點波動，可是那一晚他卻得到前所未有的體驗。

「廢物沒種」——2008.04.28

「別找藉口了，你根本沒去吧」——2008.04.28

「先暫停一下，重新部署再來。不要急於出手，愈急愈容易出錯。」——2008.04.28

大自然的捕獵者在獵物逃竄後，不會急於追捕。相反，牠們選擇回到黑暗中潛伏，靜待下一個時機。

「與其藏匿在屋外，不如在她回家前先潛入住所，最危險的地方反而最安全。如果對方的房子夠大，這做法比在屋外制伏對方容易，也不用擔心目擊者。」——2008.07.15

「不行，窗戶都鑲了窗花，我檢查過，沒辦法從窗口潛入。如果破壞大門的門鎖，她回來便會發覺。」——2008.07.20

「有沒有檢查過門前的地毯或花盆底？根據你的資料，那女的應該獨居於郊區，如果她忘記帶鑰匙便十分狼狽。一般來說，這種女生會預備後備鑰匙，而且放在十分顯眼的位置。她們認為愈明顯的地方，賊人愈是不會發覺，加上獨居的女生大都自以為是，這往往是她們的弱點。」——2008.08.02

上星期讀到這留言時，藍宥唯少有地放聲大笑。對，愈是明顯愈是容易忽略。他心想一旦事成，得要好好答謝提供這意見的傢伙。

「好，我星期六動手。祝我好運。」——2008.08.03

時間配合得近乎完美。藍宥唯內心深處的黑色血液，再一次沸騰起來。

「叮咚。」

門鈴響起。

藍宥唯離開座椅，把右眼放在大門的防盜眼上。透過魚眼鏡，門外男人的臉龐變得非常寬闊，他正要再按下門鈴。藍宥唯打開大門。

「速遞公司送件，請簽收。」門外的男人捧著一個像薄餅盒大小的瓦楞紙盒，以公式化的語氣一成不變地說出每天說上數十次的對白。

「麻煩你。」藍宥唯堆起笑容，在單據上簽字。「快九時了，工作真辛苦啊。」速遞員微微點頭，說：「嗯，星期五的貨件總是比較多。」

藍宥唯爽朗地把單據交回速遞員手上，對方微微鞠躬，轉身離開。

關上大門，藍宥唯的笑容隨之消失。他看了看包裹，眼神流露出異樣的光芒。

時間配合得非常完美。

藍宥唯戴上橡膠手套，打開了紙盒。裡面是一套粉藍色的比堅尼。他五天前在拍賣網站訂購這件綁帶式的比堅尼，沒想到今天便到手。他小心翼翼地撿起比堅尼的上截，檢查有沒有破損或瑕疵。他這麼小心，是因為他知道警方可以從衣物纖維和汗水找到指出犯人的線索。

拍賣網站對藍宥唯來說是個大寶庫。只要懂得門路和技巧，任何人也可以買到意想不到的貨物，而且警方難以從中找到證據。舉例說，犯人在凶案現場留下刀子，警方只要追查販賣刀子的店舖，便輕易地縮小犯人的搜查範圍。然而，今天犯人可能在世界各地利用郵購購買刀子，警方便沒可能調查全世界的刀販。藍宥唯不但買了軍刀，連軍用的夜視鏡也以便宜的價錢到手——自從二十年前蘇聯解體，不少軍備流入市面，加上網絡發達，要購買這些稀奇古怪的物品，易如反掌。

明天。明天便是決定命運的一天。不過藍宥唯還有一件事情要處理。

「喂喂，我是阿唯。」藍宥唯撥了電話。

「哦？怎麼了？」電話的另一端是他的同事。

「明天的宿營我不能來啦。」

「咦？為甚麼？」

「家裡有突發的事情啊，很抱歉呢。」藍宥唯以親切的聲音說道。

「哎……這……這活動是你提議的嘛！還要我當負責人！我在這麼短時間內籌備好一切，你卻放我們鴿子？」對方在抱怨。

「這真是我控制不了的事情，下星期午飯讓我請客當賠罪，好嗎？Tony's或翠華軒悉隨尊便。」

「這又不用。我們會努力玩樂，讓你後悔錯過了這精采的活動！嘿嘿！」

藍宥唯在同事間一直表現出爽朗的一面。他們不知道，他暗中掌握了各人的性格，偷偷地調查各人的底蘊。藍宥唯入職一年半已獲晉升兩次，上司都讚賞他的辦事能力和頭腦。他們更不知道，他利用各個機會，甚至複製了同事的鑰匙，竊取不少機密資料，才能提出有效的方案。

他並沒有意圖爭取表現。

他只是在尋找在陰影中窺伺的快感。

類似在深藍小屋找到的快感。

二、

星期六晚上九時。

藍宥唯泊好車子，離開了駕駛座，關上車門，環顧四周的景色。為了這天，他差不多每個週末也來巡視一遍。南灣區的路，他幾乎比當地人更清楚。哪兒有遊人出沒，哪兒比較僻靜，哪兒的住宅有徹夜不眠的小伙子，他都心裡有數。藍宥唯沒有往目標的房子走去，相反地，他走進街口轉角的便利店。

從雪櫃拿出一瓶果汁，藍宥唯在櫃檯上放下硬幣。店員瞄了他一眼，微微點頭，藍宥唯報上微笑。過去，藍宥唯打扮成攝影愛好者，特意在這位店員面前露臉，有次更問對方有沒有某種底片，閒聊幾句，讓對方留下印象。他知道，如果行動失敗，他被人目擊便無法解釋他在這兒的原因，所以他反其道而行，刻意讓第三者留下印象，萬一事敗，也有人作出「這男人經常在週末來拍夜景，他說這兒離市區較遠，星空較為清晰」的供詞。

藍宥唯回到車子，放下果汁，戴上手套，從行李廂拖出兩個大背包。

從泊車的地方往那棟房子，大約要走十分鐘。藍宥唯特意把車子泊到偏僻的區域，就是為了從小路接近——從小路走到房子，只會經過兩棟住宅，被看到的可能性也大為降低。飛蛾圍繞著昏暗的街燈，偶然跟燈罩碰上，發出輕輕的「啪」的聲音。遠處傳來狗吠聲，而一路上，藍宥唯沒遇過半個人。

終於來到門前。

藍宥唯小心留意四方，再輕輕的靠近門邊。他屏息靜氣，細心傾聽，房子裡沒有聲音。

一切按照計劃進行。

藍宥唯蹲下身子，發覺門前沒有花盆，不過他跟前正好有一張褐色的地毯。他翻開一角，便看到那個放鑰匙的好地方。

完美。

他壓抑著內心的興奮，用鑰匙輕輕打開了鎖，再把它放在地上，把地毯重新蓋好。沒有人能看出地毯被人移動過。

他走進房子後，關上大門，打開手電筒。雖然藍宥唯只到過這房子的門前，從沒進過屋內，但他對室內的裝潢毫不陌生，因為他在深藍小屋看過無數的照片。他打開大背包，拿出一卷塑膠布，鋪在地上。從玄關開始，往客廳鋪過去，不一會把整層地面都鋪好。計劃中，藍宥唯沒打算在這兒動刑，不過以防萬一，這些動作是必需的。基本部署已完成，餘下的只有等待。

時間太早了。藍宥唯心想。看看手錶，現在不過是九時半，他的獵物不會這麼早出現。突然間，一股莫名的衝動湧上，藍宥唯看著樓梯，很想往二樓看看。他用塑膠袋包裹著雙腳，謹慎地一步一步踏上木造的樓梯。

二樓也如同照片所見，淺藍色的牆紙配上白色的房門，左邊是洗手間，右邊是睡房。藍宥唯剎那間明白到內衣褲小偷的感覺，偷竊只是手段，精神上侵犯物主才是重點。他往右踏前一步又停下來，搖了搖頭。想不到自己差點淪為跟內褲小偷同級的變態。這一天他感情上的波動，遠超他的想像。

藍宥唯拿手電筒照亮洗手間，卻看到令他驚訝的東西。這東西怎麼在這兒？藍宥唯像是著了魔，伸手把那東西拿起。那是一柄天藍色的牙刷。這一刻，他終於忍受不住，冒著留下證據的風險，伸出舌頭，舔拭牙刷的刷毛。他的手不停顫抖，快感從頸椎延伸至腰間。

我已經淪為比內褲小偷更不堪的變態——

藍宥唯放下牙刷，搖著頭苦笑。

回到地面，藍宥唯開始了漫長的等待。大約要等一個多小時吧，他心道。他把手電筒關掉，坐在窗戶旁的地上，透過玻璃看著通往大門的小路。時間一分一秒溜走，他的內心也愈趨平靜。就連藍宥唯也覺得不可思議，他滿以為這刻會精神亢奮，看來剛才的情緒波動令他的大腦分泌了大量多巴朘，這時身體適應下來。

來了。

藍宥唯看到一個長髮及肩的女子，慢慢地走上小路。她一路上左顧右盼，留意著暗處有沒有人。藍宥唯站起來，壓低呼吸聲，站到離大門不遠的角落。他戴上夜視鏡，即使室內漆黑一片他也看得清清楚楚。憑著輕微的腳步聲，他知道目標人物已來到大門前，正準備打開門——

叮——咚——叮叮叮咚——

「該死！忘記關手機！」藍宥唯一手蓋著褲袋中的電話，盡力把鈴聲的音量減低，但對方也可能聽到。藍宥唯想過立即把手機關掉，可是，如果對方已聽到最初的響聲，特意把手機關掉正好告訴對方有人在房子裡。藍宥唯只有希望對方聽不到，或是以為這是屋裡的鬧鐘或電話鈴聲。

手機響了十數秒後，回復寧靜。對藍宥唯來說，這十餘秒跟數月前在這棟房子外遇上事情時的數分鐘差不多，縱使時間上相差十倍，忐忑不安的心情卻如出一轍。

進來吧！進來吧！他心裡默唸。

「卡」的一聲，大門的門鎖被扭開。

藍宥唯不敢鬆懈，盯著門把手，視線沒有離開。

慢慢地，大門打開，獵物進入了陷阱。她沒有亮著電燈，先是關上門，鎖好。當她回過身子，卻發覺腳下有些異樣。

「怎麼……塑膠布？」

藍宥唯衝前，用手上浸了哥羅芳的手帕掩著對方的口鼻，那女生還沒來得及呼救便暈倒地上。藍宥唯脫下夜視鏡，亮著電燈，掏出手機。

之前來電的，是去了宿營的同事。真該死。

※

「妳醒來啦？」凌晨三時，那女生輾轉醒過來。這數小時裡，藍宥唯沒有閒著，他先是回覆同事的電話，寒暄幾句，用相機拍了幾幅夜空的照片，以防事敗也有合理的在場理據，再回到房子裡，把昏倒的女生拖到客廳中央，然後徹底檢查了她的手提包。

「我……」女生迷迷糊糊地從地上坐起身，撥開垂在眼前的長髮，突然驚覺眼前的情況，說：「你、你是誰？為甚麼……」

「不用急，林綺青小姐。」藍宥唯坐在鋪了塑膠布的椅子上，丟下一個皮夾，說：「初次見面，妳好。」

「你看過我的……你是誰？你想對我怎樣？」林綺青驚惶地說，蹣跚地從藍宥唯身旁逃開。

「請不要動，我不想傷害妳。」藍宥唯亮出了二十公分長的鋒利軍刀，說：「妳很清楚這兒十分偏僻，即使喊破喉嚨也沒有人聽到，而且我已作好一切準備了。」

林綺青看到軍刀，再看到地上的塑膠布，心裡明白了八九分，嚇得說不出話來。

「妳放到網上的照片，我全都有看。妳寫的文字我統統記得。為了今天，我花了很多很多工夫。四月底我試過抓妳，可是不成功。皇天不負有心人，今天妳終於落入我手裡。」

「你……我……」林綺青結結巴巴，沒法說出完整的句子。

「妳不要考慮反抗，妳那些三腳貓功夫或者對女生有效，但我敢說妳動手的話吃苦頭的只會是自己。而且，我手上還有這玩意。」藍宥唯從背後拿出一柄短短的電擊棒，他按下按鈕，頂端的兩片金屬爆出一道耀眼的電弧，「滋啪滋啪」的聲音令人膽怯。

林綺青瞠目結舌，完全被藍宥唯的氣勢壓倒。

「妳跟我合作一下，我不會難為妳。」藍宥唯把電擊棒收回身後，裝出一副老好人的樣子。

林綺青看了看四周，跪坐在地上，明白自己的處境。她點點頭，眼眶漸漸變紅。

「好，請妳面向我，脫去衣服。」藍宥唯說。

「咦？」林綺青臉色蒼白，嘴唇微張，像是不敢相信自己的耳朵。

「脫。」

林綺青一邊發抖，一邊站直身子。她先脫下運動鞋和短襪，腳板接觸到地上冰冷的塑膠布時，她不由得打了個冷顫。她身上穿著一件深紅色短袖T恤，下半身是一條深藍色的牛仔褲。慢慢地，她脫去T恤，丟在地上，解開牛仔褲的鈕扣，把褲子褪到腳邊。外衣下是黑色的胸罩和內褲，黑色的蕾絲邊突顯出她嫩白的肌膚。

林綺青垂下雙手，羞怯地低著頭站在藍宥唯眼前。

「脫。」藍宥唯面不改色，只說出一個字。

一滴眼淚從林綺青的眼角滴下，她用手擦了一下，便伸手解開胸罩的扣子。她用左手覆蓋著豐滿的胸部，不情不願地，以右手拉下黑色的內褲。內褲沿著修長的大腿掉落，她用手遮掩著私處。

「放開手。」藍宥唯命令道。

林綺青稍有猶豫，但她看到對方手上的軍刀，只好照辦。她放開雙手，乳頭和私處暴露在藍宥唯眼前，她別過臉去，避開他的視線。

「把衣服摺好。」

「咦？」林綺青以為自己聽錯了。

「把T恤、牛仔褲和內衣褲摺好。」

一絲不掛的林綺青跪在地上，戰戰兢兢地把衣服摺得整齊。藍宥唯突然站起來，她嚇了一跳，心想對方要來侵犯自己。然而，藍宥唯只是彎腰拾起林綺青的手提包丟給她。

「把衣服、鞋襪和皮夾放進袋子裡。」

林綺青依著做後，藍宥唯拿出一件比堅尼，丟在她跟前。

「穿上這個。」

林綺青摸不著頭腦，但穿上暴露的泳衣總比赤條條好，二話不說把這套粉藍色的比堅尼穿上。因為是綁帶式的比堅尼，泳衣尚算合身，更讓她的美好身段表露無遺。

「還有這雙。」

藍宥唯放下一雙簇新的、塑膠造的拖鞋。拖鞋的底部很厚，像是一般人穿到海灘和游泳池那種。林綺青這時才留意到，藍宥唯雖然戴上了手套，穿上長袖衫和長褲，腳上竟然穿了一模一樣的拖鞋。

林綺青穿上拖鞋後，藍宥唯示意她拾起手提包，轉身面向大門。林綺青瞥見放在椅子上的電擊棒，可是藍宥唯拿著刀子擋在她身後，她無法找到機會發難。

藍宥唯揹上背包，用左手搭著林綺青的左肩，站在她身後，和對方相距半個身體的距離，一同離開房子。他謹慎地握著刀子，不讓它碰到林綺青的肌膚，另一方面，他把左手拇指架在對方後頸，食指用力按著鎖骨，讓對方知道若然逃走，他的刀子一定比她快。藍宥唯輕輕關上大門，但他沒有上鎖。

在昏暗的街燈映照下，二人往房子後的小石灘走去。由於已是三時多，夜深人靜，附近沒有半個路人，當他們轉進往石灘的小路時，林綺青更了解遇上途人的機會極之渺茫。不用五分鐘，他們已來到空無一人的海邊。

藍宥唯戴上掛在頸邊的夜視鏡，左手仍緊緊扣著林綺青的肩膀。他輕輕一推，林綺青走上石灘，小石子發出「滴嗒」的聲音。藍宥唯低著頭留意腳步，雖然石子上難以留下足印，他仍慎重地重複踏著林綺青所走過的每一步。

走到和海邊還有二十多米時，藍宥唯停下來，說：「停。把手提包放下。」

林綺青動彈不得，只好把手提包放在地上。

「繼續走。」

兩人一前一後，繼續向海邊走去。愈接近海邊地上的石子愈幼細，變成粗糙的砂粒，腳印也開始明顯。藍宥唯仍舊踏著林綺青的腳印前進，他最擔心的便是這兒會露出破綻，雖然他知道兩小時後漲潮，這些腳印應該會被海浪沖散。

「好冷！」黑暗中，林綺青突然發覺自己已走到水邊，海水沖上她的腳踝。

「脱去拖鞋。」藍宥唯命令道，林綺青把鞋子脱下。

「戴上手套。」藍宥唯用握著軍刀的右手，以食指和拇指慎重地從後褲袋拿出一雙橡膠手套，放在林綺青的右肩上。在微弱的月光下，林綺青好不容易才戴上手套，但她愈來愈不明白這到底為了甚麼。

「繼續走。」

「但……前面是……」林綺青緊張地問。

「繼續走。」藍宥唯冷漠的聲調就像海浪聲，沒有絲毫感情。

兩人往大海走出去。林綺青穿著泳衣走進水裡，但藍宥唯仍是一身長袖T恤和長褲，濕透的布料令他的動作不大靈活。水位淹過林綺青小腿、膝蓋、大腿、小腹、胸部，但藍宥唯還沒有停下來的打算。當水淹至林綺青的下巴時，她按捺不住，說：「我們到底要走到哪兒？你想幹甚麼？」

藍宥唯比林綺青高一個頭，但水也淹過他的胸口。他停下腳步，把水中的刀子收到掛在後腰的刀鞘。他抓著林綺青的肩頭，在水中走到她面前，說：「剛才我說過，妳合作的話我不會傷害妳，是嗎？」

林綺青猶豫地點了點頭，心想只要能逃走，被強暴也得接受。

「很抱歉，我撒謊了。」

藍宥唯話沒說完，右手突然按住林綺青的頭頂，用力的往下按。林綺青猝不及防，加上水位甚深，她一被對方按進水裡，下半身便浮起，沒法抓住重心。她雙手亂抓，但藍宥唯特意仰後上半身，她只能抓住藍宥唯的雙臂。

掙扎。

在死亡邊緣的掙扎。

藍宥唯沒有感到興奮。殺死這個手無寸鐵的女生，他覺得和殺死一隻飛蟻沒有分別。

五分鐘後，藍宥唯一再確定對方沒有呼吸後，放開雙手。林綺青的身體，背部朝天，在水面飄蕩。藍宥唯替她脫下手套，看清楚指甲上沒有抓破手套和自己的衣服，放手讓她隨水飄流。這兒的海流向東。藍宥唯事前做過調查，知道這兒漲潮時，海流會向東流動，所以屍體不會立即沖回岸邊，大約六小時後，林綺青才會在南灣區東面的中竹灣碼頭被發現。屍體在水浸泡愈久，身上的證據便消失得愈多。

藍宥唯狼狽地往石灘另一端游去。全身的衣服濕透，背上又有一個大背囊，他想不到它們如此重。在遠離他們下水的地方，藍宥唯回到岸上，趕緊脫下濕透的衣服和手套，把它們稍稍扭乾，和拖鞋、軍刀、林綺青穿過的手套一同放進從背包拿出來的一個塑膠袋。他從背囊拉出另一個密封的塑膠袋，打開，拿出一條毛巾。塑膠袋裡還有一套和他剛脱下來一模一樣的衣服，同樣的長袖衫，同樣的長褲。藍宥唯用毛巾抹乾身子，穿上衣服，再從背包拿出另一個密封袋，裡面有一雙運動鞋和襪子，它們都是在把林綺青迷暈後，換上拖鞋前他所穿著的。

藍宥唯迅速地回到房子，戴上新的手套，把傢具放回原來的位置，收起所有鋪地的塑膠布，再三檢查帶走了所有不是室內原有的物件。他檢查林綺青的手提包時，取走了好些私人物品，他也一一點算，恐防遺留一點證據。他確定一切還原後，關上燈，關上大門，從地毯下撿起鑰匙，鎖上大門。藍宥唯脱下手套，和鑰匙一同塞進褲袋，留意附近沒有第三者後，拿著照相機大模廝樣地沿著小路回到自己的車子。

呼。

坐上駕駛座時，藍宥唯嘆了一口氣。事情比想像中順利。時間是凌晨四時半。藍宥唯打開了背包，再一次檢查有沒有遺下物品。手電筒、電擊棒、麻繩、膠布……他謹慎地做了張清單，這是第二次檢查。所有物品核對正確後，他突然想起一件事，從背包中拿出一部數碼相機。他拿起數小時前購買的果汁，扭開瓶蓋，喝了一口，再單手按動相機的播放鈕。細小的顯示螢幕裡，展示著地下論壇性虐版那二十幅裸體女生的照片。和網上的照片不同的是，這些照片中，女生的臉孔沒有打格。

「該死，我忘了拍照。」

回到市區的家裡，已是清晨五時半。藍宥唯倒在睡床上，可是他知道工作還沒結束。他必須把塑膠布、手套和拖鞋在早上垃圾車處理廢物前丟掉，把衣服放進洗衣機，運動鞋也得徹底清潔。他知道警方找上自己的機會很微，可是，他得盡量處理所有細節。

星期日早上十時，藍宥唯打開了瀏覽器，按進即時新聞的網站。雖然他很想睡，但他知道這是關鍵時刻，畢竟六小時前他殺了一個人，警察找到屍體的話，他一定要比他們更快行動。喝著咖啡，藍宥唯每五分鐘便按一下F5，重新載入網站的內容。

時間愈久對他愈有利。

一個一個鐘頭過去，還沒有新聞。藍宥唯累得差點想主動報案，他想警察和記者的效率也未免太低了。晚上九時，藍宥唯終於等到消息。

「（20:20）**中竹灣碼頭發現女子屍體，警方初步相信是溺水致死，現正核對失蹤者名單。**」

藍宥唯仰身靠在椅背。雖然他累得要死，但他知道現在只餘下一件事情需要確認。他按下瀏覽器的首頁按鈕，回到「深藍小屋」。

「**今天玩得很快樂！我在海邊游泳，游了好幾個小時呢！呵呵！太累了，明天才補完日記吧～～\(^3^)/～chu～**」——2008.08.10

藍宥唯看罷立即倒在床上，呼呼大睡。

三、

週一早上八時，藍宥唯睡了十一個鐘頭。他打開電視，早晨新聞沒有報道林綺青的案件。他打開門拾起報紙，翻了又翻，在一個角落找到新聞。

晚間游泳女子　意外溺水死亡

【本報特訊】一名女子疑因單獨於晚間游泳，期間不適，遇溺身亡。死者林綺青（25歲），獨居於南灣區，昨晚八時，中竹灣碼頭有人發現浮屍，於是報警。死者身穿泳裝，身上無身分證明文件，警方沿著海岸一帶調查，在南灣附近得悉有人在荒僻石灘上拾得手提袋，內有林女的錢包及衣服。南灣警署昨日中午發現手提包及沖上石灘的拖鞋時，已懷疑有人遇溺，晚上在中竹灣警署協助下終證實林女身分。消息透露，事發的石灘並無救生員及更衣室等設施，位置也只有少數居民知道，因為遊人稀少，部分居民喜歡前往戲水。警方相信林女是前日午夜至昨日凌晨期間遇溺，死因無可疑。警方呼籲市民切勿單獨游泳，亦不應到僻靜的海灘或晚上游泳，以免樂極生悲。

藍宥唯放下報紙，穿上襯衫和領帶，準備上班。雖然他的布局沒有被警方識破，但他沒有感到特別高興，他只是對事情終於回復平常感到安慰。

回到辦公室，接待處的小姐一看到他，便說：「藍先生，有兩位探員找你，他們在一號會客室。」

「哦？」藍宥唯裝出一副奇怪的表情。他在座位放下皮包，沖了杯咖啡，便向會客室走去。

「閣下是藍宥唯先生嗎？」兩個胸前掛著警員證的高大探員，站了起來。「我是吳探員，他是歐陽探員，我們……」

「找我協助調查嗎？」藍宥唯放下咖啡，笑著說。

「咦？」兩位探員愣了一愣。

「我說笑罷了。」藍宥唯跟他們握手，說：「你們的組長跟我說過，今天你們是來學習使用新的指紋辨識系統吧。我倒沒想過你們這麼早來到。」

吳探員和歐陽探員微笑地點頭。

藍宥唯在警方的資訊系統部工作，他是一位軟件工程師。雖然他不是警察，只是個合約員工，但他負責替警方開發和維修內部使用的軟件，包括聯絡系統、資料庫、以及一些能協助調查的程式，像指紋核對系統等等。由於他是負責維修系統的程序員，他在資料庫擁有極高的存取權限，能查閱很多市民不知道的內幕，包括凶案中死者的樣子和詳細的驗屍報告，所以他認出地下論壇那二十幅照片屬於東區命案的兩位受害者，更揭開了惡名昭彰的東區色魔的真正身分——縱使當時他只知道對方的ID，並不知道對方的名字叫「林綺青」。

藍宥唯不是個擁有正義感的人，事實上，他對東區色魔是誰沒有興趣。他唯一樂趣是閱讀深藍小屋的日記，在暗中窺伺著小藍的一舉一動。在發現深藍小屋後的四個月裡，他感到十分愉快，可是隨著日子流逝，他對每天等待小藍更新日誌感到不耐煩。他渴望從另一個角度去偷窺深藍小屋的主人。藍宥唯決定辭掉原來的工作，加入小藍任職見習生的政府部門。花了一個多月，他在二〇〇七年二月成功獲警方的資訊系統部聘用，更不動聲色地，在百多人的部門裡認出那位藍色的女孩。她的名字叫周美藍。

為了能在近距離觀察周美藍，藍宥唯努力爭取表現，讓自己可以選擇接手的方案，跟周美藍同組。藍宥唯從沒感到如此滿足。他知道這不是愛情，他只是在享受掌握他人的快感。當他仍在享受這一切時，意想不到的麻煩從天而降。

二〇〇七年七月。

「我在網上看上一個女生」

藍宥唯竟然在地下論壇裡，看到了深藍小屋的照片。那是小藍在M&Q購買的小背心的照片，藍宥唯也曾在部門的聯歡活動中見過小藍穿著。對方跟自己一樣，是個窺伺者。可是，藍宥唯從來不相信互聯網，他認為把自己的想法、欲望或衝動跟他人分享是極之愚蠢的行為。知道他人看上小藍，他感到不是味兒，最糟糕的，是他憑著發文者的ID，在性虐版看到那些照片。

盯上小藍的是東區色魔。

東區色魔為甚麼在論壇上談論下次的犯罪目標？藍宥唯猜想對方一定很想把自己的「作品」公

諸於世，可是他卻苦無機會。即使上載了受害人的照片，換來的卻是愚民的嘲諷，這個犯人又不能明言。所以他隱瞞身分，作出新的犯罪宣言，希望招來他人的注視——在這個地下論壇他可以找到共鳴。

翌日，藍宥唯在午飯時借題發揮，勸說小藍搬回市區居住，可是她說自己是空手道高手，又說住慣了不想搬家。藍宥唯無計可施，只好緊盯著論壇。東區色魔的兩宗案件相差半年，從犯案手法來看，犯人不是個魯莽的傢伙，他會好好部署才出擊。藍宥唯相信，只要留意周美藍身邊的事情，便能防患於未然。

過了四個月，犯人沒有動靜，藍宥唯猜想對方可能已放棄，怎料突然看到犯人的留言：

「我和她已經很接近了。我想我會出手。她一個人住。」——2007.11.14

藍宥唯對自己的疏忽感到驚惶，因為他掌握了周美藍每天的行程、生活節奏、朋友脈絡等等。

藍宥唯急忙翻看深藍小屋的文章，終於找出盲點：

「今天隔鄰搬來了一位漂亮的大姊姊，她和我一樣也是一個人居住呢！她真的很漂亮，身材又好，有點像那個叫 Misa C. 的日本模特兒！她告訴我，原來附近有個小石灘，雖然小石子會刺腳板，但水質比我常去的海灘更乾淨，人也少得多，我找天去看看！只是五分鐘路程，

很近呢！這樣我夏天便可以每天享受海水浴了～～」——2007.11.02

東區色魔是個女性！藍宥唯頓時明白案情的細節——東區色魔的受害人沒被強暴，不是因為犯人性無能或性冷感，是因為她是女人！藍宥唯看過不少案件的資料，知道部分性罪犯只有在對受害人施加虐待時才能勃起，所以當初他知道東區色魔的案件裡，受害者被折磨得體無完膚卻沒被強暴覺得十分不合理。他曾懷疑犯人是個患有嚴重性機能障礙的病人，沒料到結論簡單得多。

知道犯人所在，知道她下一個目標，可是，藍宥唯卻陷入兩難。如果他揭發事情，犯人落網，周美藍逃過一劫，犯人看上周美藍的原因便會曝光。小藍一旦知道犯人是因為她的部落格而盯上她，她一定會放棄繼續寫日記。沒有深藍小屋，藍宥唯便像失去嗎啡的癌病病人，生不如死。如果他不舉發犯人，小藍被殺，深藍小屋一樣不會再有更新。

考慮了兩天，藍宥唯決定使用最消極的方法：拖延。

「不要衝動，慢慢部署才可能成功。你掌握她的生活作息時間嗎？有想過被撞破的可能嗎？釣大魚便要放長線，魯莽行事只會壞事。」——2007.11.16

藍宥唯留下這篇留言，希望爭取時間讓他作出部署。可是，在〇八年四月二十六日的星期六晚上，犯人終於出手。藍宥唯慶幸對方下手前在論壇留下訊息，於是他特意到小藍上日文課的學校外監視，更待她上完課吃晚飯時假裝碰見。藍宥唯堅持用車送她回家，目的便是打亂犯人陣腳。他把小藍送到家門前，看著她進入房子後，還借故打電話跟她閒聊確認她的安全，在附近駛了一圈回到房子前的街角進行監視，翌日清晨才離開。當藍宥唯和小藍來到門外，他警惕著四周——犯人會不會突然撲出來？她有甚麼武器？她會殺死我嗎？藍宥唯面對死亡從容不迫，但對不確定生死的瞬間感到十分迷惑。割腕、服毒，也不及被他人殺害刺激。在門外的數分鐘，藍宥唯真正嘗到活著的滋味。

讀過犯人在論壇提出的失敗報告後，藍宥唯才知道當時對方近在咫尺。可是，犯人沒有打算放棄，她明言「需要更周詳的計劃」。藍宥唯了解到唯一的解決辦法——先下手為強，在小藍知悉事情前殺死犯人。

「先暫停一下，重新部署再來。不要急於出手，愈急愈容易出錯。」——2008.04.28

藍宥唯再一次利用留言拖延對方。不同於上次，藍宥唯積極籌備這個殺人計劃——研究地圖、計算海流和潮汐、到南灣放哨、製造喜歡拍攝夜空的假像。他花了三個月時間在這些項目上。

然而，藍宥唯準備得七七八八，卻沒想過犯人遇上瓶頸。她想不到入侵的方法。藍宥唯也開始心急，因為他的計劃只適用於夏天。他要偽裝犯人遇溺死亡。

「有沒有檢查過門前的地毯或花盆底？根據你的資料，那女的應該獨居於郊區，如果她忘記帶鑰匙便十分狼狽。一般來說，這種女生會預備後備鑰匙，而且放在十分顯眼的位置。她們認為愈明顯的地方，賊人愈是不會發覺，加上獨居的女生大都自以為是，這往往是她們的弱點。」——2008.08.02

當藍宥唯看到這留言時，實在有說不出的高興。這真是天大的鬼話！甚麼獨居的女生會在門外預備鑰匙！電影看得太多嗎？可是，這傢伙說得頭頭是道，犯人也一定相信。於是，藍宥唯掌握了犯人出手的日期，只要想方法支開小藍，讓她星期六晚不能回家，他便可以來個螳螂捕蟬，黃雀在後。

八月九日晚上，藍宥唯來到小藍家門前。他在辦公室早已偷偷複製了小藍的門匙，可是他從沒留意這房子外有沒有地毯或花盆。他曾擔心地毯會不會被貼牢在地上，或者放下鑰匙後蓋上會不會讓地毯隆起來。當他翻開地毯，發覺地毯下有個微微凹陷的小洞，直覺告訴他這是個完美的布局。他打開門鎖，把門匙藏到地毯下，等待犯人自投羅網。

一如所料，犯人是位女性。她拿了地毯下的鑰匙開門，再把門匙放回原位，接著一進門便被藍宥唯用藥迷倒。藍宥唯檢查了她的手提包，發覺好些驚人的物品，有麻繩、膠布、數碼相機，最可怕的是一把電擊棒。如果犯人剛才握著電擊棒，藍宥唯便會反過來被擊倒。他猜想，東區色魔的犯案手法是利用電擊棒把目標震昏，再把受害者帶到秘密的地方虐待。周美藍家門前比較空曠，犯人較難埋伏，所以一次失敗後改變策略。

藍宥唯找到犯人的皮夾，知道了她的名字。林綺青。看著昏倒地上的林綺青，藍宥唯突然閃過一個怪念頭，以其人之道還治其人之身，把她虐打後再拍照上傳地下論壇。可是，藍宥唯立即否定這想法，一來他的計劃中不容許死者身上留有傷痕，二來他深信這樣做只會破壞犯罪的過程，帶來不必要的麻煩。雖然他曾想過為犯人拍一張照片作為記錄——他想三天後他便會忘記林綺青的長相——可是到頭來他還是忘記了。

接下來一切順利。偽裝游泳、偽裝遇溺也沒問題。只是，他沒想過林綺青被威脅時，表現驚慌失措，還流下眼淚。藍宥唯以為東區色魔跟自己一樣，是個缺乏情感的異類，想不到她一如普通人。事後想起，藍宥唯也明白，缺乏感情的人才不會隨便下手殺害不相識的對方，就是感情豐富、欲望氾濫的人才會走上這條路。畢竟殺人是件吃力不討好的麻煩事。在沒有驚動周美藍的情況下，藍宥唯在她的家逮住意圖殺害她的林綺青，並且反過來殺死對方。即使警方發現林綺青的死亡有疑點，也沒可能懷疑案發地點是毫不相干的周美藍的家——縱使她們是鄰居，林綺青住在周美藍房子不遠處。

※

「阿唯！你這個笨蛋！」完成指紋辨識系統的講解，送走兩位探員後，藍宥唯的同事李麗麗跑到他的面前大嚷。

「怎麼了？我有甚麼得罪妳了，麗子大小姐？」藍宥唯裝出輕佻的語氣說。

「你上星期突然提議辦甚麼小組宿營，還推了小藍當活動負責人，竟敢放我們鴿子？」李麗麗不快地說。

「家中有事嘛。」藍宥唯聳聳肩。

「如果不是你提出，小藍才不會費心機抽時間籌備呢！為了這宿營，我跟小藍還錯過了一堂日文課！」

「那麼這兩天玩得愉快嗎？」

「嘿，托賴！這兩天天氣很好，我們星期六晚吃燒烤，昨天又到海邊戲水，不知多高興！不過你知道小藍最高興是甚麼時候嗎？」

「甚麼時候？」

「是你在星期六晚回覆她電話那時啊！因為你沒有出席，她星期六到晚上還失魂落魄呢！她十一時打電話給你，你又沒接，看到她那副哭喪似的表情，我就有把你當沙包來打的衝動。你這傢伙，人家女孩子做得如此著跡，你還要裝蒜裝到甚麼時候？好歹給人家一個答覆！」

「她年紀還小，過幾年再說吧。」藍宥唯裝出尷尬的神情。

「真不知道你怎想的，人家年輕貌美，性格純品，你卻對人忽冷忽熱。我不許你欺負我的好妹子！」李麗麗扮個鬼臉，狠狠地瞪了藍宥唯一眼。

「對了，」李麗麗正要離開時，藍宥唯叫住了她：「你們去宿營，小藍是不是忘了帶牙刷？」

「咦？」李麗麗瞪大眼睛，說：「你怎知道的？她發覺忘記帶牙刷，十分狼狽呢。你也知道，她對個人護理產品很講究，一定要用某款牙醫學會推薦的牙刷和牙膏……」

藍宥唯露出神秘的笑容。

藍宥唯沒有愛上小藍。

他只是愛上那份在陰暗角落窺伺的快感。

愛上從深藍小屋捉摸它的主人的快感。

Var.II

Allegro e lusinghiero

聖誕老人謀殺案

「然後？然後沒了。
聖誕老人死了。
反正他死與不死也沒差吧、
現在還有多少個小孩
相信聖誕老人存在？」

「嗨，你不是第十五街的泰勒嗎？怎麼蕩到這邊來了？」

「別提了，好像有甚麼參議員出巡，十五街的露宿者都被事先趕跑了。」

聖誕節晚上，泰勒帶著僅有的家當，冒著大雪從紐約市曼克頓區十五街走到城市的另一端，遇上在收容所食堂認識的森姆。一年前泰勒因為工廠倒閉失業，半年便欠下一屁股的債，為了不連累妻兒，丟下簽了名的離婚文件便流落街頭，躲避債主。

「泰勒老兄，過來取取暖吧！」叼著煙的巴特向泰勒招招手。在橋墩旁，四、五名露宿者正圍著火爐取暖——所謂「火爐」，也只不過是一個塞滿破爛木材的鐵桶，但對這些無家可歸者來說，它是在寒冬用來保命的重要財產。

「聽說前天東七十六街那邊有人冷死了。」巴特吐出一口白煙，「上星期死了四個，這星期死了三個，不是冷死便是病死，丟進停屍間一律叫作無名氏。唉，咱們捱得過這種鬼天氣都可說是奇蹟了。」

「呸，與其在世上活受罪，蒙主寵召不是更幸運嗎？」矮小的森姆笑著罵道。

泰勒坐在巴特旁邊，伸手舉向火爐。走了老半天他冷得快僵了，他任由火屑燒焦他的袖口，畢竟這一刻他的指頭已發麻，好像快掉下來似的，熱力讓他再一次感到雙手屬於自己。

「泰勒。」巴特給泰勒遞過一個紙杯。泰勒瞄了杯裡一眼，不禁一怔，湊近嘴邊喝了一口，靈魂就像回到身體裡一樣。那是威士忌。

「巴特，為甚麼有這樣的好貨？你不是跑去搶劫吧？」

巴特脖子一歪，說：「不啦，是約翰帶來的。」

泰勒向那個叫約翰的胖子點點頭表示謝意，對方微微一笑，搖了搖手上的酒瓶。約翰似乎喝了不少，兩頰因為酒精變得緋紅，雙眼半開半閉。

「在聖誕節晚上能喝到酒，真是不錯的聖誕禮物。」森姆向約翰舉起紙杯。「這傢伙就像聖誕老人。」

「如果他是聖誕老人，我倒希望吃一頓飽的。」巴特笑著說。

約翰喝一口威士忌，說：「提起聖誕老人，想聽一個故事嗎？」

「你就說吧，橫豎我們這麼無聊。」巴特說。

約翰放下酒瓶，用袖子擦了擦嘴唇，說：「話說聖誕老人每年在格陵蘭的村子，跟精靈們準備禮物。可是，時移世易，愈來愈少孩子相信聖誕老人，他每年收的信件也愈來愈少。聖誕老人漸漸被人遺忘，可是他跟他的妻子以及精靈們年復一年地默默工作。」

「然後金融海嘯爆發，他跟我們一樣被狗娘養的老闆裁掉了。」巴特插科打諢道。

滿臉灰白鬍碴的約翰苦笑一下，繼續說：「某年十二月，聖誕老人的妻子發覺丈夫心事重重，可是她沒有太在意。直到平安夜聖誕老人駕著鹿車，帶著比往年更少的禮物，進行一年一度的重要出差時，妻子在書房地上發現一個信封。她以為丈夫大意漏掉了一個小孩的願望，打開一看，頓時臉色發青，因為信件內容並不是她所想的。」

「是帳單吧！以前我老婆看到帳單也一樣臉色發青。」巴特哈哈大笑。

「『聖誕老人，我會在這個聖誕殺死你。討厭聖誕節的人上』信紙上就只有這幾個字。」

約翰平靜地說出這句，令巴特的笑容僵住。

「這是甚麼鬼進展啊？」泰勒訝異地說。

「哦！真的猜不到！接下來怎樣？聖誕老人被殺嗎？」巴特沒有再岔開話題，好奇地問。

約翰拾起酒瓶，喝了一口，說：「聖誕老人太太很是不安，好不容易等到聖誕日早上，看到鹿車從天空飛回來，她才稍為安心。可是，她一看到座位上的情境，便嚇得昏死過去──在駕駛座上牽著韁繩的是一具無頭屍體，聖誕老人的頭顱不見了。」

「這是恐怖故事嗎？」森姆問。

「這是推理故事。」約翰說。「村子即時大亂，精靈檢查屍體後，發現兇手十分殘忍，他把聖誕老人的頭顱割掉，大量雪白的鬍子散落在座位上。」

「如果是推理故事，該不會是那些甚麼用鋼琴弦套在死者脖子上，再利用鹿車的速度令聖誕老人身首異處之類的詭計吧？」泰勒說。

「搞不好他是危險駕駛，在布魯克林大橋下飛過，算錯了高度，頭撞到橋死去的呢？」巴特挑起眼眉，說道。

「然而精靈從屍體的脖子切口發現，聖誕老人並不是被砍掉頭顱而死。他之前已經死了，應該是心臟病發。死後被人斬首，再放上鹿車，回到格陵蘭。」

「約翰，這故事未免太鬼扯吧，」巴特訕笑著說：「精靈裡有法醫官嗎？」

「這些細節便別挑骨頭嘛。」約翰聳聳肩。

「然後呢？」森姆問。

「然後？然後沒了。聖誕老人死了。反正他死與不死也沒差吧，現在還有多少個小孩相信聖誕老人存在？」

「這是甚麼掃興的結局啊！」巴特發出噓聲。

「等等，」泰勒問：「你說這是推理故事，那應該有解謎的部分呀？而且這故事連疑犯也沒有。」

「疑犯嗎？」約翰隔著帽子搔搔頭，說：「聖誕老人太太、精靈族長、精靈法醫官、紅鼻子麋鹿魯道夫、《怪誕城之夜》的南瓜王傑克……當中選一個吧。」

「一定是南瓜王傑克！」巴特乘著酒意，嚷道：「我看過那電影，傑克為了取代聖誕老人，狠下殺手，把他的頭顱弄成縮製人頭送給小孩，電影中好像有這一幕……」

「那電影沒有這麼血腥吧？」

「聖誕節的電影當然首選《虎膽龍威》，布斯韋利士真是條鐵錚錚的漢子耶！」

「電影甚麼都是假的啦，當年我在海灣戰爭，就在聖誕前夕被伏擊……」

話題隨著電影、戰爭、政治轉變，夾雜著對無良華爾街銀行家和無能政府官員的辱罵，眾人圍著火爐漸漸睡去。橋墩外面仍是雪花飄飄，泰勒覺得有點寒意，把報紙揉成一團塞進衣襟裡，讓自己更暖和一點。

「哦，還未睡著嗎？」瑟縮在一旁的約翰問。

「第十五街那邊沒這兒冷。」泰勒苦笑一下。

約翰遞過酒瓶，說：「再喝一點應該會暖一些。」泰勒啜了一口威士忌，向約翰道謝。

「剛才……你說的故事我有點想不通。」泰勒說。

「甚麼想不通？」

「我本來以為是那種天馬行空的故事，利用鋼索之類把死者的頭割掉，可是你說聖誕老人是死去後才被砍頭。」

「反正都是聽回來的鬼話，聖誕老人甚麼的根本不存在，用你說的方法來殺人和死後砍頭也沒甚麼分別嘛。」

「不，就算設定再奇幻，情節本身也有一定的理據。我猜用鋼索之類是因為座位上有鬍子。」

「鬍子？」

「因為速度高，鋼索就像剃刀般鋒利，一口氣把頭割下來，同時削掉聖誕老人的鬍子，就像恐怖電影常見的場面，不難想像。可是現在的情節就像是預告殺人的兇手先虐待聖誕老人，剪掉他的鬍鬚，令他心臟病發，殺死他後再砍頭，這情節好古怪。」泰勒一邊說，一邊摩擦雙掌取暖。

「那你認為是甚麼原因？」約翰一臉好奇的樣子。

「唔……我猜兇手就是聖誕老人自己。」泰勒皺一下眉。「推理故事裡的無頭屍大都是為了掩飾死者身分而出現吧？聖誕老人弄來一具身型跟自己差不多的屍體，替屍體穿上自己的衣服，然後砍下頭顱，冒充自己。為了加強效果，他更割下自己的鬍子，散到座位上。畢竟聖誕老人的標誌便是大肚子、白鬍子和紅色大衣。」

「你的意思是這是聖誕老人自導自演的一齣戲？」

「可能吧，那封信也大概是讓妻子以為有人謀害自己而準備的。」

「那他之前心事重重也是裝出來的？」

「這個不一定。」泰勒想起往事：「我離開妻兒之前也是心緒不寧，那是自然反應。聖誕老人一定是非常絕望，所以才會選擇這種方式『結束自己的性命』。或者該說，因為沒有人相信聖誕老人，他才會『死去』，殺死聖誕老人的兇手，其實是我們所有人。」

「那你相信聖誕老人嗎？」約翰問。

「現實裡聖誕老人當然不存在啦。」泰勒笑道：「可是，如果能讓聖誕老人『復活』，我倒願意相信聖誕老人存在。現實太多苦難，即使只有一絲希望，也值得讓人去相信吧。」

約翰默然抬頭望向遠方，良久，微笑著點點頭。

「生命裡即使只有一絲希望，也值得相信……說得對。」

「不過對聖誕老人來說，我這個四十多歲的成年人當他的客戶似乎太老了。」泰勒開玩笑道。

「那不一定，」約翰說：「我們每個人心底也有一份童心，成年人和小孩子，其實也差不多罷。」

※

翌日早上泰勒醒來，只見巴特、森姆和幾位同伴。森姆正在燒熱水。

「嗨，你醒來啦？這兒睡不慣吧？」森姆說。
「早安……」泰勒打了個呵欠，望向大街，發覺雪已停止。「約翰呢？」
「他今早離開了，說要回家。」巴特點起一根煙。「有家可以回去真不錯呢。那傢伙真是神秘，他臨走前不知從哪兒弄來一塊八十盎司的牛排，說是給我們收留他的謝禮。」
「他不是跟你們一伙的嗎？」
「不啦，他昨天早上才來的。」森姆說。「對了，他託我跟你說，你也回家去吧。他說無論有甚麼問題，跟家人一起一定能解決。」
泰勒有點愕然。他想起跟約翰的對話，思忖了一整天，最後懷著忐忑的心情，乘地鐵回到位於城市南面的老家。他在公寓前探頭窺看，害怕他的出現會為妻兒帶來麻煩——說不定妻子已有新丈夫，兒子已有新父親，家裡已有新主人。
「是爸爸！爸爸回來了！」泰勒冷不防地聽到兒子的呼喊。他回頭一看，只見妻子和兒子在身後，他們不在家裡，二人剛從外回來。
「老公！你幹嗎一聲不吭便走了！」妻子和兒子一擁而上，沒理會泰勒滿身污垢酸臭，三人緊緊擁抱，一把眼淚一把鼻涕，哭得一塌糊塗。
「我不走了……對不起，是爸爸不好……」泰勒抱起兒子。
「媽媽，我也說過聖誕老人會實現我的願望啊！」兒子高興地抓住泰勒的脖子，說：「爸爸，學校老師教我們寫信給聖誕老人，我便寫『我希望爸爸回來』……」

Var.III

Inquieto

頭頂

「我沒有伸手向上摸的膽量、
彷彿我天靈蓋外
有一個我不認識的異空間、
幽魅邪靈正盤據著
我的腦袋之上。」

「阿宏，你臉色很差，身體哪兒不對勁嗎？」

「沒、沒有……有點睡眠不足罷了。沒大礙。」

在辦公室，鄰座的小雪對我悄聲問候，我卻打馬虎眼，匆匆結束對話。縱然我打從心底感謝她送上親切的慰問，但我只能假裝冷靜，微微垂頭，將視線瞧向下方，隨便糊弄過去。她說得對，我的身體的確有點兒不對勁——不，這種程度才不只是「有點兒」，根本是徹底的、要命的大毛病。

我不敢跟她對上眼，是因為在我眼中她頭頂上有「那個」存在。

所有異常都是從今天早上開始。

一如過往平凡的週一，被鬧鐘叫醒的我撐不開眼瞼，不情不願地爬進洗手間。正想伸手打開鏡子後的櫥櫃時，我卻被鏡中的倒影嚇得心臟要從嘴巴跳出來——在我的頭上，有一團跟我頭顱差不多大的「異物」依附著。那異物像一團殘破的灰黑色布絮，反反覆覆地互相纏繞著，邊緣不規則的布屑從這團怪東西垂落在我的兩邊額角上。

猶如上千隻螞蟻爬上我的背脊，我睡意全消，本能地側過頭，慌張地伸右手想把這異物打掉，可是我的手掌揮過，只碰到自己的頭髮。我轉頭盯著鏡子，發現那黑色布團仍黏在我頭上，但我的手卻搆不著。它就像立體影像，倒影中我的手指已經插進了那布團，指頭偏偏沒有傳來半點觸感。

見鬼了。

我壯著膽子，緩緩地將臉孔湊近鏡前，仔細端詳我頭上的球狀異物。那些布條恍若繃帶紗布，我亦無法確認它們本來就是灰黑色的，還是被不知名的汁液染成黑色。當我稍稍轉頭，斜眼檢查布團左側時，鏡裡照出令我渾身起雞皮疙瘩的倒影。

那是一隻爪。

就像人類的手，但它很小，而且只有三根指頭，加上瘦骨嶙峋、膚色黝黑如炭，反倒更像鳥爪。這爪子從布團裡伸出，動了一下，再無聲無息地收回。在那個爪子消失的空隙中，我似乎看到一隻不懷好意的眼珠，正透過鏡子瞪視著我。

我整個人在發抖，好想抓住自己的頭髮猛扯，可是我沒有伸手向上摸的膽量，彷彿我天靈蓋外有一個我不認識的異空間，幽魅邪靈正盤據著我的腦袋之上。我只能用手掌掩著嘴巴，制止自己尖叫出來。

不，那不是真實的。那只是幻覺。

我花了十多分鐘才冷靜下來，理性地思考這噩夢般的情境。既然我摸不到，即是那東西並不存在於現實，那只是我「以為」自己看見了。我曾看過科普節目，知道精神病患者會看到異於常人的東西——那不是鬼魂或幽靈，而是大腦欺騙自己、製造出來的幻覺。

我一定是病了。

我努力回想自己為甚麼會產生幻覺，是不是昨晚吃了甚麼有毒的東西，可是我無法找到半點線索。瞄了瞄時鐘，我知道再不出門便要遲到，於是硬著頭皮胡亂梳洗，換上衣服後，連早餐也沒吃便出門。在電梯裡我故意迴避望向牆上的鏡子，因為我知道倒影裡那黑色的東西仍在我頭上。

可是，我實在太天真了。

當我走出電梯，離開大廈大門後，我才知道我的病情有多嚴重。

我面前的每一個路人、每一個頭顱頂上，也有一團異物。

每、一、個。

那些異物不再是布團，而是形形色色、參雜混亂的噁心醜陋物體。一個穿藍色西裝的上班族低著頭在我面前經過，他頂上依附著的，是一個由電線、電路板和晶片組成、外表像金字塔的電子機器，電子零件的縫隙之間有無數像蟑螂的小昆蟲在蠕動；而跟他擦肩而過、邊滑手機邊走路的年輕女生，頭上頂著一團像籃球大小的紅黑色內臟，左後方還有一個表面滿布血管像腫瘤般的凸出物，宛如有生命似的震顫著。

看到這些情境我不由得倒抽一口涼氣，可是我的視線無處可逃。一個撿破爛的駝背老婦拖著一疊紙皮，在我不遠處翻著垃圾桶，她頭髮上居然附著一群只有頭顱和前肢的老鼠，正噬咬著老婦的頭皮，似是要從她身上榨取所餘無幾的生命力；我家樓下地產代理商的職員正站在門口低頭看著手上的記事本，皮笑肉不笑地講電話，他頭上頂著一面磚牆，牆上填滿一張張人臉，而那些臉孔就像是活的，有的在怒視、有的在痛哭、有的在咆哮、有的在呻吟，即使它們沒有發出半點聲音。

我之後好不容易才回到辦公室，畢竟地鐵車廂裡更是難以想像的恐怖，平時我已覺得擠得要命，如今車廂裡僅餘的空間被各式各樣的異形物體填滿，黑壓壓的猶如地獄。我只能低著頭、閉上眼，祈求再次睜開眼時所有異象統統消失。

當然，我未能如願。

「阿宏，你臉色很差，身體哪兒不對勁嗎？」

鄰座的小雪大概察覺到我神色有異，可是我實在無法向她說明。我固然怕被她當成神經病，但更重要的是，她頭上也有一團噁心東西，害我不想靠近——那是一個長滿眼睛的球體，可是那數十隻眼睛，正流著啡紅色的、既像血又像鐵鏽的眼淚。

午休比起想像中更難熬。我到了一家茶餐廳吃午飯，食客們和侍應生頭上都有我不敢注視的物體，於是我故意挑了一個面向牆角的座位，低頭吃我的飯。因為沒有胃口，我只勉強吃掉半碟味同嚼蠟的燒味飯，正當我打算結帳離去，卻發現了另一件叫我吃驚的事。茶餐廳安裝了電視，我無意間一瞥，卻看到連電視畫面裡的人的頭頂上也無一倖免。

電視正播著新聞，似乎是某官員和某些議員的會議之類。叫我震驚的是，畫面裡的人頭上的異物比我之前見過的都要巨大，有人頂著像行李箱大小的，有人甚至撐著超過畫面框、我無法看到尺寸的龐然巨物。當中最令我寒毛直豎的，是當鏡頭湊近一名官員時，我清楚看到他頭上的是甚麼——那是一個像五、六歲小孩子身高、赤條條的人形物體，它骨瘦如柴，腹部隆隆脹起，手腳細長，膚色蒼白，蹲坐在官員的頭上，可是它沒有五官，只披散著疏落的灰色頭髮。官員說話時，那人形伸手從上往下抓住對方的臉龐，將鬼爪般的手指插進對方的嘴巴，再操弄著對方的表情。鏡頭轉回播報室，換回主播報道下一則新聞時，我才能回過神來，掏出皮夾結帳。那主播頭上頂著的是一個耳朵和鼻子被割掉、眼皮被縫合只餘一張嘴的豬頭，雖然同樣噁心，卻不像那蒼白人形叫我感到恐懼。

下午小雪再問我是不是不舒服，我猜我的樣子一定很糟。我按捺不住，決定就算被當成瘋子，也要說出口。

「那個⋯⋯妳有沒有看到我頭上有甚麼東西？」

小雪歪著頭，一副不解的樣子。她皺一下眉，直視我的雙眼，搖搖頭，更反問我該看到甚麼。我只好胡謅說自己偏頭痛，就像被鐵錘敲打，換來她一個似笑非笑的表情。

好不容易熬到下班回家，我倒頭便睡。我祈求這是一場噩夢，希望睡醒便不再看到那些鬼魅，可是翌日早上我再次照鏡時，我知道我仍未康復。那黑色布團仍在我頭上，我還看到那鳥爪再次從中伸出。

我不再猶豫，打電話向公司請了病假，掛號看診。我將幻覺鉅細靡遺的告知醫生，醫生不著邊際地問了一堆無關的問題——像「你最近工作忙碌嗎？」、「生活有沒有變化？」、「跟家人朋友的關係如何？」——最後才說將我轉介給精神科。他給了我一張名片和一封轉介信，收了數百塊的診金便打發我回家。也許我一開始便不該心存僥倖，因為我甫走進診症室，已看到醫生頭上站著一隻比平常巨大五倍、有三個頭的烏鴉，左邊的頭叼著一枚生鏽的銅幣，右邊的頭躲在翅膀下，中間的正慵懶地啄食醫生的腦袋。

那位精神科醫生要電話預約，結果我三天後才能與他見面。

「我看到我頭上有一團黑色的異物⋯⋯裡面好像有甚麼怪物⋯⋯」

過去三天我已變得寢食難安，擔心頭上的怪物會突然從布團爆出來。

「哦。」醫生沒瞧我半眼，只拿著鋼筆在病歷表上寫上我無法辨認的字。

「我還看到其他人頭上有種種異形怪物……」

「那你在我頭上看到甚麼？」醫生抬頭問道。

「觸鬚。很多觸鬚……」

那些觸鬚既像章魚的腳，又像彼此纏繞的蛇，在醫生頭上盤旋扭動，數根從頭上垂下，鑽進醫生的耳朵和鼻孔。診症室的窗邊有一面全身鏡，我偷瞥一眼，看到我頭上的布團好像跟醫生頭上的觸鬚產生共鳴，以相同節奏搖擺著。

醫生說我患上一種輕微的思覺失調，將妄想的物體化成視像幻覺。我問他要不要驗腦——畢竟我知道腦腫瘤也可能是導致幻覺的病灶——但他說我的情況只要吃藥就好。我不曉得這結論是從何判斷出來的。那些白色的藥丸吃下後會很睏，我晚上睡得比之前好，可是，那些幻覺遑論消失，連稍為減少也沒有。

往後的一個月內我覆診了四次，每次都說著類同的廢話，領取了相同分量的藥丸便打道回府。我曾經想過轉醫生，但我求助無門，不知道其他精神科醫生是否跟這庸醫差不多。

結果第六次再訪這精神科診所時，我意外地發現了一個事實。

「姑娘，不好意思，我丟失了藥丸，麻煩妳再開一份給我。」

當我等待跟「觸鬚醫生」見面時，一個平凡的男人走進診所，向護士說道。護士從接待處消失，大概是先請示醫生吧，回來時手上拿著一個裝著藥丸的透明膠袋。

是我吃了一整個月、同款的白色藥丸。
「四百塊。小心保管，別再弄丟了。」
男人點點頭，神色落寞地接過，輕聲說了一句話。
「其實這藥半點效用也沒有，我還是看到頭上有那些東西……」
這句話像打雷一樣，刺痛著我的神經。
他也看到？
他看到的異物跟我看到的一樣嗎？
我好想抓住他質問，可是我沒有機會。護士叫我進診症室見醫生。
「最近如何，仍看到幻覺嗎？」
我正想回答說是，卻赫然察覺一點。
我面前這個醫生他從來沒有瞄過我頭頂。
我之前求診的普通科醫生，就算我說我覺得頭上有甚麼異樣，他也沒有看過我的頭頂一眼。
就連小雪也一樣，我問她有沒有看到我頭上有甚麼東西，她視線沒有往上移，只盯住我雙眼。
正常人聽到這問題，應該本能地向上瞧吧。
他們沒看，是因為他們早已看到。
每一個人都看到。
在路上低頭走路、在交通工具上垂頭滑手機的人，統統跟我一樣，全部都看到頭頂上有著令人作噁的異物。

他們只是裝作沒看到。

因為只要裝作沒看到，就能「正常」地過活。

「怎麼了？」

醫生的問題讓我從思海中回到現實。

「沒，沒甚麼。」

「嗯。那你最近仍看到幻覺嗎？」

我直視著醫生雙眼，找尋正確的答案。良久，我明白了。

「沒有了，我想藥物終於生效了。」

「那就好。」醫生露出我從沒見過的笑容。

我在診症室的鏡子裡，看到我頭上那個布團緩緩散開，亮出一隻長著尾巴和翅膀、外表有點像蜥蜴的怪物。

它抓住我的頭髮，露出輕蔑惡毒的微笑。

為了迴避它的眼神，我垂下頭，閉上眼。

這樣子我也能正常地過活了。

Var.IV

Tempo di valse

時間就是金錢

「對人類來說，過去的『時間』是沒有意義的，有意義的只是『回憶』。」

立文站在大樓的入口處，再三確認地址後，仍猶豫該不該走進去。位於鬧市中的這幢大樓，和附近的大廈沒有多大的分別，就是在香港常見的一般商業中心。雖然名字上叫作「商業」中心，這些建築物裡除了辦公室外，還有不少醫務所、化驗室、美容院、財務公司、甚至各式各樣稀奇古怪的零售店。坐在管理處的年老管理員早已見慣這些躊躇的臉孔，無論是到化驗所等報告的病人、到情趣用品店購買自慰用具的少年、抑或是陷入經濟困難到財務公司借貸的潦倒中年漢，管理員也見怪不怪。不過，立文並不是以上三者之一。

他想光顧的是四十二樓的「時間交易中心」。

「反正已來了，姑且看看吧。」立文一咬牙，走進大堂，按下電梯的按鈕。高速電梯不用二十秒便把立文帶到四十二樓，銀白色的電梯門打開，一個窗明几淨、具有時代感裝潢的接待處映入眼簾。淡黃色的牆壁鑲著公司的標誌和名字，旁邊有多張淺棕色的沙發，有兩、三位顧客正在等候著。有人神色自若輕鬆地看著雜誌，有人緊皺眉頭，直盯著掛在沙發對面的電子告示板。電子告示板下方有一扇玻璃門，可是門的上半部都是磨砂玻璃，沒法看到門後的樣子。

「歡迎光臨。請問有沒有預約？」接待處的女職員親切地說。她的樣子姣好，妝化得不濃，讓立文想起他苦苦追求中的同學美兒。

「沒、沒有。」立文結結巴巴地回答。

「那請等等，」女職員拿出一台平板電腦遞給立文，「麻煩先生您填好資料後交給我，我們會安排交易顧問跟你洽談。今天客人不多，應該等十五分鐘便可以了。」

「呃，不好意思……」立文沒有接過電腦，他彷彿覺得接過便等於成立契約，到時不能退出便麻煩了。「我還未決定是否光顧……」

女職員再次亮出親切的笑容，說：「不打緊，先生。洽談是免費的，我們沒有任何隱瞞的收費。如果待會談過後您覺得交易不划算，您可以放心離開。當然，您填寫的個人資料會留在我們的資料庫，我們有可能向您寄送宣傳物品，但我們不會把這些個人資料轉交第三者，一切依照保密條款進行。」

立文頓時放下心來。接過電腦，填好自己的姓名、年齡、性別、身分證號碼、個人聯絡方法等等後，接待處的小姐把一張印有號碼的紙片交給立文，請他坐在沙發等候。立文瞧了瞧紙片，上面印著816，他心想這天該不會有八百一十五人在他之前光顧，猜測這只是隨機分派的號碼。

等待的十五分鐘說長不長，說短也不短，立文拿起架子上的一本八卦雜誌，無聊地翻弄著。事實上，他對某女明星走光、某歌手跟某模特兒分手的消息沒有興趣，只是他不想呆呆地坐在沙發上作無意義的等候。

「叮咚。」電子告示板亮出816的字樣，下方的玻璃門自動打開。立文瞟了接待處的小姐一眼，對方微笑著點頭，示意立文進去。

立文走進玻璃門後，發覺面前是一條長長的走廊，兩旁有很多扇門，有的打開，有的關上。每扇門上方也有一個跟門板垂直的小電子告示牌，而在左前方第三扇門上面的牌子正好亮著「816」。

「馬立文先生？」立文剛走進房間，桌子後的男人便站起來，主動跟他握手。這個男人穿著筆挺的藍色西裝，架著金絲眼鏡，就像銀行的投資顧問，也有點像保險經紀。他招呼立文坐下，立文張望一下，房間裡只有一張白色的桌子和四、五張有扶手的辦公室椅子。對著房門的是一扇落地窗，陽光令房間充滿生氣。

「我姓王，是本公司的交易顧問。這是我的名片。」王顧問從胸口口袋掏出名片，恭敬地遞給立文。立文雖然已升讀大學，但也沒遇過這種情形，接過名片後不知道該放在桌上還是放進口袋。

「請問馬先生是想買還是賣？」王顧問微笑著問道，令立文措手不及。

「不好意思，其實我對你們公司、呃、的業務不大清楚。我只是看到廣告，說比起借貸，你們的服務更好。」立文雙手按著大腿，緊張地問：「廣告說我可以把我的『時間』賣給你們，換成金錢？」

王顧問莞爾一笑，說：「啊，對。剛才很抱歉，我應該詳細說明的。今天之前接洽的都是老主顧，我一時忘了。您說得沒錯，敝公司是從事時間買賣服務的。」

「我如何把時間賣給你們？」立文問。

「技術方面您不用擔心，我們有先進的儀器去處理。」王顧問從容地回答。

「不，我的意思是，我把時間賣給你們後，我會變成甚麼樣子？假如我賣十年給你們，我會突然變老十歲嗎？還是說我的壽命會減少十年？我又怎麼知道自己餘下多長的壽命？」立文連珠砲發，一口氣把心底的疑問全數吐出。

王顧問先是一愣，接著噗嗤一笑，說：「馬先生，我們不是惡魔，不會把顧客的生命吸走的。

我們買賣的是時間，就如同字面上那麼單純，僅此而已。」

立文以疑惑的表情看著王顧問，王顧問繼續說：「自從物理學家發現『時間子』這種干涉量子活動的粒子後，操縱時間子的技術漸漸應用到我們的社會上。可是，科幻電影中那些回到過去的時間旅行、或是令時間扭曲重複的做法都是虛構的，即使對時間子進行操作，我們也不能突破基本的物理定律。」

修讀商科的立文對這話題完全摸不著頭腦，王顧問察覺對方的表情，便說：「直接說結論的話，便是操縱時間子只影響一個人的意識罷了——當然談到『意識』和『觀測』便是另一個物理學問題。簡而言之，如果我們買下一位顧客的一年時間，那個人在付出時間的一刻開始，他便會發現自己已身處一年之後。」

「那當中的一年他會消失嗎？如果他正在跟他人談話，對方會發覺他突然不見了？」

「不，剛才我也說過時間子影響的是意識。那個人仍擁有過去一年的記憶，一切如常，這一年他的行為也是他自己作出的。失去時間子對人沒有大影響，因為人類意識無法離開時間洪流……啊，說遠了。如果說有甚麼分別的話，賣掉時間的人對失去時間期間感覺上有點不實在而已。」

「如果我賣一個月給你們，期間上課所學的會不會消失？」

「不會的，我之前說過，當中的記憶仍然保留嘛。」王顧問說：「對人類來說，過去的『時間』是沒有意義的，有意義的只是『回憶』。假如您賣一個月給我們，付清時間後你只會記得自己曾做過這決定，回憶中跟沒有賣是沒有分別的。一切如常。」

王顧問第二次強調「一切如常」，嘗試讓立文安心。

「馬先生需要資金作周轉嗎？」王顧問突然問道。

立文怔了一怔，回答道：「嗯……是的。不過不是很多，只要二萬元左右。」

「沒關係，敝公司的宗旨是服務為先，豐儉由人。」王顧問按動桌上的計算機，說：「馬先生是新顧客，所以我們能提供優惠兌換率，二萬港元只要四十二天四小時十二分……我給您算一個整數方便處理吧，四十二天兌二萬元。這價錢應該是同業中最好的了。」

四十二天，即是六星期。對立文來說時間剛好，因為兩個月後便是美兒的生日。立文需要這二萬元，就是為了追求系花林美兒。美兒裙下之臣大不乏人，為了突圍而出，立文決定買某意大利名牌手袋當作禮物，加上一大束紅玫瑰，誓要在生日派對中奪得佳人芳心。計劃似乎很圓滿，可是，立文對「賣掉自己的時間」仍有點不放心。

王顧問看穿立文的心情，問：「馬先生，剛才您在接待處等了多久？」

「十五分鐘。」立文答。

「試想想，如果您把那十五分鐘換成金錢，這不是個雙贏的結局嗎？反正那十五分鐘對你來說是無用之物，少體驗一下又沒有損失。」王顧問笑道。

的確如此——立文細想一下。時間反正也要過去，如果能換成金錢，不是件好事嗎？

「對了，你們除了買進時間外，還出售時間對不對？如果說賣掉時間讓人刹那間度過一段日子，那買時間的顧客會發生甚麼事？」立文問道。

「顧客如果買下時間的話，便能夠在一段時間裡體驗較長的時間感覺。例如一位購買了一天的顧客，他可以讓一小時變得像一天那麼長。」

「那如果我買下一分鐘，便能在三秒跑完一百公尺嗎？」立文奇道。

「不，馬先生您誤會了，」王顧問笑說：「我剛才也說過，時間子只針對意識，像跑步這些受物理法則規限的事物是沒影響的。對顧客來說，只是感覺變長了。」

立文心想，也許考試前要臨時抱佛腳，買下兩、三天用來溫習也不錯。

「我賣四十二天可以換二萬元，那二萬元可以買四十天嗎？」

「這個啊……」王顧問按動計算機，說：「同樣以新顧客的優惠兌換率，二萬元可以買……五十八分鐘三十二點六秒。」

「相差怎麼如此大啊！」立文訝異地說。

「除了買賣差額外，技術成本不同也是原因。」王顧問微笑著說。「馬先生有興趣購買時間嗎？」

「沒有！我只是好奇問問。」立文斬釘截鐵地說，心想哪個笨蛋會花上萬元來購買受物理法則規限的三十分鐘。

「那麼之前的……」王顧問再次按下計算機，顯示屏亮出42。

「四十二天兌二萬元嗎？我賣！」立文已沒有遲疑，反正大不了失去六星期，損失有限。

「謝謝您，馬先生。」王顧問愉快地說。

王顧問花了幾分鐘，用電腦編輯電子合約，在立文簽名同意後，二人來到另一個房間。這房間中央有一台像X光機或核磁共振攝影機的機器，王顧問讓立文躺在上方，機器掃瞄一遍後，便請立文到旁邊的小房間。

「完成了。」王顧問說。

「這麼簡單便行了？」立文本來以為要注射某些藥物或植入某些零件。

「就是這麼簡單，機器只是跟影響您意識的時間子作出纏結……呃，或者說是給您登記好了。」王顧問放棄長篇大論，簡單作結。他打開桌上一個磚塊大小的紙盒，掏出一個打火機似的儀器。儀器上有一個小小的螢光幕，頂端有個紅色的按鈕。「這是『付時裝置』。從剛才您在合約上簽字開始，您有三天時間作緩衝期，當您按下這個紅色按鈕，我們的伺服器便會接收交易中訂下的四十二天時間。」

付時裝置上的螢幕有兩行，上面一行寫著「42天0小時0分」，下面一行正在倒數，時間是「2天23小時54分」。

「這是您的款項和收據。」王顧問把一束千元大鈔放在立文面前，說：「請您現在點算一下。我們跟多間銀行有業務往來，如果您需要進行轉帳或存款，我們亦能代勞。」

立文沒想過這麼容易便得到這筆錢。他一邊數著鈔票，一邊問：「如果我忘了按按鈕，會發生甚麼事情？」

「沒甚麼，只是時間一到系統便會自行接收。」王顧問答：「這按鈕只是方便顧客善用時間而已。」

立文暗忖，「善用時間」這四個字對他們這些顧客來說，有另一重的意義吧。

※

立文盯著這個像打火機的小裝置，已盯了兩天。

從時間交易中心回來的晚上，他幾乎已按下按鈕。可是，那股未知的不安讓他再次猶豫起來。到底會發生甚麼事情呢？

看到倒數時間餘下二十三小時，躺在大學宿舍床上的立文突然鼓起勇氣，決定按下去。

「來吧！」

「卡」的一聲，立文壓下右手拇指，裝置上的時間倒數消失，變成「謝謝惠顧」四個字。

立文預想中驚天動地的異變，或是世界崩裂現實塌陷的情形，都沒有發生。

「這是甚麼騙人的玩意嘛——」

當立文想說這句話時，卻發覺這句話在六星期前說過了。他挨在座椅，對著電腦，正漫無目的地瀏覽著。鍵盤旁豎著那個「付時裝置」，上面沒有顯示任何文字。

「慢著，我……付了四十二天啊？」立文猛然想起，自己付了四十二天，換取了二萬港元，可是他清楚記得交易完成後這一個多月的生活。一切都沒有特別，他仍是每天上學，在課堂打瞌睡，跟友人說屁話，遇見美兒時借故親近一下。他還記得五天前作弄那個呆頭呆腦的情敵阿力，趁阿力在宿舍廚房煮泡麵時，偷偷把半杯砂糖倒進鍋子裡。

這段時間的記憶仍存在，就如王顧問所言，「有點不實在而已」。

「天底下竟然有這麼便宜的好事！」立文拾起付時裝置，朗聲大笑。立文想到，只要用這方法，便可以跳過那些難熬的考試和測驗，更可以換成真金白銀，一舉兩得。

「太好了。」立文從書架上取下紙袋，檢查一下一星期前買下、用來當作禮物的名牌手袋。

「嘿，追到美兒後，我再去賣個五、六十天，然後跟她去沖繩旅行，看她喜歡看的日落……」

立文躺臥在床，嘴角帶笑，思緒隨著妄想逐漸遠去。

※

一如立文所料，當美兒拆開他的禮物時，在場的同學朋友都發出驚呼。

「天啊，這不是 Bocelli 的手袋嗎！這要萬多元啊！」美兒身旁的女生大叫。

「馬立文，原來你這小子這麼有錢！」另一名男同學罵道。

「不啦，我也很窮啊，」立文把預先演練好的台詞說出：「不過如果能讓美兒高興，金錢甚麼只是身外物罷了。」

在卡拉ＯＫ的房間裡，立文瞬間成為派對的目光焦點。美兒有點受寵若驚，但也大方得體地向立文道謝，臉頰上更帶著一抹紅霞。立文從在場的「敵人」的表情中知道，這一仗他勝利了。上萬元的手袋加上玫瑰，配合剛才的發言，其他男生定必知難而退。美兒的姊妹們對立文另眼相看——或者該說是見錢眼開——有人借意親近，也有人慫恿他跟美兒合唱一曲。

在酒精和熱鬧的氣氛驅使下，眾人也沒有開始時那麼拘謹，有人提議玩「真心話大冒險」，立文便再次借勢表白愛意。一切就如立文預算中那麼順利，只是，在晚上十時二十三分，意料之外的事情發生了。

「鈴鈴鈴鈴鈴！」密集而響亮的火警鈴聲，像刀子般刺進各人的耳朵中。眾人如夢初醒，房門砰然打開，一個服務員焦急地嚷道：「客人請趕快離開！發生火警了！」

一時之間，卡拉ＯＫ裡亂成一團。立文不知道發生何事，只知道當他回過神來時已站在大街上。黑色的濃煙從店子的門口冒出，二樓窗戶傳出隱約的火光，附近商店的店員和顧客紛紛走過來看個究竟。

「立文！美兒呢？」一位長髮的女同學問。

「她不是跟妳在一起嗎？」立文愕然。

「我以為你跟她一起啊！」

「美兒之前去了洗手間！」另一位女同學慌張地說。「她不會還在裡面吧？」

「不會吧……？」立文回頭瞪著黑煙後的店面，手腳繃緊，不知如何是好。

「快找人進去救她啊！」長髮女生快要哭出來。

「她……應該也聽到警鈴聲，逃出來吧？」立文期期艾艾地答。

正當眾人手足無措時，消防車趕至。五、六位消防員衝過來，長髮女生告訴消防隊長美兒的事情，對方便立即作出指示，調派人手進入火場救人。

「咦？那是誰？」一個服務員指著門口，只見一個男生抱著一位女生，蹣跚地從火場走出來。消防員和救護員連忙往前攙扶，立文看到，頓時感到血液倒流——那嬌小的女生是美兒，而救她出來的男生，是他最看不起的阿力。

無論計劃多完美，仍敵不過意外。立文作夢也沒想到會遇上火災，更沒想到火災發生時，美兒碰巧因為門鎖出問題被困洗手間，而阿力又巧合地成為拯救者。

就在醫院留院治療的那一個星期裡，美兒接受阿力的表白，跟他交往了。

「媽的……甚麼英雄救美……」在阿力和美兒成為戀人的消息傳到宿舍的晚上，立文獨個兒在天台喝悶酒。花了萬多二萬塊精心策劃的部署，還是輸給最老梗的情節。立文心情難過，難過得想醉倒在天台，讓時間來撫平這傷口。

「時間……對啊，我為甚麼要慢慢等？」

翌日早上，立文逃課，再次來到時間交易中心。

「馬先生，您滿意上次的服務嗎？」王顧問堆起笑容，可是立文沒有心情。

「我要賣時間，賣一個月……不，賣兩個月吧，反正我也沒心情溫習考試了。」

「哦，這次是以時間作單位嗎？沒問題，讓我算一下……」王顧問熟練地按下計算機，說：「兩個月，我算作六十天吧，能兌二萬零四百二十六港元。」

「上次四十天賣二萬元，這次多了一半，怎麼才增加四百元？」立文不滿地追問。

「馬先生，上次是新顧客優惠嘛，更何況時間兌換率會隨時間變動呢……」王顧問每次也覺得這句話有點彆扭，但這是實情。

「算了，二萬零四百便二萬零四百吧。我是不是簽了合約再去給機器照一下便行？」

「這次只簽合約便成了。」王顧問說：「我們系統已有您的時間子的資料，只要簽好合約，伺服器便會把訊息傳到您的付時裝置上。那個裝置仍在您手上嗎？」

「在，不過我放了在宿舍沒帶來。」

「那不要緊，您只要回去按按鈕便可以。緩衝期依然是三天。」

收到現金後，立文在早上十一時回到宿舍，直截了當按下那個紅色按鈕。

「唔，不過是早上十一時，讓我再睡一會兒嘛……」在立文懷中，一絲不掛的彩妮嗔道。

立文挨在床上，看著這個女生，內心百感交集。兩個月前賣時間換來二萬多元，打算胡亂揮霍發洩一下，想不到在街上碰到彩妮——在美兒生日派對上對立文「另眼相看」的女生之一。立文手中有閒錢，便每天跟彩妮吃吃喝喝，又到酒吧對飲，喝個酩酊大醉。結果某天醒來，立文發現自己跟彩妮衣衫不整睡在賓館床上，二人便糊裡糊塗開始交往。

撫摸著半睡中的彩妮的秀髮，立文感到五味雜陳。考試考得一塌糊塗倒不要緊，只是在試場看到坐在前面的阿力，立文便高興不起來。每次跟彩妮上床，他都不由得聯想阿力對美兒幹著相同的事，心裡就有氣。

「媽的……」立文伸手抓煙包。「咦，我甚麼時候開始抽煙的？」

立文差點忘記，他在一個月前開始跟彩妮一起抽煙。淡淡的煙味，似乎能讓他的內心平靜下來。

※

轉眼間，立文已經大學畢業。「轉眼間」這形容詞尤其貼切，因為立文之後再光顧了時間交易中心五次，總共賣掉一年的時間，換來大約十萬元的報酬。每次他遇上煩惱、或在考試測驗寫論文口試面試之前，他也把時間賣掉，來得乾乾脆脆，一步跳過。寫論文時的辛苦、口試時被考官刁難、面試前的緊張，這些事件都如實記錄在立文的回憶中。他的格言是「長痛不如短痛，短痛不如無痛」，橫豎從結果而論，他沒有「真正的」逃避這些麻煩事。

畢業後，立文幸運地獲得著名的瑞安投資銀行聘請。作為經驗不足的菜鳥，立文經常被上級責備訓斥，而且他在辦公室中老是遇上跟他作對的同事。薪酬雖然不錯，但要晉升，恐怕得花上五年十年。

「今天那個臭三八又諸多挑剔，說我的報表填錯了，如果……喂，立文，你有沒有聽我說？」彩妮推了立文一把。二人相約午膳，可是甫坐下彩妮便一口氣數落她的每一位同事。彩妮在一家小公司當秘書，不過她志不在此。

「你甚麼時候娶我，讓我當少奶奶？」彩妮抓著立文的手臂，質問道。

「天啊，我們才畢業一年多，就算結了婚，單靠我的收入也不夠我們生活啊？」

「人家不管！」彩妮軟硬兼施，說：「你在有名的瑞投工作，將來一定能當銀行家或投資主管嘛！人家美兒也快結婚了……」

「林美兒要結婚了？」立文手中的叉子差點掉下。「和阿力？」

「不然還有誰啊？」彩妮說：「阿力繼承父業，打理家族的麵店，聽說他修商科也是為了改善店子的經營環境。阿力家中這麼困難也願意娶美兒，你堂堂一位有前途的銀行家，怎麼不肯娶我……」

立文對彩妮之後所說的充耳不聞，滿腦子都是幾年前阿力在火場救出美兒的一幕。當年如果阿力不是走狗屎運，我現在便不用聽這個女人在囉囉嗦嗦——立文的怒意再一次升溫。他沒打算破壞阿力和美兒之間的關係，但他暗下決心，要得到龐大的財富，將來在同學會中向他們示威，讓美兒知道她作了錯誤的選擇，讓她後悔。

下班後，他逕自往時間交易中心走去。

「馬先生，別來無恙嘛？」王顧問仍是一身藍西裝，眼鏡倒換了一副銀框的。「我們很久沒見了。」

「王先生，我打算賣時間。」立文沒轉彎抹角，單刀直入的說道。

「好的，請問賣多少呢？」

「十年。」

一向沉著的王顧問也不由得怔住，身子微微前傾，說：「我沒聽錯吧？十年？」

「對，十年。必要時十五年也可以。」

「馬先生需要一筆鉅款來周轉嗎？」

「我計算好了，」立文十指互扣，把手掌放在桌上，「我在投資銀行工作，要賺錢便要有資金。只要有足夠的時間和資金，便能把本錢像滾雪球般滾大。如果我沒計算錯誤，我在十年後便能晉升至中級的管理層，若然趁早有一筆可以用作投資的本金，對我將來的發展有百利而無一害。」

王顧問揚起眉毛，笑道：「馬先生果然是銀行家的材料啊。您說得沒錯，如果您現在有一筆資金，便能改善將來的生活。」

「反正我這十年也要吃苦，能夠把時間換錢更是一石二鳥。」立文說：「十年，可以換多少錢？」

王顧問計算一下，答：「一百零四萬八千四百二十二元。」

「這足夠了，我拿來作私人投資便剛好。」

「不過馬先生，」王顧問說：「從來沒有客戶賣超過兩年時間的，您需要再考慮一下嗎？」

「不用，」立文聳聳肩，「試問我有甚麼可以失去？」

王顧問欲言又止，找不到回答的詞句。

※

立文按下按鈕，已是十年前的往事。這十年間他利用那一百多萬作投資，在平均每年三成回報下，滾存了一千多萬元。加上他本來的工作薪酬、花紅和佣金，雖然他只是中級職員，財富已比同級的同事多上十倍。

然而，在金錢和權力掛帥的社會中，他的渴求並沒有停止。

他知道只要再十年，他便能晉身瑞投的管理層。

彩妮跟他結婚七年，變得愈來愈囉嗦，立文每次回家，只看到她像條豬一樣無所事事，差遣傭人服侍自己。立文本來對她的感情不深，這時很自然地跟存心攀附的女下屬搭上。在他三十四歲那年，他偶然發覺彩妮紅杏出牆，於是憤然離婚。彩妮心有不甘，反控立文通姦在先，法官判彩妮勝訴，立文需要付贍養費。

「只要再十年……」就在離開法庭的那天，天空下著毛毛雨，立文站在法院外的階梯上，作了一個決定。

「王先生，我要再賣十年。」

王顧問一如多年前的反應，再一次愣住。「馬先生，近年兌換率下跌，十年連五十萬也算不上了，您真的需要嗎？」

「我不是為錢，我要的是權力。」立文瞪著王顧問雙眼，說：「我不願意再待十年，才能晉升至管理層。我要即時的成果。」

王顧問抓抓漸變灰白的頭髮，說：「好吧，馬先生。您是我們少有清楚知道自己需要的客戶，我也不多說了。我現在去準備合約。」

然而這次立文的判斷錯了。四十四歲時他仍未晉升至高位，於是他再出售五年時間。五十歲的時候，立文成為瑞投的執行長兼合伙人之一，是香港金融界炙手可熱的人物。雜誌都報道他如何在年輕時投資有道，成為瑞投最年輕的合伙人。當上執行長的頭幾年，立文意氣風發，可是，四年後，因為歐洲一間銀行倒閉引起的連鎖反應令瑞投陷入危機，立文的錯誤指示更令他被輿論壓得喘不過氣來。為了逃避傳媒的追訪，他再光顧時間交易中心。

「馬先生，」一頭花白的王顧問說：「其實這次您不用出售時間，只要到外國住個一年半載，不就可以嗎？」

「就算逃到外國又如何？這次全球的金融風暴，只怕五年後才平息。我每天看到新聞，知道消息，也是不得安眠啊……」

立文的猜測沒錯，五年後，金融市場再一次復甦，可是瑞投已被吞併。面臨退休之齡，立文也不再強求，收下瑞投被併購的賠償金，告別他打滾了「四十年」、猶如戰場的金融圈，生活歸於平淡。

※

「老爺，那我一小時後來接您。」

「嗯。」

立文坐在公園長椅，撐著拐杖，看著小孩子玩耍。年近古稀但膝下猶虛，立文在「退休」後才察覺家庭的重要。過去十年來他住在半山區的豪宅，家中有兩個傭人和一個司機，可是，他的內心就是有一股說不出的落寞。

他感到自己的人生一點也不實在。

「馬立文？」

立文聽到有人呼喚自己的名字，回頭一看，只見一個白髮稀疏的老翁。

「你是？」立文對這個臉孔有依稀的印象。

「你果然是馬立文！我是阿力啊，你的大學同學阿力啊。」

往事一幕幕重現，不過立文對阿力已沒有怨懟——過了五十年，甚麼兒女私情恩怨情仇也拋開了。

「咱們五十年沒見啦！」阿力高興地跟立文握著手。「我在報紙上看到你的新聞，你當年在金融圈真是叱吒風雲啊。」

立文苦笑一下。那段回憶就像是虛構的。

「美兒……你太太好嗎？」立文問。

「她五年前因病過世了。」阿力語調中有點失落。「不過她走得很安詳，兒孫也能在最後聚首一堂，她是笑著離開的。」

立文心中隱隱作痛。

「太爺爺！」一個小女孩走到他們跟前。「小瑩又拿了人家的蝴蝶結啦！」

「乖，太爺爺待會買新的給妳。」小女孩破涕為笑，回到孩子堆中繼續遊玩。

「你的曾孫女？」立文問。

「對，有點像美兒吧？」阿力邊說邊掏出手機，「我還有三個兒子五個孫兒兩個曾孫的照片，來來來，給你瞧瞧……」

「卡嗒」一聲，阿力口袋中的匙圈掉到地上。立文看到，不禁吃了一驚。

「你……你也光顧過時間交易中心？」匙圈繫著那個立文熟悉的裝置，只是按鈕是藍色的。

「喔，你也知道啊？」阿力拾起匙圈，感慨地說：「這只是當作紀念品罷，我可是靠它才能娶到美兒喔。」

「甚麼？」立文差點想抓住阿力，要他說明一切。

「很久以前我收到時間交易中心的開幕宣傳單，一時好奇跑去看看。他們當時有試用優惠，五分鐘只賣八百元，很便宜。我又碰巧有點積蓄，便買了五分鐘備用。」

「你買時間？」立文詫異地說：「不是賣嗎？」

「唏，時間這麼寶貴，誰會拿來賣啊！」阿力大笑。「結果沒料到，這五分鐘變得如此重要。你記得那場火災吧，當時我便知道這五分鐘派上用場了。離開房間時我發現不見美兒，想到她應該在洗手間，我便衝去找她，怎料門鎖壞了，她不斷呼救。我按下按鈕，讓時間的感覺變長，細心思考打開門鎖的方法，救出她後，還可以看清楚火勢，冷靜地找出逃生路線。沒有這五分鐘，我跟她都葬身火海啦。」

立文瞠目結舌，沒想到當年阿力救出美兒不是湊巧，而是經過深思熟慮。

「後來我們交往，我跟她一起到中心購買時間。我帶她去赤柱灘欣賞日落，把日落的一瞬延長至三十分鐘，然後拿出戒指向她求婚，她還哭得一塌糊塗呢！」

立文從沒想過，購買時間可以這樣使用。

「你們……你們從來沒有出售時間換錢嗎？像美兒患病時，應該很辛苦吧？沒想過把時間縮減嗎？」

「人生就是有痛苦，才有喜樂嘛。」阿力眼泛淚光，但微笑著說：「我們還購下一天的時間，在最後時讓家人好好跟她告別。反正近年兌換率大跌，我想再多買幾天，好好陪她一下，但她說這輩子已夠幸福了，就讓時間正常流動吧。」

立文呆坐著，黯然地望著遠方。阿力說的話幾乎全盤否定了立文的過去，令他不禁反思當年每一個決定是對還是錯。

「如果……」立文支吾地說：「如果有人告訴你，他為了金錢和逃避痛苦，把大半生的時間都賣掉，你……認為他很愚蠢嗎？」

「唔……」阿力緩緩答道：「我不會說是『愚蠢』，不過就像用一萬字的短篇小說來描寫一個人的一生一樣，有夠無趣罷了。」

Étude.1

習作・一

關鍵字：
悲傷／衣服／
農場動物／教堂／敵人

畜牲會感到悲傷嗎？

牠們在臨死一刻，會因為失去生命而落淚嗎？

我把手心的血污抹到圍裙上。一個不小心，連衣服也沾上了。

真糟糕，這是我最喜歡的白襯衫。待會老妻一定碎碎唸，她時常跟我說血跡很難洗乾淨，叫我別穿白色的衣服工作。

我身旁的老豬正在嚄嚄的哀叫著。牠大概猜想自己是下一個吧。

「農場動物只有一個使命，就是犧牲自己，以血肉來報答飼主。」

我很想跟牠這樣說，但話到唇邊，卻沒有說出來。

「對豬說教」和「對牛彈琴」不是一樣毫無意義嗎？

我洗乾淨雙手，脫下圍裙。

「你今天走運，還可以多活幾天。」我終究還是對豬說話了。

老豬嚄嚄的叫著。

接下來到教堂去吧——我如此想。罵我偽善也好、造作也好，每次殺生後我也喜歡到教堂呆上一個鐘頭，尋找心靈的慰藉。

躺在豬棚地上的，是老大的頭號敵人。我一口氣把他一家五口殺光，老大應該鬆一口氣吧。

那頭老豬也一樣鬆一口氣吧。

Var.V

Lento lugubre

作家出道殺人事件

「要當推理小說作家，便得先殺人。」

一、

「所以哪，你先殺一個人看看吧。」

「咦？」

青年先是一呆，再詫異地瞪著坐在面前、滿臉鬍碴的中年大叔。

「編輯先生，您剛才說甚麼？」為了確認自己沒有聽錯，青年俯身向前，問道。

「我說哪，你要出道嘛，先殺一個人看看吧。」中年大叔吐出圓圓的煙圈，從容地說。

在這個露天的自助咖啡茶座裡，青年身邊有兩三個小孩拿著色彩斑斕的氣球跑過，嬉笑聲和星期日的廣場十分匹配，可是他卻彷彿掉進了異空間——他被對方的話嚇倒，沒辦法說出半句話來。

「您、您叫我殺人？」青年結結巴巴地說。

「對哪，殺一個人。」中年大叔把香煙架在煙灰缸的凹槽，緩緩地說：「要當推理小說作家，便得先殺人。」

「編輯先生，您說的『殺人』是在故事裡吧？」青年勉強擠出笑容。

「當然不是，是現實之中、活生生的人哪。」

青年接不上話，狐疑地看著大叔。

「你啊，」中年大叔拿起盛咖啡的紙杯，緩緩地說：「你的稿子啊，就是欠缺那一點東西。情節很不錯，文筆也夠水準，但就是缺少了最重要的靈魂。你看過不少大師級的推理小說吧？例如Ｃ氏的作品，你有甚麼感想？」

「是、是《藍色密室高樓殺人事件》的C氏嗎？那真是一部出色的作品，十年前我讀過後便深深著迷了。雖然C氏近年的作品的風評不大好，但他的《藍色高樓》真是經典。」

「你不認為《藍色高樓》的詭計設計荒誕誇張嗎？」大叔問道。

「嗯……的確有點誇張。」青年不明白對方發問的用意，生怕說錯話。青年記得，《藍色密室高樓殺人事件》正是對方的出版社所出版的。

「對哪！是誇張到不行啊！那種故事簡直荒唐！」大叔提高了聲調，說：「可是，讀者就是不會反感，書評家打了九十分以上的分數，而這本小說還創下銷量紀錄。你知道為甚麼這本書可以大賣？」

「是……有靈魂？」青年戰戰兢兢地說。

「就是啊！有靈魂！C氏在敘述殺人、描述屍體等場面都有強烈的真實感哪！你以為他為甚麼能在作品裡注入靈魂啊？」

青年聽出大叔的話中話，不禁微微發出呼聲。

「編輯先生，您是說……C氏曾……殺過人？」

「我沒說哪。」中年大叔露出一個詭異的笑容，說：「可是，你認為C氏出道後一直沒露臉，堅持當『覆面作家』的原因是甚麼？」

「是……減少曝光的機會？」

「你對於近年愈來愈多不肯露面的作者出道，不覺得奇怪嗎？像K氏啦、N氏啦、連拿到推理文學賞也堅持不出席頒獎禮的M氏啦，他們跟C氏有著同樣的理由哪。」

「您是說……」青年大吃一驚：「他們全部都……殺過人？」

「嘿嘿，確切的數目就連我這個在行內混了多年的老鳥也嚇一跳哪。這已經是業界的潛規則了，要成為一線的推理作家，一是像R氏或Q氏那樣高調地偵破懸案，一是隱藏身分秘密地殺過人。」

「Q氏筆下的案件都是真實的嗎？」青年問道。

「是啊。不過你別妄想現在可以行這一套，警方的科學鑑證愈來愈先進，一般人憑甚麼比他們還快偵破案件？今天懸案已經很少，要當個能破案的推理作家，機會微乎其微，大部分新晉作者都會選後者哪。」

青年頭昏腦脹，霎時間接受不了這個可怕的事實。

「知道去年聖誕節那一樁殺人事件嗎？」大叔突然問。

「去年聖誕節的殺人事件？是一位教師殺害了鄰居的女生，一星期後被捕的那一樁嗎？」

「對哪，正是那一件。你又知不知道那個男的為甚麼要殺那個女的？」

「報章說是感情糾紛，男的追求不遂……」青年的話說到一半，猛然止住，因為他猜到對方問他知不知道的理由。

「我讀過那個兇手的作品哪。」中年大叔又朝天呼出一個煙圈。

「所以……他是為了成為推理作家……才會……」

大叔把煙屁股的餘焰弄熄，說：「為了寫作而殺人，這種理由誰會相信？傳媒也好、警方也好，都只會找符合他們想像的殺人動機，好讓大眾接受、讓報告來得簡潔。這個時代，沒有人對『真相』有興趣哪。結果那位教師在審訊前，在拘留所中自殺了。沒辦法吧，幹得不上不下，就像他的作品一樣半吊子。你的原稿比他的優秀得多啦。」

青年受到讚賞，心底有一絲高興，可是一想到對方提出的難題，不由得面露難色。

「編輯先生，不殺……不殺人不可以嗎？」

「以我多年的經驗，我可以清楚告訴你，如果沒跨過這障礙，你這輩子只能當個二流的小說作者。」大叔點起另一根煙，說：「我很少看錯人。你知道我們出版社旗下有多少位暢銷作家？別說我誇口，當中有一半是我提拔的。你有潛力成為他們的一分子喔，記得S氏吧？他出道那一年，我們投資了好幾百萬在他身上，現在他的作品又被改編成電影，又翻譯成十二種文字外銷……在你身上我看到S氏的影子哪。」

青年的內心有一點動搖。看著桌上的名片，上面印著全國實力最雄厚的跨國出版社的名字，下方的職銜寫著「文藝圖書第四部．副總編輯」，他壓根兒沒想過，冒昧打電話到出版社時，竟然獲得這麼高級的人員約見。

「難道你從沒想過，在現實裡下謎題挑戰世人嗎？你對自己設計的詭計，應該很有信心吧？不想知道自己是不是比一般人想得深入，比一般人優秀嗎？」大叔以平穩的語氣說道。

一點火星燃起青年的心坎一角，火舌漸漸蔓延開去。
「我⋯⋯如果我真的要⋯⋯殺人，我應該殺誰？」青年以蚊子般的聲音問道。
「我怎知道哪？」大叔聳聳肩，「這是你的問題啊。」
青年看著對方，一臉不知所措。
「我只能說，找鄰居下手真是有夠笨的。你可以隨便找個路人當目標——還有，別找我，我死了便沒有人替你出書哪。」大叔輕鬆地笑著。
青年感到十分混亂。成千上萬在默默耕耘、有志投身寫作的年輕人所渴望的黃金機會就在眼前，只要他願意，一伸手便能拿到。他並不是害怕殺人事敗會被捕——他的確自信地認為他的設計即使放在現實裡也無人能解，只是他對「在現實中殺人」的念頭感到不安。他曾想過不少可以在現實中實行的殺人詭計，可是，這種躍躍欲試的心情，一直被基本的心理枷鎖所困住。他從來沒理由去殺人⋯⋯直至現在。
「你知道人類可以分成兩種嗎？」內心正在掙扎的青年，突然聽到大叔問他這一句話。
「是男人和女人？」青年說。
「當然不是哪，」大叔深深地吸了一口煙：「是『利用他人的人』和『被他人利用的人』。你想當前者還是後者？」
中年大叔這一句話，彷彿打開了青年內心的鎖。
「我⋯⋯明白了。只要我越過這一關，我便能成為您們出版社的作家嗎？」青年向對方確認。

「我向你保證，你的故事將會成為暢銷全國的大熱作品。」

二、

跟大叔告別後，青年獨自走到街上，縱使陽光燦爛，他心中的陰霾愈來愈大，就像墨水滴進湖泊，黑暗的念頭向四方伸延。他沒想過，那天晚上他打電話到那家出版社編輯部碰運氣，期期艾艾地說明投稿的意向，和對方談了一會兒後，便給約到出版社附近的自助咖啡店相談。當那位中年大叔找上他時，他驚訝於對方的不修邊幅，可是多聊幾句，他便知道對方是一位老練的編輯，因為那位大叔只用很短的時間便讀完他的作品，更能指出當中的好壞。

「你辦好事情後便打電話給我吧。名片上有我的直撥號碼……我不一定在編輯部，你可以在留言信箱留下口訊，不過我想你不會笨得留下對自己不利的供詞吧？嘿嘿。」

大叔臨走時，丟下這一句，還附上兩聲不懷好意的笑聲。

青年茫然地走著，渾然不知道往哪裡去。殺人？殺誰？青年一邊走，一邊想著「利用」誰來幫助自己的事業。最先在腦海浮現的，都是他所憎恨的臉孔。橫豎要幹，乾脆幹掉看不順眼的傢伙吧？像中學時老是把自己呼來喚去的胖子、念大學時盜取了自己的論文害他輟學拿不到文憑的女同學、或是誣陷出賣公司情報令自己被辭退的同事……

「不。」青年搖搖頭，知道這些對象並不適合。即使再憎恨對方，只要兇手和死者是認識的、有關係的，警方很容易找到蛛絲馬跡，大大增加被捕的機會。警方調查命案，往往從死者的人際關係著手，先假設犯人是因為恨意而動殺機，把偵查的範圍縮小。如此一來，自己很快會被盯上。

青年很清楚他的目標。殺人不是目的，只是手段。他是為了成為推理作家而殺人，不是為了殺人而殺人。他根本沒必要殺死痛恨的對象——為了洩忿而殺人，真是有夠不智的。這種「理智」的想法一直存在於青年的內心。心底裡，他認為自己是一位功利主義者，損人不利己的事情他才不會幹。

走到一座商場外，青年被從門縫滲漏出來的冷氣吸引，緩步走進建築物內。因為翌日的星期一也是公眾假期，這個下午商場內人潮如鯽，市民都享受著這個長假期的美好時光。青年在噴水池旁的長椅坐下，繼續沉思殺人的計劃。

殺死自己身邊但沒有關係的人又如何？青年心想。偶然碰面但不知道姓名的鄰居、常常光顧的便利店的店員、每天定時在窗前看到的跑步少年……因為彼此不相識，警方如果從動機著手，一定找不到線索。誰料到兇手竟然是一個陌生人？在熟悉的環境下手，也是對犯人有利的因素之一。可是，這當中一樣有風險——萬一失手，受害人沒死，便有可能認出自己。完善的殺人計劃必須考慮到所有細節，包括出錯的情況、被第三者目擊、不小心留下證物等等。

青年漸漸瞭解「要當一線推理作家便要先殺人」的理由。不過是短短的一小時，他所想過的殺人步驟、挑選獵物的考慮因素，已經大大超越他以往寫推理小說時曾思索的。因為是現實，可不能說句「啊，警察無能嘛」便胡混交代過去，他要把每個可能想得清清楚楚。

陌生人。死者一定要是一個陌生人——青年決定了第一項要點。他明白到下手對象只有未見過面的陌生人才最安全。沒有關係的殺人，才能令自己撇清嫌疑。

再來的，是手法問題。用刀刺殺？絞殺？用硬物重擊頭部？青年很清楚自己毫無運動細胞，根本沒辦法用上使用體力的殺人方法，否則只會弄巧反拙，手槍之類的東西亦不容易到手。此外，掩飾真相的手段也要好好考慮。偽裝成劫殺案？可是，如果裝作搶劫殺人，找陌生人下手的理由便失去了。利用行劫來掩飾犯人和死者相識是老掉牙的方法，可是既然青年根本不認識被害人，這想法自然不能成立。偽裝成自殺？意外？還是製造恐慌，使用炸彈或硫酸，在鬧市隨便殺幾個傢伙？

「不，這樣太小家子氣。」青年想。他想到C氏的作品，內裡充滿不可能犯罪的趣味，又想到S氏小說中那些天馬行空的犯案手法。如果要超越前人，他一定要做出更驚人的舉動——在現實裡執行不可能的殺人詭計。就算不能公開是自己的手法，也得讓編輯讚賞，展示自己的才華。

可是，談何容易？青年嘆了一聲，發覺剛才想得太遠了。縱使有殺人的覺悟，要如何部署、如何執行，可不是一時三刻能完成，更何況他連想殺害的人也未找到。青年向著噴水池前方的遊人瞧過去，有衣著時髦的小伙子、有推著嬰兒車的年輕父母、有穿著皺巴巴西裝的中年人。在他們當中隨便挑一個？青年以猶豫的目光掃視每一位行人，卻始終沒有找到合適的目標。

青年站起來，決定讓自己放鬆一下。商場裡有一家大型的連鎖書店，他可以去看一下書，甚至瀏覽一下推理小說，尋找殺人的靈感。他當然沒打算抄襲前人的設計，不過他知道，殺人詭計在解構之下都只會歸納為幾個模式，誤導的手法也不過是大同小異。

大概因為是午飯時間，人們都擁到餐廳吃午餐，書店裡的顧客數目比外面的少，駐足翻閱的不過寥寥十數人。青年走到放推理小說的書架前，以指尖掃過一排又一排的書本。《白晝殺戮之謎》、《死神鐮刀殺人事件》、《恐懼林》、《密室的輪迴》……青年把目光都放在一些以離奇手法殺人為賣點的作品上。這些小說當中，有些他老早讀過，有些則只看過簡介，對實際內容一無所知。他從架上取下M氏的《夜叉老人》，翻了翻，再從另一個架上拿起S氏的《十間密室》。

在付款處，青年掏出會員卡放在櫃檯上，讓店員使用條碼掃瞄器替他增加購物積分。紅色的雷射光拂過會員卡的背面，收銀機發出清脆的電子響聲，旁邊的螢光幕亮出一串數字。

「先生，要使用積分嗎？你有三百分，可以當五十元使用。」店員親切地問道。

「啊……好的，麻煩您。」青年數著紙鈔。

《夜叉老人》是以一則都市傳說為藍本的犯罪小說，描述主角連續殺害十多名無辜的市民，跟刑警周旋鬥智，主角在刑警緊盯下仍能一次又一次逃脫。至於《十間密室》，是一部短篇推理小說集，由十篇作品組成，內容清一色是密室殺人。

現實中弄個密室殺人吧！青年心想。如果在現實做出密室殺人的案件，一定夠轟動。這是推理小說家的浪漫啊。

「甚麼密室殺人，蠢死了。」

青年怔住，店員找回的零錢從他的指縫掉落地上，咕嚕咕嚕的滾到一旁。青年慌張地蹲下，指頭往地上的硬幣伸過去，視線卻放到身後，找尋聲音的來源。

「姊，妳別這麼說嘛。」一位短髮的少女，跟她身旁的長髮女生說道。

「難道不蠢嗎？殺人便殺人吧，幹嗎要布個假局偽裝成密室？這些小說的作者都是笨蛋，整天幻想著不切實際的殺人把戲。真不明白妳為甚麼喜歡看這些歪書。」長髮女生嚷道，書店的顧客紛紛向她行注目禮。

青年舒一口氣，他差點以為有人看穿他的思想。他假裝點算硬幣，眼睛卻看著這兩位女生，留意著她們的對話。

「姊，小聲一點吧……」短髮女生有點窘困，扯了扯姊姊的衣角。

「這……這是事實嘛。妳有空便多讀一些文學作品和劇本，別忘記妳也是戲劇社的成員啊。這些甚麼推理小說都是騙小孩的無聊故事，看得多，腦筋也遲鈍了。」長髮女生似乎發覺自己的發言過於高調，顯得有點不好意思，可是嘴上還是繼續說。

青年感到一股莫名的憤怒。他不下一次聽到有人批評推理小說是無聊的作品，是不入流的三流讀物，可是這一次特別刺耳。他不知道這是不是因為他那邊廂剛剛抓住成為推理作家的黃金入場券，這邊廂卻被潑了一頭冷水，心情特別容易受影響。

短髮少女沒有辯駁，只是默默地從書架上拿起一本推理小說，走到櫃檯付款。青年站在一旁，拿起一本電腦雜誌低頭裝作閱讀，目光卻越過那些介紹廉價筆電的文章，緊緊盯著她和長髮女生。兩人年紀差不多，五官和樣子也很相像，任何人也會看出她們是姊妹，不過長髮的姊姊明顯比妹妹懂得打扮，無論化妝和服飾也來得亮麗一點。短髮少女肩上掛著一個灰色的布袋，上面印有一個青年熟悉的校徽——那是R大學的徽章，青年也曾在這大學念書。

「好了，我們回去吧，學長他們正在等我們。」短髮少女把小說放進布袋，說道。

「嘖，真麻煩，都暑假了還要每天回去。今天還是星期天耶！」長髮女生啐了一聲。

「姊，妳是主角啊，不能偷懶啦。」短髮少女嫣然一笑，勾著姊姊的手臂。

「哼，如果不是他們求我，我才不稀罕當這個寒酸的女主角！不讓我演《殉情記》，卻要我跟那個醜陋的矮子演對手戲，真叫人不爽。」

「是啦是啦，漂亮的愛絲米拉達小姐，請妳委屈一下，當幫幫妳的妹妹吧。」

二人邊說邊離開書店。青年的內心突然捲起波濤，看著那兩位女生的背影，他彷彿感到她們是上天為他安排的女演員。尤其是長髮女生說的話，更讓他覺得這是天意。

「既然她如此鄙視推理小說，說密室殺人是騙小孩的玩意，我便讓她領略一下密室的絕望吧……」

惡魔的爪牙攫取了青年的心靈，冷卻了的殺意再一次升溫。青年離開書店，跟在女生的後面，盤算著各個可行的殺人方法。

三、

「長、長官，凶案現場就在舞台後的貯物室。」一個穿著整齊制服、身材略胖的警員，神經兮兮地跟剛到步的刑警報告。這位刑警左邊臉頰上有道淺淺的疤痕，眼神銳利得像要吞掉對方似的，一般人看到，大概以為他是黑道中人。

「該死的，早幾天長假期累積的工作剛辦妥，今天又來一件麻煩事。連午飯吃到一半也得趕過來。」刀疤刑警戴上橡膠手套，跟警員越過封鎖線。三位負責看守的警員看到他，連忙站好敬禮。

警員打開貯物室的木門，房間裡放滿形形色色的傢具與雜物，有大型的雙人床、古老的衣櫥、深褐色的安樂椅、三個座位闊的沙發、堆到房間每個角落的絨布和帆布。在大門旁邊還有一面全身鏡，就像是中世紀歐洲貴族大宅的傢具。房間裡只有一盞燈，因為正值中午，從氣窗射進來的陽光比它更亮。天花板上吊著一把巨大的風扇，扇葉緩緩地轉動，可是卻難以感到它吹出來的風。房間雖然亂，但並不像那些發霉的貯物室，感覺上還算乾淨——也許在後台工作的人把它當作休息室。在木地板上，有一個女生一動不動地躺臥著，身上穿著一襲灰白色的、像是戲服的裙子。

「死者是這間大學的二年級學生，是戲劇社的成員。」警員翻開記事本，說：「一小時前，戲劇社的其他成員剛綵排完畢，死者的兩位學長便到貯物室找死者，卻看到她倒在地上。其中一位發現者以為她昏倒了，趨前一看才察覺死者已死。他們便立即報警。」

「你是最早到達的警員嗎？」刑警問。

「是的，長官。我到場後發覺死者沒有氣息，便嘗試替她作人工呼吸，可是太遲了，她看來已斷氣半小時有多。她本來是俯臥著的，為了進行急救我把她翻過來。」

刑警蹲下，仔細端詳死者的樣子。死者的頸項有明顯的繩索勒痕，單從這點來看，死者很可能

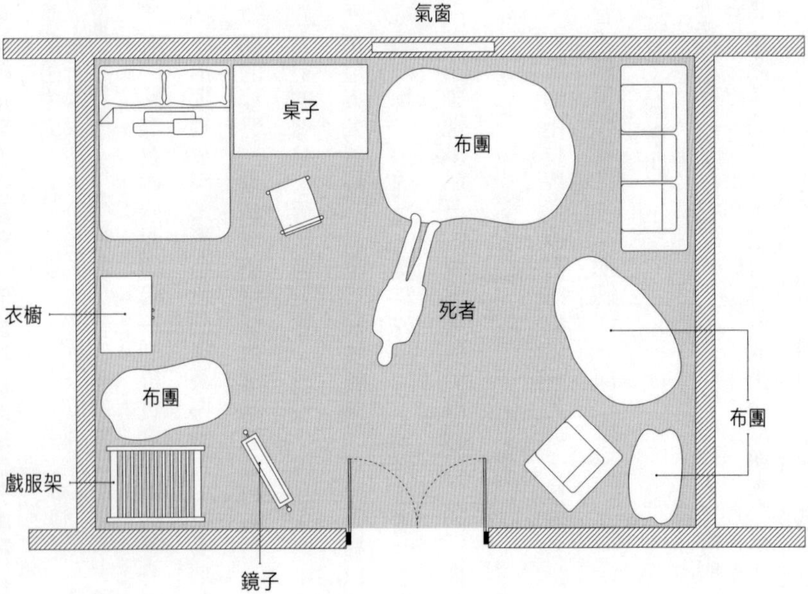
氣窗
桌子
布團
死者
衣櫥
布團
布團
戲服架
鏡子

是被勒斃的。在頸部前方有幾道跟繩索痕跡垂直的抓痕，刑警一看，便知道這不是自殺案。那是死者脖子被勒住，企圖用手指解開繩索所造成的傷痕。

「兇手是用繩子從後勒斃死者吧。」刑警把死者的頭部別到一邊，查看著脖子兩旁的繩痕。繩痕集中在頸項前方，頸後的痕跡明顯沒有前面的深。刑警憑傷痕推斷，兇手頗為強壯，因為一般的絞殺中，兇手會把繩子繞一圈，左右手交叉用力，頸後的傷痕不單比喉部的深，更會出現兩道平行的瘀傷。而現在的證據顯示，兇手不是向左右施力，而是向後施力，犯人很可能用手肘或膝蓋抵住死者的背部，把死者勒斃。

刑警站起來，說：「待法醫官來到便可以得到更詳細的報告，但現在所看到的也夠明顯了。發現死者的學生有沒有看到兇手的樣子？」

「啊……這一層……」警員欲言又止。

「怎麼了？」

「剛才我問過那些學生，除非他們都是兇手，否則沒有人能行凶……不，就算他們都說謊，也不大可能殺死死者的。」警員皺著眉，困惑地說。

「甚麼？」

「長官，讓我先說明一下這幢大樓的結構吧。」警員再翻起記事本：「這是R大的第二禮堂，舞台位於地面，除了觀眾席的出入口，就只有舞台左側的後門。雖然二樓也有觀眾席，但如果要從二樓走到地面，也得離開禮堂，使用室外的樓梯。換言之，要進出這個舞台就只有靠觀眾席的出口，以及舞台側的後門。貯物室位於舞台右側，要進出貯物室一定要經過舞台。」

刑警走出貯物室一看，果然如警員所言。

「因為他們在排練，舞台後方的布景和布幕也沒放下來，如果有人走進貯物室，正在排戲的人不會沒看到。」警員繼續說。「這間貯物室只有一扇小小的氣窗，還裝上了鐵枝，沒有人能從氣窗出入。」

「戲劇社的人都說沒看到有人走進房間嗎？」

「是的，舞台上的六名成員、台下的七位工作人員，一致地說除了死者外沒有人走進貯物室。他們現在在三樓的休息室，有兩位同事照料著他們。」

「那麼，最大嫌疑的是發現者吧。」刑警簡單地作出結論。

「我也曾這樣想過，可是，戲劇社的社長給我看過一件決定性的證據。」警員走到離貯物室不遠處，舞台側的一個組合櫃旁。警員打開附有鎖的櫃門，櫃裡的架子上放了幾個螢幕和幾台錄影機。「他們會把排練的過程錄下來，用作參考。」

警員按下播放鈕，螢光幕上顯出舞台的畫面。畫面下方有日期和時間，正是刑警抵步前兩小時。刑警猜攝影機應該架在觀眾席後方，所以能把整個舞台拍攝得清清楚楚，連貯物室的門也給攝進鏡頭內。觀眾席上只有寥寥幾人——大概是劇社的工作人員——其餘的人在舞台上準備。

「看，死者走進貯物室了。」警員指著螢幕。一位穿著黑色衣服的女生走進貯物室。

「那真是死者嗎？剛才我看到她是穿灰白色的裙子啊？」刑警問道。

「我也問過相同的問題，但其他學生都堅持那是死者。那件黑色的襯衣和牛仔褲就在貯物室的一張椅子上。您再看下去便不會懷疑了。」警員按下快轉，舞台上的人快速移動，有時又看到舞台下的人走上台上，跟演員們說些甚麼。演員們只穿便服，刑警猜想這是初期的排演，所以沒穿上戲服，畢竟他們連布景也省下來。這次排練沒有關上燈，整個過程都燈火通明，期間，貯物室的門沒有打開過。

「好了，到這時他們綵排完畢。」兩、三分鐘後，警員按下播放鈕，畫面的速度回復正常。「兩名發現者走進貯物室。」

兩個男生走進貯物室後，不到十秒，其中一人衝出房間，示意他人進內，眾人走進貯物室。不一會，一個女生被人拖回舞台上，情緒似乎十分激動，最後還昏厥暈倒。其他人陸陸續續離開房間，各人都惴惴不安似的，有人在舞台上踱步，有女生相擁痛哭。

「這個昏倒的女生是誰？死者的姊妹嗎？」

「嗯，好像是雙胞胎。看到親人遇害，難免特別傷心。」

「那麼最大嫌疑便是她進去之前的所有學生吧？或者那昏倒女生也是在演戲，全部人合謀殺害死者呢？」

「長官，請您留心看一看這兒。」警員把錄影帶回捲，在兩名男生推門打開貯物室的一刻按下暫停。

刑警看到畫面，不由得驚呼一聲。畫像雖然模糊，但也可以辨認出，從男生身旁，透過打開了的大門，看到死者穿上了灰白色的裙子，俯臥在地上。

警員再次按下快轉，眾人離開房間後便沒有人接近，直至幾名穿制服的男人來到——這位胖警察也被攝進鏡頭，他和另外一位警員走進貯物室的情況也給拍下來。

「負責拍攝的同學因為這件突發事件忘了關機，所以連我們也拍到了。我們沒有離開這兒半步。」警員說：「如此一來，便證明沒有人走進貯物室殺死死者。」

刑警感到一股寒意，從背後滲出。他拔出左輪手槍，快步走到貯物室門前。胖子警員和守門的警察，看到刑警作出如此行動，不由得緊張起來。

「早上學生們幾點來的？他們有禮堂大門的鑰匙嗎？」刑警壓低聲線，問道。

「他們好像十時左右回來，剛才我聽他們說負責開門鎖門的是管理員，戲劇社的社長只有放影音器材的櫃子的鑰匙。學生們到來前，管理員已預先把大門開鎖。」

「兇手也許還在。」刑警簡單的說明，其他警員便有默契地站在門旁兩邊，拔出手槍掩護刑警進入房間。

刑警輕輕打開厚重的大門，屏息靜氣地觀察著房間的每一個角落。天花板和地板都是結實的混凝土，犯人不可能藏身天花板上，亦不能躲在地下。除了大門外，房間裡沒有第二扇門，牆壁都是實心的磚牆。餘下來的，是衣櫥、全身鏡後、雙人床下，以及在氣窗下方、屍體腳邊一個被紅色絨布蓋著的布團小山。

刑警小心翼翼地走到鏡子旁，慢慢移開鏡子。鏡子的架台附有輪子，刑警輕輕一推，鏡子便移開五公分。鏡子後沒有人，只有一排掛起來的舊戲服，還有幾雙靴子。胖警員跟隨著刑警，走到衣櫥前抓住把手，用力一拉，衣櫥裡也是空無一人。刑警往床底下一看，只見到有四、五張收起來的摺椅。眾人的目光都放到屍體不遠處的布堆上。

多少年沒遇上這種驚險的情形呢？這一刻刑警心裡除了不安之外還帶著幾分嚮往的情感。他是為了正義、為了抓住窮凶極惡的犯人才加入警隊的，雖然往日拘捕過不少犯人，但很少機會遇上這種命懸一線的狀況。刑警的經驗告訴他，當所有不可能的假設都被事實否定的話，剩下來的便是真相——兇手不可能憑空消失，所以，他還在房間的可能性最大。

刑警舉起左手，用手勢示意警員散開。兩位警員退回門外，以防犯人逃走，胖子警員和另一位警員則站到房間的兩側，萬一犯人手上有武器時亦能掩護刑警。刑警嚥了一下口水，伸出左手，抓住布堆上一幅棗紅色的絨布，奮力一扯——絨布下，只有一些布團、枕頭和坐墊。

沒有。房間裡，除了屍體外，沒有第三者。刑警仔細的審視每個角落，也找不到暗門或可以藏起來的地方。他走到氣窗前，用力搖動鐵枝，鐵枝卻紋風不動。氣窗在牆上兩米高的地方，只有三十公分高、六十公分闊，直立的鐵枝之間只有十公分左右的空隙，沒有人能利用這兒出入房間。刑警往窗外一看，發覺外面是一條緊貼建築物的隱蔽小徑，於是他離開房間，從舞台的後門經過走廊再繞到禮堂後的小路上。

小徑只有兩、三米闊，一邊是禮堂的外牆，一邊是一面向下的斜坡。這座禮堂建在一個小山丘上，山坡大約有四、五米高，小路旁的破舊欄杆正好在貯物室氣窗外的地方斷掉，前方不遠處的地

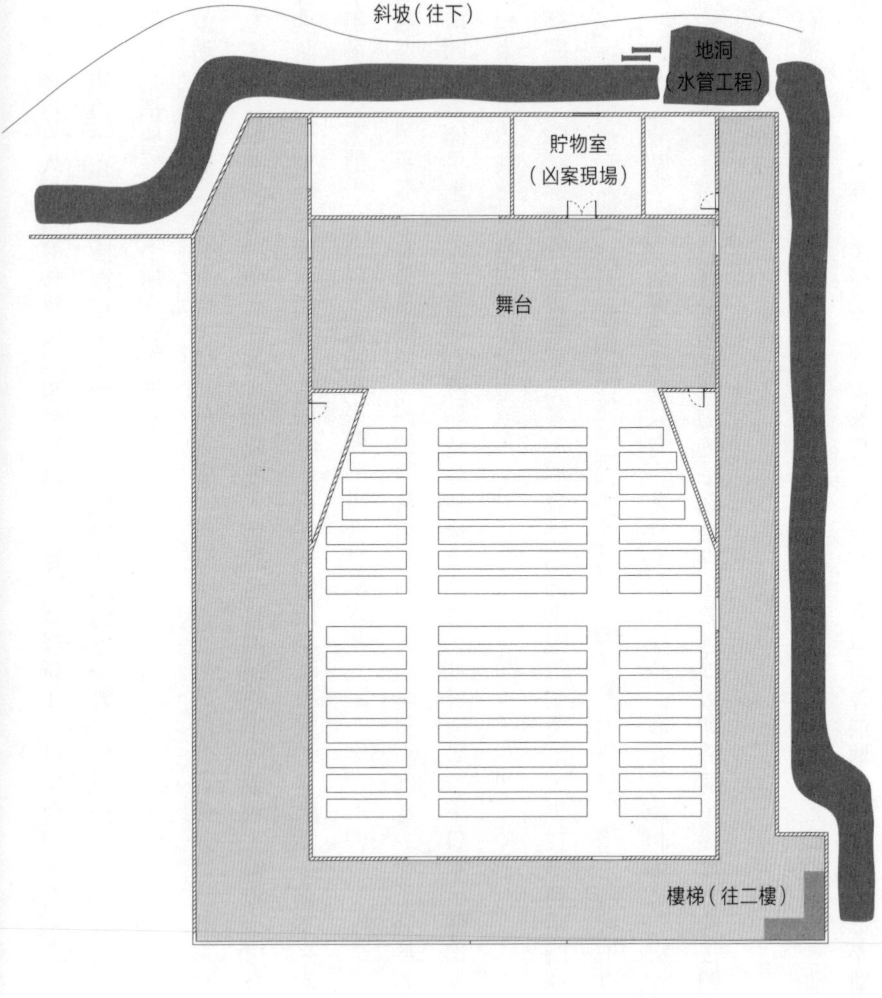
斜坡（往下）
地洞
（水管工程）
貯物室
（凶案現場）
舞台
樓梯（往二樓）

上挖了個一米長的洞穴，洞裡露出一些管道和電纜，鋪著紅色磚塊的地面上散布著一些泥土。洞穴旁邊有些磚塊和直徑有五、六十公分的粗大鋼管，似乎是進行工程當中，大概是打算改建道路或鋪設水管。地洞前有個貼了通告的欄柵，說因為圖則改動工程稍作延誤，不便之處敬請原諒云云。

刑警細心看著外牆，可是也找不到修補的痕跡。這個發想很瘋狂，他沒告訴胖子警員——他想兇手可能在牆上鑽了洞，殺了人後爬洞離開，再補上牆洞，雖然他想像不到兇手如何同時修好牆的內外兩側。刑警站起身子，轉身離開，不小心踢到路旁一塊磚塊的碎片，碎片滾下山坡，打中坡下一根鋼管，發出響亮的聲音。看到斜坡下的鋼管，刑警心想一定是某位冒失的工人不小心把鋪設中的喉管零件丟下山，又懶得把這沉重的管子拾回。這根管子少說也有一百公斤重，要走到山下把它運回山坡，一定很麻煩吧。反正附近沒有行人，路旁還有十多根鋼管，多一根少一根也沒影響。

「多一根少一根……」刑警突然想到另一個可能。

他興奮地回到舞台，按動錄影機再播一次錄影片段。說不定，兇手一早躲在房間裡，殺人後，趁混亂時跟眾人一同離開房間。這一次，他仔細數著畫面中的人數。

「一、二、三……」在其中一位男生衝出貯物室後，刑警算著進入貯物室的人數。

「九。」有九個人走進房間。接著便是激動女生被人拖出來的畫面。

「……六、七、八、九……十！」刑警露出勝利的笑容。果然如此！兇手躲在房間裡，殺死死者後，假扮外來者，和眾人一同離去！那面附有輪子的鏡子便是最好的掩飾，他只要躲在鏡子後，待四、五人進入房間，再假裝是先前走進房間的人便不會引起懷疑！只要細看錄影帶中進出房間的各人，比對一下，兇手便無所遁形！

刑警得意洋洋地按下回捲，卻猛然發現自己算錯了——他少算了最初進入房間的那位男生。進入房間的人數是十，不是九。這令他十分洩氣。他從死者進入房間開始，再一次仔細點算畫面中的人數——十三人。發現死者後，在舞台和觀眾席的人數，仍是十三人。刑警更從服裝和外表，確認這十三人沒有掉包，是原來的十三人。

到底兇手是怎殺死死者的？刑警苦思著當中的可能。最有嫌疑的，是發現死者的男生吧。當他的同學離開房間，到他人湧進現場前，他有很短的時間可以下毒手。大約有……六秒鐘。刑警搖搖頭，發覺這不大可能。如果那兩位男生也是犯人呢？在進入貯物室到第一位男生跑出房間，大約有十秒。所以兇手有十六秒的時間去勒死死者。刑警拍了自己的額頭一下，覺得這想法太笨了。十六秒是不足以縊死一個正常人的。餘下的可能，是「全體人員也是共犯」，就算不是全部十三人有份作案，也至少是當中進入現場的十人。

「可是，他們根本沒有必要報警，以及留下錄影帶作為證據啊？片段也拍到警察到場，這可不是假造的影片……」刑警用手指搓揉額角，彷彿感到頭痛。「難道是自殺？那些抓痕是死前後悔，奮力掙扎而造成的？」

突然之間，他發覺他忘了最重要的一環。

「凶器呢？」

刑警和警員仔細搜過十三位證人的身，沒找到當作凶器的繩子。從錄影帶中，也沒看到眾人離開房間後有甚麼可疑舉動，沒有機會把凶器藏匿起來。半子警員和同僚們仔細搜過貯物室，找到幾條布製的腰帶，可是大小粗細也跟死者頸項上的繩痕不吻合。

「這……這是甚麼？」胖子警員站在大門右方的牆角，面向牆壁，顫聲地吐出這幾個字。刑警趨前一看，感到猶如噩夢般的衝擊——他發現這面本來被活動衣架擋住的牆上有一列灰濛濛的鞋印，鞋印從地面向上延伸，左右交替，彷彿有人垂直地從地板走上牆壁，而這些痕跡到了牆壁中央、差不多一個人身高的地方便消失得無影無蹤。

即使不宣之於口，刑警和警員們都在想著相同的答案。兇手在房間裡勒死死者後，連同凶器一起消失了。

這是密室殺人，現實中的密室殺人。

四、

青年看到報章的報道，不禁大笑起來。

「離奇命案　兇手消失　R大女生被殺」

「隱形人殺人？R大發生神秘殺人事件」

「現實中的不可能犯罪　R大女學生被殺之謎」

他沒想到傳媒得悉如此詳細的資料，鉅細無遺地把凶案的細節一一報道，包括死者的死因、事發的貯物室環境、以至牆上的腳印等等。作為「出道作」，這樣的殺人手法應該可以讓那個鬍碴大叔折服。青年殺人後翌日便打名片上的電話，可是沒有人接聽，只聽到電話系統預設的冰冷聲音：

「這兒是K出版，您所撥打的內線號碼暫時無人接聽，請於響聲後留下口訊。嗶——」

「編輯先生，您吩咐我準備的稿件已完成了，請聯絡我。我是……」青年想起大叔的告誡，留下曖昧的留言。

兩天後，大叔回覆了青年的電話。青年心想編輯的工作真是忙碌，而他也不禁想像這兩天裡，大叔是不是接見了其他新人，也跟他們說過想出道便要殺人等等。他每天看報紙，看到謀殺或意外死亡等報道，也會作出聯想。

「嗨，你辦好事情哪？」青年跟中年大叔相約在上次見面的自助咖啡店，二人甫見面，大叔便說。

「當然了，編輯先生。」青年滿懷自信，跟上次碰面時怯懦的神態簡直判若兩人。「我還準備了新的稿件給您過目。」

「看，我早說過你越過這一關後，前途無可限量吧！看你現在多麼的有信心！」大叔笑道，大口的吸了一口煙。

「您說得對，那真是令我成熟的最佳途徑。」青年笑著說：「我想，您知道我幹的是哪一宗吧？」

大叔確認一下四周沒有人留意後，說道：「你幹的那宗，給報道出來了嗎？」

「當然，還是最轟動的那一樁。」

「是……R大？」

青年點點頭，展現勝利者的微笑。

「好傢伙！」大叔壓下聲音，卻掩飾不住他的興奮心情：「我以為你只會幹些簡單的小案子哪！我可沒想過你竟然做出這樣的一件大事！就連我也看不出破綻！」

青年感到非常愉快，能讓面前這位大叔表現出驚訝的一面，彷彿就是這一個多星期的目標。

「呵，這是我獨力完成的。」

「乖乖不得了！我還以為犯人是戲劇社的成員之一，或者是當中的幾個人！」大叔急促地吸了幾口煙，說：「快，告訴我你是怎麼做到的！」

青年把當天會面後，在書店遇上兩姊妹的經過告訴對方。

「當時我想，既要找陌生人，又要熟悉環境，R大是個絕妙的條件。我跟蹤她們到了R大的禮堂，接下來幾天，我也偷偷觀察他們的排演。大學是個開放式的校園，任何人也可以自由出入，我這種舊生更熟知環境，只要帶個印有校徽的舊布袋，就連警衛遇上也不會查問。」

「禮堂應該沒有幾個人，你如何能偷偷觀察？」大叔問道。

「觀眾席有二樓，門也沒有鎖上，就算大模廝樣地在二樓觀看他們，也未必有人察覺。何況我是躲起來偷看，不會有人留意。」

「門沒有鎖上？」

「大學校園是如此的吧，」青年笑說：「他們連吃午餐或休息時也不會鎖門——不過這不是他們的過錯，負責鎖門的是管理員，他只負責每天早上九時開鎖，晚上八時工人清潔後上鎖，其他事情一概不管。劇社的社長倒會把舞台上放影音器材的櫃子鎖好，他擔心這些值錢的東西被偷吧。事實上，連貯物室也沒有鎖，畢竟沒有小偷會偷破舊的舞台道具。」

「你便如此在二樓觀察著他們，看了數天？」

「不，我發覺那位女生每天早上在他人排練時，都會走進貯物室。第二天我看到她走進房間，便跑到禮堂後方，從氣窗偷看她在貯物室的動靜。貯物室的氣窗外碰巧有些磚塊，我只要站在上面便可以看得清清楚楚。她在貯物室裡，一時拿起筆在劇本上塗塗改改，一時又唸起台詞，還獨個兒演起戲來。大概因為外面正在排練，她一開門便會打擾舞台上的同學，所以她都會等其他同學通知她才離開。我看了三天，她三天也是如此，早上會待在房間裡一小時左右。當我看這一幕時，我便想到可以進行的密室殺人詭計。」

「對哪，死者是被勒死的吧，你是如何在不驚動舞台上的學生，偷偷走進貯物室，殺死死者後，又偷偷的離開呢？」大叔彈了彈煙灰，問道。

「您認為呢？」

「我猜你有共犯吧。」

「唔……共犯嗎？也許算有吧。」青年狡猾的笑著。「不過我可以告訴您，要殺人，不一定要在房間裡的。」

「你不是在房間裡下手的？那不是第一現場？」

「那是第一現場，但我沒有在房間裡下手。我是在房間『外』下手的。」

「是物理機關式的密室殺人？」大叔揚起一邊眉毛，問道。

「是很簡單，簡單得小學生也想到的機關式密室殺人。」青年說：「當我在氣窗外窺看了三天，便想到這設計。尤其是旁邊的未完成的工程觸發了我的靈感。」

「你……是在室外把套在死者脖子上的繩索索緊，勒斃死者的？」

「就是這麼簡單。」青年聳聳肩。

「甚麼簡單哪！」大叔不由得提高語調，又連忙壓下聲音，說：「這怎可能啊！一來要把絞索套在死者頸項上，二來那扇氣窗比女生的身高還要高，在室外用力拉繩索來勒死一個人，要用上很大的臂力哪！看你的體格，我不認為你有這麼大的力量哪！」

「我剛才說過是機關式的詭計吧。當我看到那些鋼管，便想到殺人的方法了。先把絞索放在房間裡，把繩子的另一端從氣窗丟到室外，走到外面把繩子穿過一根粗大的鋼管，把尾端緊綁在欄杆上。待絞索套上死者的脖子，我只要用力一踹，把鋼管踢下山坡，它的重量便會抽動繩子，把絞索套緊，將死者扯到氣窗。那些鋼管每根也有一百多公斤，我在犯案前利用網絡調查過，確認它們的重量。藉著鋼管的幫助，我幾乎不必使力，那個女生便斷氣了。接下來，只要伸手從氣窗把套在死者脖子上的繩圈割斷，繩子便會因為鋼管的重量飛出窗外，我再解開綁在欄杆上的繩結，便可以回收繩子——當然，鋼管會滾到山坡下，這是整個手法中唯一的美中不足。」

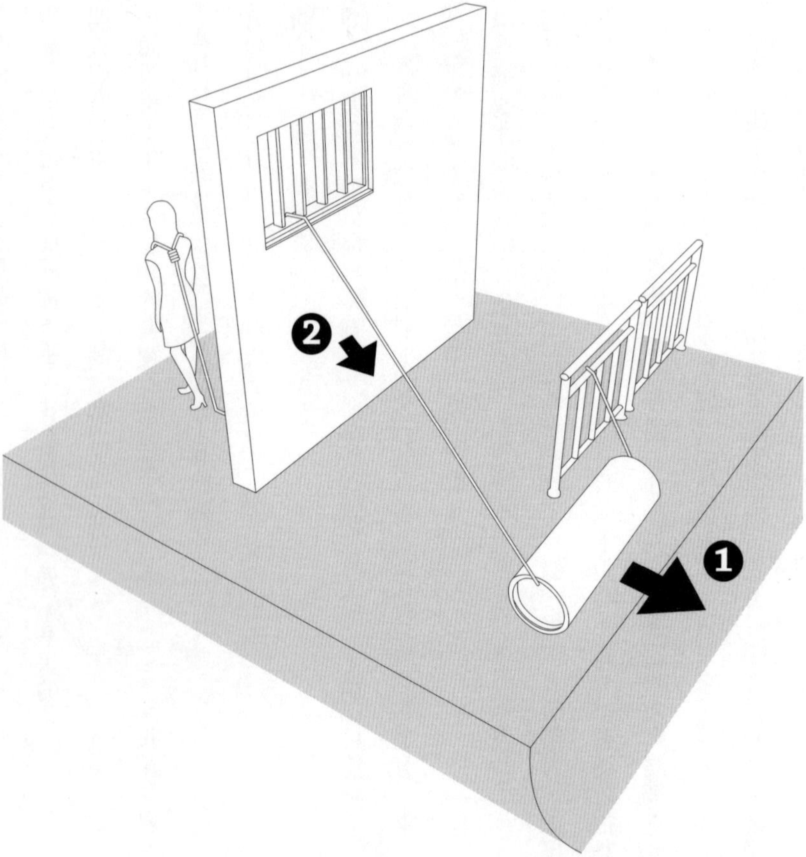
2
1

青年一口氣把詭計說出來，就像向老師展示優秀報告的學生，愈說愈興奮。

「鋼管嗎……這方面我還可以理解，可是你如何把絞索套在死者頸上？」

「讓共犯處理便可以。」

「共犯是誰？是死者的同學？是發現者之一？還是警員？」

「是死者自己。」青年無法壓抑，露出得意的獰笑。

「死者自己？」大叔手上一鬆，連香煙也掉到桌子上。「死者是自殺？」

「不，應該說，絞索是死者自己親手套上的。」

「怎可能？」

「我看到第三天，便知道只要把絞索放在她的眼前，她便會套上。您知道他們戲劇社在排演甚麼戲劇嗎？」青年突然問道。

「是哪齣戲有甚麼關係嗎？」

「當然有關！」青年微笑著說：「他們演的是改編自《巴黎聖母院》的舞台劇。」

「《巴黎聖母院》？雨果的《鐘樓駝俠》？」

「對。女主角吉卜賽女郎愛絲米拉達是甚麼時候被駝背怪人加西莫多救走的？」

「在……被送上絞刑台時！」中年大叔訝異地說。

「那女生在貯物室裡正在排演相關的情節。愛絲米拉達在囚車上被套上絞索，看到以為已死的負心漢菲比斯，傷心欲絕，最後卻被加西莫多救走是中段的高潮。那女生每天也在貯物室裡順序演出故事中不同的片段，當我看到她獨自演了法庭的一幕，便知道一、兩天後會演絞刑的這一段了。」

「你預先把絞索放在貯物室內？」

「是的，我在早上他們未到時先做了手腳。為了製造兇手消失的假象，我利用貯物室的靴子，在不起眼的牆角印上幾個鞋印，接下來我拿走本來的道具絞索，把我的那一個放在搖椅上，將繩索的另一端從氣窗丟到外面，再用帆布和絨布遮蓋著繩子，令她不能看出繩索有異。貯物室的光線不算充足，當陽光從氣窗照射進室內時，開了氣窗的那面牆會背光，一般人未必會留意窗框掛著一根繩子。我還放了更大的餌——我把愛絲米拉達的戲服從服裝間拿到貯物室，掛在鏡子前。這戲服一來可以抓住她的注意，讓她不去留意氣窗，二來她看到戲服，大概有更大的衝動去演這一場戲。結果她真的換上裙子，把絞索套上，當我在氣窗外確認她把繩子繞在脖子上，詭計便完成了。」

「如果她沒有套上絞索，你便不會成功了啊？」

「釣魚也得花些時間吧。她第一天沒有的話，還有第二天、第三天。萬一她直到最後也沒有套上繩索，我可以再想其他方法，反正她沒想過有人要殺她，我也不一定要在某個時限前殺死她——我甚至可以另找目標。」

「你不怕她的呼叫聲會驚動外面的人嗎？」大叔再問。

「貯物室的門很厚，隔音很好，所以她才會待在貯物室裡吧。」

「萬一你下殺手時有人撞破，你怎辦哪？」

「我先把那個攔路的工程欄柵搬到小徑的入口，一般人看到便不會走過來。如果那女生未勒死，卻有人闖進貯物室的話，我逃跑一定比他們繞過禮堂追出來快——至少我不會被看到樣子吧。」青年喝了一口咖啡，他大概話說得多，有點口乾。

「好……好傢伙哪！我果然沒看錯人！」大叔讚嘆道。「說起來，那女生為甚麼要在貯物室裡練習？是不想被同學看到嗎？身為女主角，她沒有必要躲起來演吧。」

「編輯先生，您說甚麼？甚麼女主角？」

「那個女生不是擔當女主角嗎？」

「不，死的不是飾演女主角愛絲米拉達的姊姊。我殺的是那個喜歡讀推理小說的妹妹。」青年輕描淡寫地說。

「咦？」

「那是當編劇的妹妹。這個劇目好像有點趕，劇本沒完全修好便開始排演了，所以妹妹每天也躲起來修劇本。其實我認為她想當演員，可能因為性格內向，不敢在人前演出，所以只好當編劇，讓雙胞胎姊姊來演女主角。她每天一邊改劇本，一邊演繹劇中的角色，尤其花時間演愛絲米拉達的戲分。我把戲服拿進貯物室，便是引誘她穿上，扮作正式的演出。對她來說，機會難逢啊。」

中年大叔詫異地看著青年，露出一副不可思議的表情。

「真……真想不到死的是妹妹哪。你不是說要教訓那位姊姊嗎？而且妹妹是位推理小說迷，你竟然殺死你的未來讀者？」

「如果姊姊在現實裡被殺的話，妹妹再喜歡讀推理小說，以後也不會覺得有趣吧。橫豎也要失去這一位讀者，殺害妹妹才是對鄙視推理小說的姊姊的最大教訓——她一定沒想過她認為用來騙小孩的詭計竟然奪去了她妹妹的性命，甚至後悔沒讀過推理小說。而且，這不是比較顛覆傳統的布局嗎？」青年仰後，倚在椅背上。

「好……好！」大叔嘆道：「你實在太出色了，比我想像中還優秀。你剛才說過，你有新稿子給我？」

「是的，」青年拿出一個公文袋，「我大幅修改了原先的作品。真正代入犯人的身分，才能寫出這樣的故事——您說得對，我之前的作品太嫩，太缺乏靈魂了。」

大叔接過公文袋，打開瞄了一眼，說：「好，今天我還有點事情要辦，我回去出版社再看。我過幾天看完後再聯絡你，到時我會準備合約。別忘記帶印章出來哪。」

「啊，好的，謝謝您，編輯先生。」青年振奮地說。

青年跟大叔握手後，踏著輕快的腳步離去。

五、

青年殺死女生後，寫作的靈感源源不絕。他在家閉門寫作，對於外界發生甚麼事情，他都沒有興趣，他的世界只充斥著殺人、詭計和案件。對他來說，他期待的東西只有兩樣——完成新作品和來自出版社的電話。

跟大叔見面四天後的早上，青年被門鈴聲吵醒。他每天廢寢忘餐地寫稿，生活作息時間早已顛倒。他一邊咒罵著敲門的人，一邊打開大門。門外的光景卻令他睡意全消——十多名穿制服和便衣的警員，正肅穆地瞪著他。當他回過神來，已經被帶上警車，而且他連衣服也沒換，腳上仍穿著拖鞋。兩位魁梧的警察坐在他的左右兩邊，叫他動彈不得。

青年知道事情並未去到最壞的程度，因為他沒被鎖上手銬，看來警方只是要他協助調查，並不是把他當成疑犯。即使心慌，他仍保持著平和的神色，因為他深信沒有留下對自己不利的證據。R大的大門有閉路電視，它可能拍到自己走進校園，不過，青年老早已想到借口。他是R大的舊生，因為失業，打算趁機會回母校找進修的課程，應該可以叫人信服。他還特意到學生事務處拿了些章程。青年猜想，警方大概找不到疑犯，便以漁翁撒網的方法，把所有進入過R大校園的人抓回去協助調查。他沒有殺人動機，應該很快會被放走。

青年被帶到警局的一個房間，房間裡只有一張桌子和幾張椅子，牆角的吊架還有一台附錄影機的電視。其中一面牆鑲著寬闊的鏡子，他猜想這是單向鏡，鏡子後大概有一些警察在監視著，也許還有攝影機在拍攝。青年坐在椅子上，卻沒有人來盤問他，他只好安靜的坐著。他怕主動說話會露出馬腳。

等了差不多一個小時，青年打起瞌睡。突然有一位刑警大力的打開門，走進房間。青年看到這位刑警一臉惡相，面頰還有一道疤痕，不由得心生恐懼。

「不用怕，他沒有證據。」青年心想。

刑警坐下，確認了青年的身分後，劈頭便說：「人是你殺的吧？」

「刑警先生，你說甚麼？」青年問。

「別裝傻了。你便是兇手吧！」刑警大聲的嚷道。

「甚麼啊？誰死了？」青年反問。他知道從家裡被帶走，至這位刀疤刑警進來，警員只說過「有一宗案件需要您協助調查」，沒有提及R大和女生，如果自己先提起，便落入刑警的圈套。

「當然是R大的謀殺案！殺死那女生的便是你！」

「R大謀殺案？是新聞裡說的那一樁嗎？」

刑警沒說話，反而微微一笑。

「唔，你這小子倒有兩下子，不但用了如此意想不到的方法殺人，連被盤問也毫不緊張。」

「刑警先生，我真的不知道您在說甚麼啊。」青年托著腮，說：「您們一早把我找來，說甚麼R大T大的，到底是甚麼一回事？我以為您們抓我是因為我下載了盜版……」

「我們認為你跟R大的謀殺案有關。」刑警冷冷地說。

「我是疑犯嗎？」青年大膽地問。

「唔……不，只是請你來協助調查。」刑警一下子被問到核心問題，只好如實作答。

「刑警先生，既然我不是疑犯，您剛才吼甚麼？是誘導我自白嗎？我倒沒想過會遇上這種電視劇才看到的事情哪。」青年得勢不饒人，諷刺對方。

刑警臉上一陣紅一陣青，沒想過被這小子反將一軍。

「我們在大學校園的閉路電視影片看到你，所以懷疑你跟案件有關……」刑警說。

「我只是回母校拿個章程罷了！」青年裝出一臉無辜。

「拿個章程要花幾天嗎？而且你在R大逗留的時間不短，我們比對過你到達和離開的時間。」

青年沒想過對方竟然比對了幾天的紀錄，不過他也有所準備：「我第一天去的時候是星期天，學生事務處沒有辦公，翌日再去，才發現忘了星期一也是公眾假期。我星期二才拿到章程，回家後發覺課程不合適，星期三便去拿其他學系的。星期四和星期五我除了去學生事務處詢問詳情外，還到了大學書店買書。至於逗留時間，我不覺得長啊，我只是在校園溜達，到餐廳吃個飯，到書店看看書，或者在廣場曬曬太陽睡午覺吶。我想我不用解釋我每一個行為吧？」

刑警無法反駁。

「對了，您說的謀殺案在哪天發生的？」青年問道。

「是……星期四。」

「嘿！」青年以誇張的表情，說：「星期四！我星期五也到過R大啊！難怪那兩天校園的氣氛怪怪的。如果我是兇手，我會不會笨得逗留在案發現場，還要在案件發生的翌日回去？刑警先生，別跟我開玩笑吧。」

青年忍住興奮的心情，把準備好的說法一口氣說出。萬一被捕，他預備了一些借口，好讓自己減輕嫌疑。不過，他沒想過真的派上用場。

刑警搔搔頭髮，一臉困惱的樣子。良久，他說：「那麼，請問你在星期四當天有沒有看到可疑的人物？」

青年知道自己勝利了。他搖搖頭，表示沒看到，並對幫不上忙感到抱歉。

刑警繼續詢問一些無關痛癢的問題，青年也很聰明地迴避所有令人懷疑的答案。過了大半個小時，刑警發覺他沒法問出半點端倪。

「好吧，先生，謝謝你的合作。我們將來有可能會找你協助調查，今天浪費了你這麼多時間真不好意思。」刑警把記錄筆錄的文件夾合起來。

「不打緊，協助警方是我們市民應盡的責任。」青年笑著說，緩緩站起來。

這時，一名便衣女警走進房間，在刑警的耳邊小聲說了幾句，把一個文件夾交給他。刑警聽到女警的話，臉上的沉鬱一掃而空，雙眼透出閃閃光芒。

「那我先走了。」青年感到一絲異樣，想及早離開。

「等等，先生。」刑警伸手攔住青年，指示他坐下。「現在我們正式拘捕你，你有權保持緘默，不過你所說的將會成為呈堂證供。你可以要求律師到場，亦可以要求法律援助處給你提供律師。」

刑警冷峻的聲音，令青年的自信完全崩潰。青年不知道那女警說了甚麼，但他感到對方胸有成竹，他似乎不知不覺間走到一條滿布荊棘的小路上。

「刑警先生，您在說甚麼？別開玩笑吧，您剛才也知道我不是犯人嘛。」青年保持鎮定，不慌不忙地說。

「你便是犯人。」刑警雙眼炯炯有神，說：「別小看我們警方，我們有很厲害的調查人員，也有很廣闊的情報網絡。即使你耍了一些把戲，我們亦能看穿。」

青年感到微微抖顫，可是他仍然裝出冷靜的樣子。

「你可以保持沉默，我仍會清楚的把你的邪惡行為一一揭開。」刑警站起來，把臉孔湊近青年，「你剛才的戲演得真好，我幾乎便相信了。」

「讓我先揭破你的殺人手法吧。」刑警見青年沒答話，便說：「利用鋼管和繩子，隔著氣窗殺人，這種手法真不尋常。而且更令人想像不到的，是死者自己親手套上絞索。」

一陣暈眩直衝腦門，青年沒想過對方能一語道破這個詭計。

「別小看現代的科學鑑證，」刑警繼續說：「你這種殺人手法，也許在二十年前能夠瞞天過海，今天可不能了。你用的是尼龍製的白色三線扭繩，大約三公分粗。鑑證人員在氣窗的窗框上、鋼管的邊緣和死者的指甲裡找到小量樣本，一經核對，三者互相吻合。繩索摩擦時會留下碎屑，死者掙扎時指甲也會刮下部分繩索表面，只要知道往哪裡找，便可以找到線索。」

青年呆住，沒想過警方憑此推敲出他的手法。

刑警看到對方的臉色有異，再說：「與其想像兇手消失，不如想像成兇手沒在室內殺人。因為是絞殺，繩子可以從外施力，唯一的可能便是密室的洞——『氣窗』。兇手可能是個孔武有力的傢伙，可是，周圍的環境還提供了幫助。只要猜想兇手利用一些重物，便可以讓自己的詭計更順利——那根沉重的鋼管是這案子的關鍵證據。」

刑警坐回座位，意氣風發。

「再來是如何讓死者套上絞索。我們曾想過兇手是死者的同學，特意把死者裝成他們正在演的戲劇《鐘樓駝俠》的結局，把女主角吊死，可是，死者並不是女主角，而是女主角的妹妹。我們只能猜想，死者是被設計害死的。憑那個絞殺機關，我們以為兇手是戲劇社的成員之一，不過排演的錄影片段顯示了他們的清白，房間內外亦沒有留下甚麼時間裝置，兇手一定要親自在氣窗外才可以完成。我們逐一盤問過證人，亦沒有人有殺人動機，他們都傷心得不得了。」

「他們可能在假裝啊。」青年發出微小的聲音。

「嘿！他們是犯人的可能性比你低！」刑警聽到青年答話，瞪著對方道：「你當我們是甚麼？是偵探電影中那些無能的警察嗎？百分之九十九的犯人，在盤問時會露出馬腳！就像你，雖然我們之前沒有實質的證據，我已經很懷疑你了！如果你是無辜者，不會乖乖的呆個一小時也不作聲！正常人這情形下也會抱怨一下吧！」

「這……這只是因為我認為幫助警方是市民的責任啊！」

「對啊，你是一位有教養的好青年。」刑警以譏諷的語氣說。「無論如何，我們相信兇手不是在場的社員之一。我們猜想，死者是為了投入演繹角色而自行把絞索套上，兇手就像釣魚似的，等待死者把已掉包的真絞索戴到脖子上便殺人。當然，這只是一項假設，我們沒有證據證明，也許死者被兇手下了催眠術，或者她跟兇手認識，兇手隔著氣窗騙她套上絞索，但總之，死者被從氣窗伸進房間的尼龍繩絞殺是不爭的事實。」

青年靜默地聽著刑警的分析，即使愈聽愈感到項背發涼，仍不斷思考爭辯的方法。

「我們考慮到兇手是陌生人的可能。有人提出，兇手很可能是跟蹤狂，所以我們細心觀察兇案發生前數天的閉路電視片段。暑假期間，進出校園的人數比以往少很多，不過每天都到R大的人還不少。」

「我剛才也說過，我到R大是為了拿章程……」青年反駁說。

「那只是掩飾。」

「單憑我到過R大便把我當作兇手？每天也有數百人進出，難道你把每一位請來協助調查的市民當成犯人嗎？」青年特意提高聲調。

「你是唯一被帶回來盤問的人。」刑警冷冷地說。

「甚麼？」

「你是本案唯一的疑犯。」

青年愕然地注視著刑警的雙眼。

「我是唯一的疑犯？你說過只是請我協助調查吧？而且你們不是把校園閉路電視所拍到的人都請來協助調查嗎？」青年努力地保持本來的聲線，問道。

「因為之前的證據不足以把你當成疑犯。不過，你是『唯一』符合條件的人，我們才沒有把所有進出R大的人請來調查——你是唯一一個。」刑警冷笑著。青年感到十分詫異，他無法想到自己在甚麼地方留下指向自己的證據。

「從錄影紀錄來看，你上星期第一次到R大，是星期日吧。」刑警說。

「對。」

「之前你沒回過你的母校，對不對？」

「我星期六才下決定，之前當然沒有回過去了，有甚麼問題？」

「在星期日中午的片段裡，當死者和她的姊姊經過大門後，便看到你。」

「又如何啊？我根本不認識她們。你們不是單單以一個巧合便把我當成疑犯吧？」

「如果只是一次，當然可以說成巧合，可是兩次便很可疑了。」

「天啊，我剛才也說過，我那幾天每天也回R大是為了拿資料，如果你說的那位死者每天也回校，即使在校門遇見兩、三次也不奇怪吧！」青年緊張地站了起來，看到女警似乎有所動作，他又徐徐坐下。

「不是校內，是校外。」刑警拿出遙控器，把電視和錄影機打開。青年看到黑白的畫面，頭皮立時發麻。

那是書店的防盜攝錄機的畫面。畫面中，青年看到自己正在付款，死者兩姊妹在他身後走過。他掉下輔幣，站在一角看雜誌也給拍下來，當兩位女生離開後，便看到他放下雜誌，離開書店。

刑警按下暫停，說：「這當然可能是巧合，可是，這亦可能是兇手跟蹤死者的經過。」

「這、這不過是巧合罷了！我根本沒留意到那兩個人！」青年有點焦躁。

「當我們作出『兇手是跟蹤狂』的假設後，便詢問死者的姊姊有關死者的生活習慣。我們除了翻查十數天的校園閉路電視紀錄，也根據他人的供詞，調查過這個月內死者到過的地點。我們相信，如果兇手是跟蹤狂，他一定曾跟在死者的身後，被一些防盜攝錄機或閉路電視拍到的可能性很大。你是唯一出現兩次的陌生人。」

「不……不對！」青年抗議說：「如果我是跟蹤狂，我不應該在她們進入書店前便在店內吧！那只是巧合！」

「或許你早知道死者會去書店，特意在店內等她吧？我們利用書店的顧客資料，得悉你的身分。不過這不打緊，我們的確認為這只是一個可能而已，所以我們今天找你時，只是找你協助調查，並不是把你逮捕。」

青年想起自己的書店會員卡，他入會時填寫的當然是真實的資料。

「既、既然如此，你們沒有證據拘留我啊！我要回家了！」

「你知道我們為甚麼如此匆忙地把你帶到警署？」刑警突然問道。

「是……是要協助你們調……」青年感到自己墮進了圈套。

「我們連衣服和鞋子也不讓你更換，便是為了搜查你的住所，不讓你有時間毀滅證據。你不用擔心合法性，我們有法院的搜查令，這是副本。」刑警拿出一頁文件。「我們在現場找到重要的鞋印，這個鞋印是兇手留下的破綻。」

幸運之神還未離去——青年心想。強忍著鬆一口氣的表情，青年默然不語。青年清楚知道，牆上的鞋印都是他用現場的舊靴子印上去的，他在貯物室期間特意戴上鞋套，再三確認過自己沒留下腳印。

「哦？你提起鞋印，我便記起了，好像說那宗謀殺案兇手的腳印走上了牆壁嘛！我怎可能做出這樣神奇的事呢……」

「不，不是牆上。」刑警打斷青年的話，把文件收回，繼續說：「剛才我說過，現場那根鋼管是關鍵的證物。我們在鋼管上，找到一個很特別的痕跡——一個鞋印。」

刑警從之前女警交給他的文件夾中，拿出一幅照片。

「這個鞋印就像是有人用力踹一腳，把鋼管踢下山坡似的。而剛才我們在你的家裡，把你每一雙鞋子也拿到實驗室，比對鞋底的紋路，這一幅是你的運動鞋的鞋印。」

刑警再拿出一幅照片，兩個鞋印的形狀一模一樣。青年驚訝得無法作聲。

「你大概會反駁，說這種運動鞋坊間有售，不少人也穿相同的款式，這當不成證據。可是，鑑證科的同事告訴我，除了剛出廠的鞋子，每一個人步行的著力點也有不同，鞋底的磨損程度和位置也因人而異，只要經過測試，即使同款的鞋子所造成的鞋印也能找到分別。而你的運動鞋和鋼管上的鞋印，完全吻合，如果說這是巧合，在機率上來計算，只有一成左右。」

「那、那還有一成的可能……」青年臉如死灰，作出無力的爭辯。

「可是，這報告的第二頁把這餘下的一成機會率也消除了。」刑警翻開第二頁，說：「在你的運動鞋鞋底，我們找到小量的泥土樣本，經過測試後，成分和兇案現場外的地洞的泥土吻合。那兒的地底因為有水管滲漏，令水管生鏽，翻出來的泥土成分雖然不算是全世界獨一無二，但在整個R大校園也找不到第二個地點有這種泥土。你有可能跟蹤過死者，死者被殺時你在兇案現場附近，殺害死者的機關上有你的鞋印，你的鞋子證明你曾到過兇案現場外的小徑。基於以上種種因素，我們已有足夠的環境證據去提出起訴，你有罪與否，留給法官和陪審團決定吧。」

青年茫然若失，沒料到對方握有如此有力的證據。他沒想過警方竟然作出大膽的推理，在樹林裡看出有問題的葉子，更蒐集它們，用它們點亮一盞明燈，照出隱藏著的真相。失敗了，失敗了——青年眼前只有「挫敗」二字。

「你如果跟我們合作，坦承罪行，法官可能會酌情減刑。你看，這是死者的照片。本來還有大好的人生，唉，真可憐哪。你有沒有話要補充？」刑警把死者的一幅生活照放在桌上，旁邊卻是死者伏屍貯物室的照片。

青年看到生活照上女生的笑容，忽然一陣苦味湧上喉頭。挫折感漸漸遠離他的思緒，取而代之是一股不安，一股無法言喻的不安。他的額角冒出汗珠，噁心和顫慄打擊著他的五臟六腑。他驚覺自己奪去了一個人的性命，令一個人失去未來。他不是殺死一隻螞蟻，或是屠宰一頭家畜，而是剝奪一個跟自己平等、相同的人類的生命。那女生是個喜歡推理小說的編劇，說不定她也有機會成為推理作家？如果有人為了自己的利益，把他犧牲掉，他又會願意接受命運嗎？這半個月以來，青年第一次清楚意識到一個事實。

傷害他人，應該只存在於虛構的作品裡。

青年開始啜泣。刑警看到這情景也有點錯愕，他沒想過這個冷靜布局的殺人犯會突然崩潰。接下來的十五分鐘，盤問室裡只有青年的哭聲，刑警和女警沒有說話，默默地讓青年宣洩情緒。

「我……我願意……把一切說出來……」良久，青年嗚咽著說：「我這樣做，是為了……是為了成為作家……」

刑警本來以為對方會說出「我太愛那個女生了」或「我忍不住便幹了」，沒想過是如此一句風馬牛不相及的自白。

「作家？」

「是……編輯跟我說，只要我殺人，便、便可以出道……」

刑警和女警面面相覷，他們沒想過青年會說這樣的話。

「你為了當作家而殺人？那位編輯叫你殺害死者？」

「不……他說我只有試過殺人，才能寫出好的推理小說……他說殺甚麼人、用甚麼方法也沒關係……他還告訴我，不少作家出道前也殺過人……」

刑警望向單向鏡，跟鏡子後正在監視盤問的同僚搖搖頭，打個手勢，表示不能理解。

「你說有不少作家曾殺過人？」刑警奇道。

「是的……你可以檢查我的皮夾，第三格有一張名片，便是那位編輯叫我這樣幹的……」

刑警向單向鏡示意。青年的皮夾已被警方扣查，不一會，有一位警員拿著青年的皮夾來到房間。刑警打開皮夾，一如青年所說，有一張K出版的名片。

刑警離開房間，留下青年、警員和女警。青年想，雖然自己走錯了路，可以制止出版界的這股歪風，也算是一種救贖、一種補償。

不一會，刑警走回房間，臉色十分難看。

「怎樣，找到編輯先生嗎？」青年問。

「你甚麼時候見過這位編輯？」刑警反問道。

「最早一次是上星期日，即是我在書店遇見死者那天……」

「啪！」刑警一巴掌拍在桌上，發出巨大的響聲。

「媽的！你這渾球事到如今還要說謊！」刑警勃然大怒，罵道：「戲弄我們很好玩嗎？自己明明是個變態的跟蹤狂，卻推說甚麼當作家要殺人，我剛才還因為你的態度相信你！媽的！」

「我、我說的是真話啊！」青年焦急地說。「你找不到編輯先生嗎？」

「名片上的人的確在K出版工作，」刑警怒目而視，說：「可是他三個月前因病去世咧！他的號碼沒人接，我打給接待處，公關人員跟我說得很清楚！我之後還用電腦查過死亡紀錄！他的鬼魂回來，叫你殺人是吧！」

「他……死了？」

「再談下去只會令我頭痛！反正證據已足夠，你就儘管胡扯下去吧！」刑警把桌上的文件收起，對警員說：「帶他到羈留室，明早便會提控，檢察官接手，我們的工作完了。跟這種人渣談下去，簡直浪費自己的精神。」

說畢，刑警離開房間。他沒回頭看，只聽到青年歇斯底里般的叫嚷。

六、

在B出版社的會議室裡，著名的推理作家C氏獨自一人，正在閉目養神。

「老師！」一名年輕的編輯匆忙地打開門，興奮地說：「您的推理全中，警方剛跟我聯絡，說您推理的『氣窗繩索殺人機關』和『兇徒是跟蹤狂』兩點完全正確，他們抓到兇手了！您建議調查死者遇害前一至兩星期的行蹤，令他們逮到犯人的尾巴呢！」

C氏緩緩張開雙眼，一副理所當然的樣子。

「這些警察也有兩把刷子，這麼快便抓到人。」C氏懶洋洋地說。

「老師您真厲害，單憑報道便推理出犯人的手法。那位刑警先生跟我說，他把您分析的要點向犯人逐一指出時，犯人被打得落花流水，毫無反駁餘地！」

C氏微微一笑，問道：「那麼，那位刑警先生有沒有說過，我可不可以拿這個案子改編成下一部作品？」

「他說只要在審訊後才發表便沒有問題，因為審訊前出版的話，可能會妨害司法，影響判決。」編輯愉快地說：「可是我真的想不到，原來推理作家真的能替警方破案！那麼說，Q氏的作品也是真事改編的咯！」

「笨蛋，怎可能哪？」C氏笑說：「你看推理小說看得太多嗎？現實中怎可能有作家去查案的？這跟『推理作家為了靈感殺人』一樣荒謬。有空去破案，不如多寫兩頁原稿吧。」

「但老師您這次……」

「碰巧罷了。」

「不過作品出來，以『大師作家偵破的真實案件改編』作為噱頭，一定大熱！老師您近年的作品都賣得……」編輯本來想說「賣得不好，這本一定能吐氣揚眉」，可是話到嘴邊，卻發覺萬一得罪了面前這位前輩，總編輯知道的話一定炒他魷魚。

C氏聽得出這位年輕編輯的意思，但他的心情很好，沒有動怒。

「說起來……」編輯看到C氏的臉色沒變化，便壯著膽子繼續說：「老師選擇在我們這家出版社推出新作，不怕得失K出版嗎？老師的大作一向由他們出版……」

「我在K出版出書，也只是因為我的老拍檔而已。」

「是三個月前去世那位『文四』的『副總編』嗎？」

「是啊，我們合作多年，叫我當『覆面作家』也是他的主意，說這樣可以增加神秘感哪。」C氏說：「你不用擔心我和K出版的關係，這陣子我每個星期也上他們的出版社一兩次，他們要為我的舊作出精裝版，我便在我老拍檔的舊辦公室校對和處理文稿。」

「啊，是這樣嗎……」

C氏站起來，逕自的往門口走去。

「老師，您要去哪兒？」

「煙癮起，這兒抽煙會弄響警鈴吧。」C氏掏出口袋中的煙包。

在B出版社的天台，C氏獨個兒叼著香煙，遙望著一片緋紅色的晚霞。這次的出版計劃應該能再創《藍色高樓》的高峰吧？他心想。沒有幾位推理作家能在現實中偵破案件的。他最意想不到的是，這宗案子竟然如此複雜、如此像推理小說的情節。他本來料想的，只是一些簡單的殺人事件。

他的老拍檔常常掛在嘴邊的話，再次浮現在他的腦海。

「人啊，分成兩種。『利用他人的人』和『被他人利用的人』。」

C氏以夾著煙蒂的手指，摸著下巴的鬍碴，嘴巴呼出一個圓圓的煙圈。他想起那個被他利用了的青年。

「我說過，『你的故事將會成為暢銷全國的大熱作品』，我可沒有說謊哪。」

Var.VI

Allegro

patetico

必要的沉默

「所以說，煩惱皆因強出頭，想活得久，沉默較好。」

被關進這個鬼地方已有十年……不，十一年了。歲月令我們的記憶淡化、模糊，我上星期問老王記不記得十一年前的事，他苦笑著搖搖頭。也許他不是忘記了，只是不想記起。至於我，我是真的忘記了。老王曾告訴我，當一個人遇上難以承受的痛苦，腦袋便會自動忘記一些事情，這叫做甚麼「保護機制」。我不知道這是不是真的，但聽說老王進來前是個外科醫生，我想他的話應該有點道理。

「你知道嗎，第二營姓周的死了。」昨晚老王邊抽煙邊對我說。

「那個高個子？」我問。

「對。」

「怎死的？」

「當然是被守衛們打死的。」老王吐出一個煙圈，眼看著鐵枝後的夜空，語氣沒帶半分感情。

「他幹了甚麼嗎？」

「聽說有一位上了年紀的營友被守衛們找碴，姓周的看不過眼，嗆了守衛一句，結果被活生生打死了。」

又是這種鳥事。

「所以說，煩惱皆因強出頭，想活得久，沉默較好。」老王再吐一個煙圈。

今天早上，我和老王隨大隊到礦洞工作。我負責挖掘，老王負責運送挖下來的石頭。我從來不知道我們為甚麼要挖那些閃亮的石頭，只知道如果不工作的話，我們就會餓死。在這個營裡，第一鐵則是「有工作才有飯吃」，第二鐵則是「不要問問題」，所以我們只好默默地用十字鎬不斷挖掘，開採那些我們一無所知的礦石。

在工作期間，我都會嘗試回憶被丟進這個地方之前，我到底是甚麼人。我叫甚麼名字？在哪兒居住？工作是甚麼？有沒有家人？還有最重要的，為甚麼我們會被關進這個地方，被一群惡形惡相的守衛奴役？

我好想知道。

可是，在這個地方，「知道」是危險的，尋找真相是會害自己被殺的。

「轟！」

左方突然傳來一聲巨響，令我回過神來。我往左後方一看，有一根支撐洞穴的樑柱斷了，半邊岩壁塌了下來。老王被大石壓住，動彈不得。

「啊！老王！」我丟下十字鎬，趕忙跑過去救他。

「喂！你別多管閒事！」一個肥胖的守衛嚷道。

「長官，他被石頭壓住了！」我說。

「那又怎樣？你快回崗位！」

「可是他……」

「限你十秒內回去工作，否則依照法規第一章二十三條，我就地治你死罪！」守衛掏出手槍。

「長官，請你給我半分鐘，我便能拉他出來……」

「十、九、八……」

「老王他平時工作很認真，他早一天養好傷，我們這營的工作會更順遂……」

「七、六……」

「長官！請您行行好，讓我救他一救。」

「哎，你真煩。好吧。」守衛停止了倒數。

我正想跟他道謝，可是他卻舉起手槍。

「砰！」

我呆立當場。

子彈不是打在我身上。守衛朝老王的額頭開了一槍。紅色的血液從彈孔流出，而老王連一聲也沒吭便死了。

「現在你可以回去工作吧？」

我好想揪住守衛，質問他為甚麼要這樣做，想問他到底有沒有丁點良知，有沒有一絲同情心。我們是一群不會反抗的奴隸，我們只會一直順從嚴苛的命令，他犯不著殺死老王，做這種損人不利己的蠢事。我好想向目睹這幕仍低頭工作、裝作看不見這暴行的營友高聲疾呼，力陳他們的懦弱只會為自己帶來惡果。

可是，我沉默了。

在目睹老王的下場後，我決定沉默了。

在這個時候，沉默是必要的。

我拾起十字鎬，回到原來的位置，繼續挖掘那些石頭。

差不多到午休時，那肥胖的守衛叫住我。

「你，把屍體運出去，埋了。」

他指了指仍被大石壓住的老王，還有旁邊的一台手推車。

我花了好些時間，抬起石頭，把老王放在手推車上，再推到洞穴外。我將老王的屍體丟進一個坑洞，當我想把老王埋起來時，我看到一樣閃閃發亮的東西從老王口袋掉了出來。

「長官，我在老王的口袋裡找到一件東西，想交給營長。」回到洞穴裡，我對那守衛說。

「是甚麼？」

「我……我不能說。我想直接跟營長說較好。」我邊說邊望向岩壁上那些閃亮的石頭。

胖守衛挑起一邊眉毛。

「你跟我來。」他說。

他帶我走到礦洞中一個未開發的地方。

「你拿出來。」他命令道。

「營長在……」

「我叫你拿出來。」他又掏出手槍。

我嘆了一口氣，從口袋掏出那閃閃發亮的東西。

在守衛有反應前，我已用那東西在他脖子上劃了一下。

那是一柄外觀粗糙，以金屬片和木條製成的自製手術刀。

我沒有讓守衛有呼救或反抗的機會。在一秒鐘之內，我已扳過他拿槍的手，再在他脖子的另一邊劃上第二個切口。

殷紅色的血液，從他的頸動脈噴射出來。

我沒有讓血液沾上身上。這對身為專家的我來說，並不困難。

看到老王被殺的瞬間，我赫然記起我十一年前的專業了。

沉默是必要的。

尤其是當你想下殺手的時候。

Var.VII

Andante

cantabile

今年的跨年夜，特別冷

或許，

我就是因為這雙眼眸，

而愛上她的。

今年的跨年夜，特別冷。

可是我的心卻很溫暖。

阿恩被我抱在懷中，以水靈靈的雙眸瞧著我。我想我是世上最幸福的男人。

在這個只有數盞路燈的公園，我倆依偎在褪色的木長椅之上，遙望著頭頂上一片星空，靜候著新一年的來臨。

公園附近的廣場有倒數活動，遊人都往那邊跑，看表演，準備在零時的一刻狂歡。不過阿恩討厭人多的地方，她寧可跟我在這個杳無人跡的角落，享受我倆的二人世界。

啊，我真是個幸福的男人。

「冷嗎？」我問她。

她搖了搖頭，繼續把臉龐靠在我的胸膛上。我輕輕地用手指撫摸她的俏臉，指頭傳來一陣溫熱。雖然天氣冷得讓呼氣都化成白煙，但我們感受到彼此的體溫，就像整個世界已然消失，只餘下我們兩人。

就算明年是世界末日，也沒關係了。只要讓我繼續抱住阿恩，哪管天崩地裂，我都毫不在乎。

阿恩抬頭瞧著我，就像看穿了我的心意。她的一雙眼珠子清澈明亮，我從沒見過比這雙眼睛更漂亮、更叫我入迷的事物。

就連我們頭頂上的星星，也遠遠比不上。

或許，我就是因為這雙眼眸，而愛上她的。

我真是個膚淺的男人啊。

不過是個幸福的膚淺男人。

我輕輕吻了她的臉頰。也許因為害羞，她的臉龐有點發燙。

她避開跟我的眼神交接，再次把臉埋在我的胸前。「啪」的一聲，她似乎撞到我放在脅下的保溫瓶。

「抱歉。」我苦笑一下，稍稍移開瓶子，讓她舒適地躺在我懷中。

「十、九、八……」遠處傳來倒數的聲音。

「阿恩，倒數囉。」我說。

阿恩搖搖頭，似乎對那些嘈雜的事情沒興趣。我雙手搭在她纖細的肩頭上，撫摸著她白皙的頸背，輕輕按著她那性感的鎖骨。

「……四、三、二、一……新年快樂！」

就在新年到來的一刻，我緊緊摟著阿恩。

我真是個幸福的人。

※

【本報訊】元旦清晨有途人於〇〇〇公園發現屍體。死者方翠華，女性，十七歲，被發現時手腳遭綑綁，口部被膠帶封住，伏屍在公園一個隱蔽角落的長椅之上。今早六點，六十歲姓王女士如常到公園晨運期間，發現死者，王女士隨即報警，警方到場搜證後將案件列作謀殺案處理。死者昨晚與友人相約出席通宵派對，但晚上十點半離家後音訊全無，直至屍體今晨被發現。死者遭人用手勒斃，　　　　預計死亡時間為晚上十二點至一點。警方發言人指，本案與上月發生的三宗案件相似，認為是同一人所為，正全力追緝兇徒，並呼籲各位女性晚上切勿在人少的街道上單獨行走，請盡量找人陪同。

警方正通緝一名疑犯，該名男性叫孫憲智，二十六歲，為同類型案件第一位死者何婉恩的同居男友，他在女友遇害後失蹤。任何人如發現該男子，請盡快跟警方聯絡。

……

「老總，為甚麼刪去一句了？」

「警方說有一項情報不可以說，怕引起恐慌。說起來，這變態已經挖下了八個眼球，天曉得他是不是把這些鬼東西放進瓶子裡帶著四處走……」

Var.VIII

Scherzo

加拉星第九號事件

「那那路和普迪可
剛爬出機艙就死去，
而受了重傷的弗斯德艦長
雖然沒有斃命，
但他的下場
比兩位部下悲慘百倍。
他被那些
異形外星生物巴布發現，
抓走，
然後活生生地被肢解。」

「麥肯雷，你這是甚麼意思？」

莫莫哥司令怒氣沖沖，向麥肯雷總督質問道。雖然麥肯雷總督是最高領導者，但莫莫哥一向恃著自己勢力龐大，從不給他好臉色看。

「莫莫哥司令，難道你不想事件早日解決嗎？」麥肯雷總督淡然地說：「你『含冤受屈』半年了，早日還你一個清白，不是好事嗎？」

「你……」莫莫哥為之語塞，狠狠瞪麥肯雷總督一眼，再不屑地對著總督身旁的矮個子啐了一口。

這個矮小的傢伙就是令莫莫哥司令光火的原因。

他叫杜賓賓，自稱「偵探」。

「偵探」這種落後的名詞本來已叫莫莫哥司令反感，而最叫他抓狂的，是麥肯雷總督居然堂而皇之讓這個杜賓賓踏足神聖的總督會議室，跟自己平起平坐。

身為「發展派」的精神領袖，莫莫哥吞不下這口氣。自從粒子動力技術成熟、引力塌縮引擎成功研發、長距離宇航船突破光速界限，發展派成為社會的主流勢力，擔任新時代的領航員。發展派主張管理、拓展、犧牲小眾以達致整體的進步，在過去一百年壓倒堅持自由、多元、重視獨立思想的「保守派」。發展派實行微調管理，所有民眾都被分配合適的崗位，去推動文明和科技發展，往外宇宙探索，進行殖民。

在發展派的字典裡，只有「被委任的調查員」，從來沒有「偵探」這兩個字。

對莫莫哥來說，保守派都是垃圾，是不可理喻的廢物。他們無視整體的福祉，以「自由」為名去進行莫名其妙的活動。例如有聰明的傢伙寧可花時間創作虛構的故事，也不願意把精力放在研究光子定位系統之上，明明後者比前者對社會有更多好處。自由地接受委託、進行調查、一年裡可能只有兩件工作的「偵探」當然也是多餘的玩意，而保守派裡就有以此為「職業」的笨蛋，模仿這種古老的、被時代淘汰的角色去生活。

不過最離譜的，是保守派反對探索外星系，把往外星殖民、發掘資源形容為「污染宇宙」，這完全違背了莫莫哥司令的理念。

「這班蠢貨到底知不知道我們為了誰才押上性命往外宇宙冒險？」每次莫莫哥聽到保守派的言論，他就很想破口大罵。

莫莫哥司令多年來擔任外宇宙探索軍總司令，找尋擁有豐富資源或適合移民的星球。從找到這些星球，再到觀察、收集資料、登陸、建立基地，當中的工作非常艱鉅，宇宙探索軍要冒極大的風險，偏偏這些保守派垃圾好吃懶做，虛耗糧食和資源，還要說三道四反對軍隊執行神聖任務，莫莫哥認為保守派都是忘恩負義的大混蛋。

然而，近年保守派有抬頭的跡象，社會上擁戴或同情保守派的聲音，一天比一天響亮。

莫莫哥更沒想到，新當選的總督居然是個保守派的。

麥肯雷沒有打著保守派的旗號來參選，他亦從不承認自己是保守派分子，但他對保守派寬容的態度卻沒有半點修飾。他不反對發展派的政策，表面上給足面子，但經常提出修訂，而修訂內容，都是傾向保守主義的。

「總有一天，我要除掉這眼中釘……」莫莫哥司令不下一次對自己的親信說。

「總督閣下、司令閣下，抱歉我們來遲了。」一聲音打斷莫莫哥的思緒。進入房間的，是加洛森議長和畢杰農教授，他們都是加拉星第九號事件調查小組的幹部。

「這位是……」瘦削的加洛森議長看到杜賓賓，向麥肯雷總督問道。

「他就是那位偵探。」總督回答。

「啊，你好。」加洛森議長一直保持中立，沒有靠攏保守派或發展派，所以能在議會擔任要職，平衡雙方勢力。他並不像莫莫哥鄙視「偵探」這種落伍的身分，不過他亦不會主動接觸這些「反動分子」。

「哼，好啊，原來你早跟議長提過，就只有瞞著我？」莫莫哥司令再次向總督發難。

「我、我也不、不知道。」畢杰農教授插嘴道，連忙為自己跟總督劃清界線。畢杰農教授不擅長說話，但他是萬中無一的天才，亦是發展派的堅定擁護者。管理民眾、策劃發展、支援宇宙探索的中央情報運算系統「眼睛」就是他多年前的研究成果，如果沒有他，眼睛就不會出現，沒有眼睛的話，宇宙探索計劃的步伐最少要慢六十年。

「司令閣下，請別生氣，」加洛森議長禮貌地說：「雖然這位杜賓賓偵探是保守派分子，但如果能洗脫閣下的污名，讓事件真相大白，對外宇宙探索軍有百利而無一害。」

「哼。」莫莫哥只丟下一個字。

加洛森議長是眼睛委任的事件調查小組組長，莫莫哥縱有不滿，也不能反駁對方的決定。加洛森了解，被分配這份額外的工作是眼睛整理數千數百份情報後得出的最佳結論，他亦堅信自己能有效率地讓事件的真相曝光——他認為，雖然眼睛是發展派的研究產物，但既然它讓中立的自己負責調查，就表示它不反對讓保守派加入調查小組。

可惜眼睛只能記錄情報、進行分析和預測，並沒有推理出真相的能力——加洛森議長暗想。眼睛收集情報、記錄畫面的終端機遍布各處，無論是公共機關還是民眾的住宅，每天的情報都有可能被收進資料庫，眼睛可以從情報分析出各種可能，但它不能指出可能性高達百分之九十九的選項就是事實，機率只有百分之一的結論就是假像。機器雖然強大，但在某些關鍵之處，它仍顯得非常無力。

「我們開始第四次調查會議吧。」加洛森議長說。加洛森議長、麥肯雷總督、莫莫哥司令和畢杰農教授就是調查小組的核心成員。杜賓賓是這個小組成立以來，第一位旁聽內部會議的外來者。

麥肯雷總督找來杜賓賓，是因為他信任杜賓賓的能力。

在保守派的圈子裡，杜賓賓的名字可說家喻戶曉。無論事情大小，只要有謎團出現，杜賓賓都能輕鬆提出解答。他甚至不用到現場，只要聽一遍情報和線索，就能指出實情。對保守派來說，杜賓賓是比眼睛更厲害、更完美的「情報運算系統」。

當然，在發展派眼中，杜賓賓只是個無視中央分配崗位、一無是處的無業遊民而已。

「我想向杜賓賓偵探説明一下現有的所有資料，所以議長可以從頭再說一次嗎？」麥肯雷總督說。

「好的，總督閣下。」加洛森議長有禮地回答。

「真麻煩。」莫莫哥抱怨道。

「杜賓賓偵探，請你聽一下議長的說明。」

「嗯。」杜賓賓一副從容的樣子，似乎不在意莫莫哥司令的不滿。

「我們要調查的這個『加拉星第十號事件』發生在半年前……」

「議長，是第九號。」麥肯雷插話道。

「啊，對，第九號，我老是改不了口，畢竟我覺得加拉星第九號事件指的是一年前那宗事故……」議長眨眨眼，回憶起那場災難。

加拉星是外宇宙探索軍十多年前發現的行星，經過數年的觀察和資料搜集，五年前派出自動偵察飛船，進入大氣層進行探索。初步判斷，加拉星擁有豐富的資源，環境適合殖民，不過距離派出艦隊、建立基地還有漫長的道路。最主要的原因，是加拉星像跟外宇宙探索軍命運相剋，軍方在加拉星探索上老是遇上意外。短短五年間，他們就經歷了大大小小共十宗事件，破了外宇宙探索軍探索單一星球遭遇事故的紀錄。軍方裡有個說法，說加拉星雖然美麗，但會帶來不幸。

其中稱為「加拉星第三號事件」的影響最為深遠。四年前，一艘自動駕駛偵察艇在加拉星大氣層內離奇爆炸，讓外宇宙探索軍失去大量寶貴資料。雖然這次事件幸好沒有造成傷亡——因為是自動偵察艇——但爆炸在加拉星某種叫作「巴布」的低等生物的一個巢穴附近發生，殺害了不少巴布。發展派並不重視這意外，但保守派卻以此作為話柄，攻擊發展派漠視外星生物的生存權利。其實外形醜陋怪異的巴布平均壽命不到一年，爆炸沒發生牠們也活得不長久，但發展派提出這點後，保守派更痛批外宇宙探索軍冷血無情。當時保守派提出，如果無法跟異星的生物共存，殖民就和滅絕種族的侵略沒有分別。

或許因為保守派惹怒了莫莫哥司令，他才沒有認真審視這意外。直到現在，他仍深深後悔當年太大意。

一年前，外宇宙探索軍遇上加拉星探索計劃中最嚴重的挫折。大型探索艦韋丁丁號在加拉星爆炸墜毀，全艦一百八十六名成員無一生還。這次爆炸規模比第三號事件大上數千倍，甚至些微減慢了加拉星的自轉週期，更遑論大大影響了加拉星上的資源和生態環境。墜毀地點本來是外宇宙探索軍選定的基地位址，這一次災難，令整個加拉星開發計劃不得不暫停，回到早期搜集資料的步驟。這事故本來叫作「加拉星第九號事件」，但調查結果出來後，它被除名，跟第三號事件合併。

因為兩次爆炸的原因是相同的。

外宇宙探索軍的艦艇都搭載了 316 型引力塌縮引擎，讓船艦作長距離宇宙飛行，沒料到這款一直表現優秀的引擎竟然就是元凶。就連畢杰農教授這位天才也沒有留意，原來加拉星的磁場中有一種會跟 316 型引力塌縮引擎核心產生交互作用的量子，有零點零零零零零零零一的機會導致引力塌縮超過負荷，引發連鎖反應，令引擎崩潰。只要進入加拉星的大氣層範圍，磁場中的量子強度就有機會誘發意外，而第三號事件中的自動偵察艇，以及大型的韋丁丁號，都用上 316 號引擎——只是韋丁丁號的引擎比自動偵察艇的大上三千倍。

之後，316號引力塌縮引擎很簡單地改良成317號引擎，輕易排除了那個致命的故障，外宇宙探索軍的太空船都換上這新裝置。就是因為這個問題極之容易修正，更打擊了外宇宙探索軍的士氣。軍隊上下都以為加拉星計劃中不會出現比這更糟糕的意外了，怎料不到半年又出現狀況。雖然肇禍程度不及韋丁丁號的意外，但帶來的麻煩，卻是有過之而無不及。

「加拉星第九號事件——事發在半年前，探索艦卡羅卡號抵達加拉星，進入大氣層後，就出現了意外的情況。」加洛森議長說。「韋丁丁號發生意外後，眼睛發出『探測星球表面、收集因意外改變的環境數據』的簡單指令，將計劃倒退回初期階段，軍方便派遣新研發的卡羅卡號執行任務。這艘小型探索艦上只需三名船員操作，是次任務由弗斯德艦長率領那那路士官和普迪可通訊兵負責，而在進入加拉星大氣層後，卡羅卡號跟眼睛的通訊便離奇中斷，失去聯絡。支援艦隨後到達，發現卡羅卡號停泊在大氣層邊緣，機件大致上正常，但航行紀錄被刪除，艦長和兩位隊員失蹤。艦上其中一艘登陸艇亦不知所終，於是救援隊進行星球表面搜索，最後只成功回收一枚探測記錄儀……」

探測記錄儀是探索艦的常規裝備之一，卡羅卡號配置了六十個。這些如微塵般大小的機器能獨立運作，在星球大氣層之內飄浮，自動收集星球的數據，包括記錄影像和聲音。

「……而那個記錄儀的內容，之前已被廣傳了。」加洛森議長哀愁地說。

杜賓賓知道議長所指的是甚麼，畢竟那是震撼社會的新聞。記錄儀收集到的片段相當零碎，記錄了登陸艇墜毀後，弗斯德艦長和兩位隊員從機體殘骸中掙扎求生的過程。那那路和普迪可剛爬出機艙就死去，而受了重傷的弗斯德艦長雖然沒有斃命，但他的下場比兩位部下悲慘百倍。他被那些異形外星生物巴布發現，抓走，然後活生生地被肢解。看過影片的民眾無不感到駭然，那噁心的畫面令社會上下震怒。按道理，這片段可以讓發展派爭取不少同情，令輿論傾向支持開發加拉星，反駁保守派提出的「外星低等野獸也有生存權」論點；可是，公開這影片的並不是發展派或外宇宙探索軍，而是議會內的保守派分子。

因為這影片的最後，有嚴重打擊發展派威信的一幕。

被肢解中的弗斯德艦長，痛苦地留下一句遺言：「莫……莫哥……你……」

於是莫莫哥司令暗中剷除異己的謠言不脛而走。

「說來諷刺，在跟卡羅卡號失聯之前，總督閣下還特意到軍方司令部向弗斯德艦長發賀電，預祝他任務順利。」議長黯然道。

「畢竟這是韋丁丁號出事之後首次派船艦往加拉星，無論是不是軍方，都重視這次的成果吧。怎料……唉。」麥肯雷總督嘆道。

「總督閣下發了甚麼賀電？」杜賓賓問。

「就是祝賀卡羅卡號順利抵達加拉星宙域，並且祈求任務如期完成之類。」麥肯雷總督說：「還有一些寒暄，但我忘記了。就是短短數句的問候和鼓勵。」

「哼，麥肯雷你沒記住，但我記得一清二楚。」莫莫哥司令插話道：「你說卡羅卡號是韋丁丁號墜毀後的新希望，祝改良後的引擎一切正常，證明技術開發部擁有優秀的能力，讓民眾對加拉星探索計劃重拾信心……你明知宇航員最怕觸霉頭，偏要提這個，我看你是居心不良，恨不得卡羅卡號像韋丁丁號一樣有去無回吧？」

麥肯雷總督直視莫莫哥司令，平靜地說：「軍方的發展派中，我跟弗斯德艦長最要好，我怎會想他出事呢？我又不像某位軍方高層，視弗斯德艦長做絆腳石。」

總督語調平穩，但杜賓賓也聽得出他話中有話。

「議長閣下，請問慘死的弗斯德艦長，跟疑犯莫莫哥司令的關係如何？」杜賓賓問道。聽到「疑犯」二字，莫莫哥司令臉露不悅，但沒有說話。

「弗斯德艦長雖然是軍方的老臣子，事事維護軍方，但他並非發展派的強硬分子，」加洛森議長說：「自從當上艦長後，他漸漸改變立場，在外宇宙探索軍中是少數的中立派。他曾在內部提出跟保守派妥協，嘗試建立一套保守派也接受的外星探索方針，但結果被莫莫哥司令閣下駁回。」

「當時已有過半數的幹部支持，不過莫莫哥司令運用否決權，駁回提案。」麥肯雷總督說。

「換言之，莫莫哥司令確實有設計殺害弗斯德艦長的動機？」杜賓賓問。

「哼！對啊，我就是討厭弗斯德這老傢伙！」莫莫哥司令按捺不住，大聲罵道。「這種死法倒便宜他了！強悍的外宇宙探索軍竟然出了這種軟弱的廢物，我真的要多謝那些巴布！」

「所以莫莫哥司令閣下認罪了，我不用幫忙調查囉？」杜賓賓嘲諷莫莫哥道。

「你……」莫莫哥無言以對，頓了一頓，悻悻然地說：「我沒有殺弗斯德。」

「議長，意外墜毀的登陸艇上面有沒有線索？」杜賓賓改變話題，問道。

「登陸艇的殘骸被巴布消滅了，我們所知的很少。」加洛森議長說：「卡羅卡號搭載了兩艘登陸艇，墜毀的是一號，根據眼睛的紀錄，出航前檢查一切正常。」

「眼睛會檢查每一艘出航前的探索艦嗎？」

「對，它會逐一檢查，不會放過任何細節，就連照明系統也會進行測試。不過眼睛只針對艦艇在功能上有沒有問題，像系統介面配置或艙房分配是否方便船員使用，它就不會理會了。」

「所以卡羅卡號和登陸艇出發前都功能正常，沒有異樣？」

「沒有。」

「那、那應該是意外。」一直沒作聲的畢杰農教授說：「登、登陸艇不像探、探索艦，沒有高、高性能的宇航引擎，如、如果從探索艦射、射出時高度太高，氣壓過低，很容、容易出意外。」

「如果是新手，這說法還說得通，但弗斯德艦長經驗豐富，駕駛登陸艇的次數在軍方數一數二，連其其歐星那種惡劣的環境他都能以登陸艇穿梭各基地，他怎會犯這種低級錯誤？」議長說。

「可以說一下卡羅卡號被救援隊發現時的狀況嗎？」杜賓賓似乎對登陸艇失去興趣，改問關於探索艦的事情。

「可以。」加洛森議長向著房間中央說：「眼睛，給我卡羅卡號的藍圖。」

房間正中央亮起立體的全息圖，顯示著卡羅卡號的模型。

「卡羅卡號被發現時，無論是引擎還是自動導航系統，都沒有異常。」議長指著模型中的各個部位一一說明。「唯一奇怪之處是遙距通訊系統，通訊模組連同收發器被拆下，尋遍整艘艦亦找不到。或許通訊系統故障，普迪可通訊兵不得不把它拆下來修理，不過我不明白，為甚麼他會跟隨弗斯德艦長登陸，沒留在卡羅卡號上維修，反而帶同模組一同出發到加拉星表面。」

「或許他需要艦長或另一位隊員協助，才能修理模組？」杜賓賓道。

「不，通訊兵受過訓練，能獨力修理通訊儀器。」加洛森議長說。「而且，現在消失的是跟我們聯絡用的遙距通訊模組，弗斯德艦長和那那路士官乘上登陸艇，仍能透過局域通訊系統跟留在主艦的普迪可通訊兵聯絡，所以我想不通他的行動有甚麼意義。」

「剛才你說過，卡羅卡號的航行紀錄被刪除了？」杜賓賓問。

「是的，不過修改或刪除航行紀錄需要很高等的權限，在船上只有艦長有這樣的權力。」

「餘下的兩位隊員做不到嗎？」

「做、做不到，因、因為系統採用眼球辨識等生、生物認證，在艦上只有艦、艦長才能辦到這種事。」

「教授，你說『在艦上只有艦長才能辦到』，難道『不在艦上』反而可以做到嗎？」杜賓賓轉向畢杰農問道。

畢杰農教授瞥了莫莫哥司令一眼，猶豫地說：「是、是的。利用眼睛的遙、遙距傳輸協議，軍、軍方可以發出刪除航行紀錄的指令。」

「但發出指令者必須是高級幹部。」麥肯雷總督補充道。

「你們！你們就是想誣蔑我是主謀吧？」莫莫哥嚷道。

「但從目前所知的情報來看，」杜賓賓冷靜地一笑，「司令閣下就是兇手啊。」

「甚麼兇手！因為弗斯德臨死說了一句廢話，所以我就要被你們污衊嗎！混帳！」

「我才不會作沒根據的推理。」杜賓賓說：「排除一切不合理的猜想，目前所有線索指向的結論只有一個——『你是主謀』。首先你有動機，為了遏止軍方裡日漸抬頭的保守派勢力，你想早日除去煽動同僚的弗斯德艦長。製造意外殺死對方是相當方便的手法，尤其在那個偏遠的星球動手，就可以瞞過眼睛的法眼。」

「那除了我以外，軍隊裡還有成千上萬的發展派同志有相同的動機！」莫莫哥冷笑道。

「但能發出刪除航行紀錄指令的，就只有軍方高層的寥寥幾位吧？」杜賓賓反擊道：「那就是你施行詭計的關鍵證據。」

「詭計？甚麼詭計？」莫莫哥焦急地說。

「如何利用共犯進行謀殺的詭計。」

「共犯？」加洛森議長詫異地嚷道。

杜賓賓不懷好意地笑著。他望了四位一眼，發覺他們都追不上自己的思路，於是緩緩說道：「我慢慢說明吧。剛才議長說過，弗斯德艦長駕駛登陸艇的經驗老到，不可能出意外，我認為那是毋庸置疑的事實。他亦不會愚蠢地在不適合飛行的高度發動登陸艇，那麼餘下的可能性只有一個——登陸艇出現嚴重的故障。」

「可、可是眼睛在出、出發前進行了全面的檢查……」

「所以那個『故障』是在卡羅卡號出發『後』才被製造出來的——那是艦上的內鬼的傑作。」

「共犯是艦上的隊員?是死者之一?」加洛森議長訝異地說。

「莫莫哥司令跟普迪可通訊兵串通,要對方到達加拉星後下殺手。」杜賓賓說。

「荒謬!」莫莫哥不快地罵道。

「你是說,普迪可受莫莫哥司令指示,在登陸艇上動了手腳?」麥肯雷總督詫異地問。

「正是。莫莫哥司令給予普迪可一件,唔,我想是某種定時裝置吧,要他安裝在登陸艇上。由於打開登陸艇動力系統、加上多餘的裝置會在航行紀錄中留下痕跡,所以司令運用他的權限,遙距刪除了卡羅卡號的航行紀錄。」

麥肯雷、加洛森和畢杰農驚訝地瞪著杜賓賓,對這個赤裸裸的指控感到震驚。

「普迪可完成布置、司令刪除紀錄後,這個通訊兵只要找藉口留守卡羅卡號,就可以讓艦長和士官死於『意外』。」杜賓賓繼續說。

「慢、慢著,普迪可通訊兵也、也死了啊!哪有共、共犯明知登陸艇有危險仍願、願意坐上去!」

「教授你說得對。這就是司令高明之處——他的共犯不只一位。那那路士官也是他的爪牙。」

「咦?」

「司令對那那路士官的指令應該更簡單,大概是登陸後找方法殺死弗斯德艦長和普迪可通訊兵。普迪可和那那路都不知道對方同是司令的臥底,同樣地收到殺害對方——還有艦長——的指示。因為有這個指令,那那路士官運用他的官階權力,要求普迪可通訊兵同行。我想弗斯德艦長對這點沒有甚麼意見，反正卡羅卡號有完善的自動導航系統，不用普迪可留守亦沒有問題。」

「哼，那麼普迪可會因為上級的指示而甘心去死嗎？這樣牽強的說法我還是頭一遭聽到！」莫莫哥司令不屑地說。

「很簡單啊，你只要在一個關鍵之處欺騙普迪可就可以了。」杜賓賓雙眼閃過一線光芒。「你告訴他，定時裝置會在『回程』途中發動。」

莫莫哥瞪大雙眼，直視著杜賓賓。

「你的計劃從一開始就打算把共犯滅口，只有死者才不會說多餘的話，不會留下將來要收拾的麻煩。」杜賓賓淡然地說：「普迪可認為登陸艇在回程時才會出現『意外』，只要他留在加拉星，就不會受牽連。」

「你有甚麼證據？」莫莫哥收斂了之前的怒氣，問道。

「被拆下來的通訊系統。那是普迪可為了自救的行動，只要登陸艇爆炸墜毀，完成任務，他就要考慮自己的處境。如何在荒蕪的異星上得到救援？只要有通訊儀器就不用怕了。他拆下通訊儀器，令卡羅卡號跟軍方失聯，軍方必定派出救援隊視察，到時艦長和士官死去，他找個理由搪塞一下就可以瞞天過海，靜候救援。他只是沒想過，定時裝置在『去程』而不是『回程』發動，即使拆下了通訊系統也無用武之地。我想，登陸艇失控時普迪可才發覺自己被利用，在危急關頭透露了真相——於是弗斯德艦長知道莫莫哥司令的陰謀，讓他在臨死的一刻，仍咒罵著害死自己的兇手名字。」

麥肯雷總督、加洛森議長，甚至是畢杰農教授都以不信任的目光瞪著莫莫哥司令。偵探的結論非常有力，加上艦長的遺言，事件的真相似乎已完全曝光了。

「你沒有證據！」莫莫哥突然回復本色，目露凶光，罵道：「你的一派胡言沒有實質證據支持！一切都只是空想罷了！」

「實質證據嗎……」雖然莫莫哥丟下難題，杜賓賓卻沒有退縮。「議長，請問我可以請眼睛替我搜索一些資料嗎？」

「可以。眼睛，執行以下杜賓賓所提出的指令。」

「了解。」房間中央傳來空洞的聲音。

「眼睛……搜索莫莫哥司令過去兩年，跟普迪可通訊兵會面的所有紀錄。」

「莫莫哥司令過去兩年並無跟普迪可通訊兵有任何正式約見的紀錄。」房間中央傳來眼睛的回答。

「眼睛，把搜尋範圍包括莫莫哥司令宅第。」杜賓賓同樣以不帶感情的聲音說。

「你！眼睛！中止指令！我受到軍隊憲法條例保護，就連議長和總督也沒有權力調查我的私生活！」

「找到一筆紀錄。」

莫莫哥並沒有來得及阻止眼睛提交結果。

「眼睛，播放紀錄。」說話的不是偵探，而是議長。他嚴肅地凝視著莫莫哥，露出一副「就算違憲也在所不計」的表情。

全息圖顯示莫莫哥和普迪可在宅第裡言談甚歡，莫莫哥又拿出一個箱子，交給普迪可。由於宅第裡只有畫面記錄，眼睛無法提供他們的對話內容，不過位高權重的外宇宙探索軍總司令跟一個低級通訊兵有這種糾葛，已顯示了他們之間有某些不正當的交易。

「我聽說眼睛的資料庫記錄了海量的情報，只要問對問題，就能找到鐵證——這說法果然是真的啊。」杜賓賓道。

「警衛，拘捕莫莫哥司令。」加洛森議長發出不留情面的指示。

「等等！我沒有！我沒有殺死弗斯德！」莫莫哥慌張地說：「我承認我有見過普迪可，但我只是要他當我的眼線，要他替我監視弗斯德的一舉一動！我沒有要他殺死弗斯德！你們聽我說！」

警衛進入房間，二話不說抓住莫莫哥司令。他的舉動已經失去軍方司令的氣派，一副拚命求饒的樣子比一個低級士卒更不堪。麥肯雷總督露出無奈的表情，畢杰農教授一臉困惑，而加洛森議長正氣凜然地指示警衛工作。

「等等。」就在莫莫哥要被帶走的一刻，杜賓賓說出這一句。

不對勁。

事情有點不對勁。

杜賓賓本來對自己的推理感到滿意，一如他以往的做法，只要把所有情報集中起來，他就能像獲得天啟似的得到真相。

不過，他猛然發覺剛才的情報並不完整。

如果我的推理、我的結論甚至我自己都是情報的一部分的話——杜賓賓暗忖。

他猛然抬起頭，望向醜態盡露的莫莫哥司令。

「原來是這麼一回事啊。」偵探突然嘆道。

「杜賓賓偵探，怎麼了？」總督問道。

「我的推理還沒有完結。議長閣下，請先讓警衛們離開，留下莫莫哥司令，我仍要繼續說。」

加洛森議長對杜賓賓的話感到疑惑，但仍如他所說，吩咐警衛退下。莫莫哥司令狼狽地瞧著杜賓賓，眼神流露著一絲不安。

「剛才我所說的，是沒有我也能作出的推理。」杜賓賓在警衛離去後說。

「『沒有我』的推理？」議長問。「杜賓賓偵探，你令我糊塗了。剛才的推理不是由你作出的嗎？」

「是我作出的，不過，即使沒有我在場，你們多開幾次會議，終究會得出莫莫哥司令是兇手的結論。」杜賓賓說。

「那是甚麼意思？」

「即是說，那是預定中的結論，我不出現也會達致的結果。但我既然出現了，就代表這真相並不是事實。」

「等等，杜賓賓偵探，」議長訝異道：「你的說法好像把因果反轉了？」

「總之，兇手不是莫莫哥。」偵探簡單地回答。

「不、不是莫、莫莫哥司令？」教授道。

「眼睛，給我調出卡羅卡號上，弗斯德艦長能夠閱讀的所有官方文件。」偵探命令道。

房間中央出現了數十個球形的全息圖像，每個球形旁邊附有說明文字。

「沒有航行紀錄真麻煩呢……」杜賓賓嘆了一句。「眼睛，只列出記錄了卡羅卡號規格的文件。」

球形從數十個消減至十數個。

「眼睛，展開這些文件。」

空中的球形展開，變成大量浮在空中的文字和圖表。

加洛森完全無法理解杜賓賓的舉動，問道：「杜賓賓偵探，你這樣做有甚麼目的……」

「找到了。」偵探打斷了議長的問題，指著空中的一段文字。

「這是甚麼？『卡羅卡號引力塌縮動力系統線路藍圖』……」

「不用看那一堆資料，只要看這一欄。」杜賓賓指著表格中的一行。

核心型號：316 型引力塌縮引擎

「咦？為甚麼……卡羅卡號搭載的是舊引擎？那款在加拉星上會爆炸、有缺陷的舊引擎？」議長驚訝地嚷道。

「不、不對，這藍圖上的線、線路是 317 型的新、新引擎。」教授指著文字下方的圖則。

「眼睛，找尋這份文件最後的修改紀錄，並顯示修改者進行修改時的影像。」杜賓賓沒理會議長，逕自說道。

在空中的文字上方，亮出一個過去的全息圖像。加洛森議長錯愕地看著畫面，因為畫面裡的場合，正是他們所在的總督會議室。

在終端機前修改文件的，是麥肯雷總督。

畫面角落附著時間，那是卡羅卡號出發前的一刻。

而眼睛更把修改前後的差異列出。被改動的就只有引擎核心型號一項，從 317 改成 316。

「麥肯雷總督，你就是兇手，這是證據。」偵探平靜地說出結論。

「麥肯雷是兇手？這怎麼可能？」說話的是莫莫哥。他雖然痛恨麥肯雷，但他從沒想過，事件的元凶竟然是對方。

「事件的真相就是總督竄改了艦上的文件，令弗斯德艦長以為卡羅卡號安裝了舊式的 316 型引擎。」杜賓賓指著文件。「艦長發現這『事實』時已進入加拉星的大氣層，他很清楚 316 型引擎在加拉星大氣層裡會變成威力強大的計時炸彈。因為判斷到卡羅卡號隨時爆炸，他只能賭上一局，與兩位部下在不適合登陸艇發動的高空下使用登陸艇逃生。很不幸地，他的駕駛經驗這次沒有助他跨過難關，登陸艇墜毀，全體殉難。這就是真相。」

「但眼睛不是在卡羅卡號出發前檢查過所有細節嗎？」

「眼睛會檢查所有『功能』上的細節，但作為標示用途的欄目卻不會干涉。因為圖則本身是對的。」偵探回答道。「總督更在發送給卡羅卡號的賀電中，刻意提起韋丁丁號，就是引誘弗斯德艦長檢查引擎文件的手段。」

「那為甚麼我們會跟卡羅卡號失聯？消失的通訊儀器又是怎麼一回事？」莫莫哥追問。

「弗斯德艦長預計卡羅卡號即將爆炸，於是命令普迪可通訊兵拆下通訊儀器，好讓他們逃生降落加拉星後，跟軍方聯絡。」

「等等，總督閣下不是軍方成員，無法刪除卡羅卡號上的航行紀錄啊？」加洛森議長問。

「航行紀錄是艦長自己刪除的。」

「咦？」

「他大概以為替卡羅卡號裝上舊引擎是莫莫哥司令的陰謀，目的是除掉自己，如果不刪除紀錄，而卡羅卡號又『幸運地』沒有爆炸，船上被換上有危險的引擎的事情便會曝光。」

「如果卡羅卡號真的爆炸了，這事件不是一樣會曝光嗎？」

「弗斯德艦長一定打算另外找藉口來解釋意外和他們逃生的理由。」杜賓賓說：「議長說過，弗斯德艦長是個維護軍隊的老軍官，即使他以為莫莫哥司令要對付他，他仍顧全大局，不願意軍方內鬨。只是，他大概沒想過自己會如此慘死，在臨死一刻不由得吐出一句對莫莫哥的恨意吧。」

莫莫哥聽到杜賓賓的說法，百感交集。他一直想弗斯德消失，但如果偵探說的是事實，這老軍官的器量比自己大得多，叫他感到無地自容。

「莫莫哥司令和普迪可的會面……」

「就像司令所說，是安插在艦長身邊的間諜吧。跟這次事件無關。」杜賓賓向議長解釋道。

「可、可是總督沒、沒有殺害弗斯德艦、艦長的理由啊？」

「他並不想殺害艦長，」杜賓賓轉向總督，以悲哀的眼神看著對方，說：「登陸艇失事真的是意外。」

「那他竄改資料是為了……」

「為了製造弗斯德艦長滯留加拉星一段時間的機會。保守派一直倡議跟異星生物共存，總督想借這個機會，讓軍中的溫和派示範在外星跟低等生物接觸，並不如發展派宣揚那般危險。」偵探頓了一頓，說：「不過，他錯了。」

會議室中留下一片沉默。良久，加洛森議長說道：

「總督閣下，你……你有甚麼要自辯嗎？」

「沒有。事情就如杜賓賓偵探所言。」麥肯雷總督沒有激動的反應，平靜地回答議長的問題。

「那麼……警衛，拘捕麥肯雷總督。」

麥肯雷總督被警衛帶走，臨走的一刻，杜賓賓看到他的眼中有著一份深邃的笑意。

莫莫哥司令對這樣的結果感到難以理解，但想到自己的嫌疑被消除，不禁放下心頭大石。既然得知加拉星第九號事件的真相，發展派和外宇宙探索軍必須處理善後工件，莫莫哥司令就向議長告辭，聯絡親信召開內部會議。

在畢杰雷教授也離去後，杜賓賓向加洛森議長問道：「議長閣下，我相信你會如實公開這次的調查過程吧？」

「當然，我不會偏袒發展派或保守派，會把這個調查會議上發生的事情一一公開，向議會和群眾匯報。」議長說。「我只是有點不明白，你之前所說的『因為你出現所以之前的推理是錯誤的』是甚麼意思。」

「無論我在不在，莫莫哥司令都有最大的嫌疑，而總有一天他跟普迪可見面的事情會暴露，或是出現其他對他不利的『證據』。於是，那個『共犯理論』會自然冒出來，即使審訊判他無罪，輿論都會把他當成兇手。」

「那又如何？」

「麥肯雷總督沒理由不察覺這一點。他是隱藏身分的保守派，只要慢慢等一下，以逸代勞，發展派的勢力就會隨著謠言流傳而縮減，即使加拉星第九號事件成為懸案，也不會對保守派有任何影響……」

杜賓賓眨了眨眼，再說：「但他竟然來找我，要我幫忙調查了。」

「啊……」經杜賓賓一說，議長也察覺這一個怪異之處。

「總督他居然讓一個保守派中薄有名氣的傢伙，堂堂正正走進總督會議室，跟莫莫哥這個發展派領袖對質，這有違他一向低調的處事手法。他從來沒表明自己是保守派分子吧？當我看到莫莫哥被捕，露出一副狼狽的樣子時，我就想到，為甚麼我在這兒？總督叫我來，就是要我提早了結莫莫哥，打擊發展派嗎？於是我把自己的存在當成跟事件相關的情報，就發覺推理的方向改變了。」

「方向改變了？」

「不是找出『加拉星第九號事件』的真相，而是找出『總督要我出席會議』的理由。比起前者，後者實在簡單得多，只要理解發展派和保守派的瓜葛，就很容易猜到實情，於是連前者的答案也浮出來了。」杜賓賓緩緩說道：「總督要我出席，就是要讓保守派立於不敗之地。」

「如何不敗？」

「因為事件的元凶是總督，只要查出原因，民眾就會對保守派的觀感大打折扣。就算總督不是故意謀害弗斯德艦長他們，社會仍會出現『保守派比發展派更會耍心機』、『保守派不單會隱瞞立場，更會狠毒地使手段』等負面印象。所以，他要我加入調查，推理真相。如果我失敗了，莫莫哥司令蒙冤，保守派沒有損害。」

「但如果像現在，你推理出真相呢？」

「那麼，莫莫哥司令就會因為我這個『不務正業的遊民』才洗脫嫌疑。」杜賓賓苦笑道：「這就是總督的策略，如果我成功指出他是兇手，發展派不但要背上『依賴保守派才可以解決麻煩』的壞印象，莫莫哥受我的恩惠，更讓民眾覺得保守派主張公平公義，就算是同志亦不會徇私。無論我有沒有發現總督所做的事情，保守派都得到利益。」

發展派鄙視的「偵探」查出眼睛亦不能找出的真相，這完全否定發展派的價值觀。杜賓賓猜想麥肯雷總督被帶走的一刻，一定因為這個大大譏諷發展派的結果而感到滿足。

「當然，」杜賓賓繼續說：「我猜總督還有一個理由而要我幫忙調查。」

「甚麼理由？」

「他因為意外害死弗斯德艦長他們而感到不安，受到良心責備，希望我能替死者申冤，找出真相。他如果自行認罪的話，會掀起軒然大波吧，到時兩派的鬥爭可能會更白熱化。這半年來，他應該感到很困擾……」

※

為了準備報告，加洛森議長送走杜賓賓後，立即投入整理資料的工作。

真是不幸的事件——議長心想。

無論是弗斯德艦長、那那路士官、普迪可通訊兵，抑或是麥肯雷總督，在命運面前都毫無還擊之力。或許真的像軍方的說法，加拉星是個帶來不幸的星球。

縱然它極之美麗。

議長想起韋丁丁號上無辜犧牲的百多個船員，然後再想起四年前因為偵察艇爆炸而死的上萬隻巴布。

其實我們跟巴布分別不大吧——議長在心中慨嘆道。

「其實我們跟巴布分別不大，而且巴布的進化速度很高，雖然只有低級生物的智慧，但仍是加拉星上唯一能夠進行文明演化的物種。牠們也有自己的溝通模式，不過牠們的溝通模式很怪異，是後天培育的。所以牠們在不同部落、不同巢穴的溝通模式都不一樣，你說這是不是很神奇？」

議長記得麥肯雷曾跟他這樣說過。麥肯雷總督對加拉星的事情很清楚，有時會跟同僚們談及這些外星趣聞。

「巴布的壽命雖然不到一年，但一年間加拉星圍繞它所屬星系的恆星公轉接近一百次，對巴布來說，牠們覺得自己有七、八十年的壽命。我們覺得牠們的生命只有瞬間，牠們大概會反過來，覺得我們長壽得不可思議吧。如果我們跟巴布共存，我們會比牠們活多幾十萬歲啊。」

「巴布的確是種凶殘的物種，但也有單純的一面啦。像加拉星第三號事件，牠們對我們的偵察艇爆炸毫不知情，還以為是上天對牠們的懲罰呢！從眼睛收集到的資料顯示，那個巢穴的巴布首領認為災禍是因為自己犯錯，於是反過來向被牠統治的巴布認罪……」

加洛森議長不斷回憶起麥肯雷總督侃侃而談、說著加拉星和巴布時的表情。他閉上灰黑色眼睛上的第二重眼瞼，遙望著天上明亮的雙子太陽。

「首領犯錯，向民眾認罪，我們跟巴布果然沒有太大分別啊。」

【補充資訊】

◉ 公元一六二六年五月三十日，即明天啟六年五月初六，上午九點，北京西南面王恭廠附近發生離奇爆炸，死傷者數字超過二萬。當時天色昏黑，空中傳出巨響，屋宇動盪，地上冒起巨大的靈芝狀黑雲。肇事原因至今仍然不明，而由於當時朝政腐敗、宦官弄權，很多大臣認為這是上天發出的警告，明熹宗只好下「罪己詔」，希望能平穩民心，並下旨發府庫黃金萬兩賑災。《明實錄．熹宗實錄》、《酌中志》、《國榷》、《帝京景物略》等古籍均有記載此事件。

◉ 公元一九〇八年六月三十日上午七點，俄羅斯西伯利亞埃文基自治區通古斯河附近發生原因不明的大爆炸。超過二千一百五十平方公里內的六千萬棵樹焚毀倒下，爆炸威力約為廣島原子彈的一千倍。由於出事地點偏遠荒蕪，俄羅斯官方並沒有作出詳細的調查。根據事發地點八百公里外的貝加爾湖居民所說，爆炸發生前看到巨大的火球掠過天空，亮度跟太陽相若，而爆炸的衝擊波震碎了六百五十公里內所有窗戶玻璃。有目擊者指，爆炸後看到蕈狀雲。事件稱為「通古斯大爆炸」，目前仍未了解原因。

◉ 公元一九四七年七月四日，美國新墨西哥州羅斯威爾市發生懷疑不明飛行物體墜毀事件。有農民在現場發現大量特殊的金屬碎片，而在數天後，一名居民聲稱發現一架直徑約九公尺的金屬碟形物殘骸，並發現身穿灰色外衣、大頭大眼的外星生物屍體。美國軍方迅速進駐當地，封鎖現場，宣稱那是軍方的氣象球，並非不明飛行物體。然而，有傳聞指這是官方隱瞞事實、防止民眾恐慌而作出的虛假報告，屍體及飛碟已被軍方接收，進行研究及解剖。

◉ 所謂「年」，是指一個行星圍繞恆星公轉一週所需的時間。舉例說，水星圍繞太陽一週只需時八十八個地球日，換言之在水星過四個新年，地球才過了一年。時間和壽命的長短，都是主觀和相對的。

Var.IX

Allegretto

poco moderato

Ellie, My Love

她現在這樣子就最美了。
靜靜地躺在床上，
亮出一副漂亮的臉蛋，
不會對我頤指氣使，
放狠話損我。

「……於是，艾莉就把筷子當成叉子般往肉片刺下去，然後問侍應生：『是這樣子嗎？』」

「哈哈哈！」

在客廳裡，我搖著酒杯，告訴東尼和蘇我跟艾莉在旅行時遇上的笑話。艾莉是我的妻子，蘇是她的妹妹，而東尼是蘇的丈夫。

「真好呢，姊夫你們可以去外國玩。我跟東尼看來至少幾年也不能出國了。」蘇啜了一口紅酒，說。

「待孩子四、五歲，就可以帶著他一起去吧。」我說。蘇去年生了小孩，下個月就滿一歲。這一晚她將孩子交給保姆照顧，所以她才能跟丈夫一起到我家作客。

「對了，艾莉呢？怎麼一直不見人？」東尼問道。

「她在樓上睡覺。她說有點不舒服，吩咐我晚餐時才叫醒她。」

「咦？姊沒有大礙吧？我還以為她未回來。」

「沒事沒事，我問她要不要取消聚會，她說取消的話，精心泡製的羊排和馬卡龍就要浪費了。」

我放下酒杯，再說：「我先去看一看她。」

我走上樓梯，收起那副偽裝的笑容。

其實，我跟艾莉並不像一般人眼中那麼恩愛。

私底下，我跟她都是很好強的人，為著一點小事可以吵老半天。艾莉從來沒有哭過，她只會歇斯底里地亂丟東西，狠狠地把香水瓶、手機、花瓶、盤子、甚至刀叉朝我的臉直丟過來。

但我們從來沒有在人前表現出這一面。

結婚後，我才了解我有多討厭艾莉的性格。我想，她也一樣。不過我鍾情她的肉體。無論樣貌、身材，她都是不輸荷里活明星的大美人。雖然我在外面偶爾有拈花惹草——好吧，或者不止「偶爾」——但如果論外表，沒有女人比得上艾莉。我自問也算英俊瀟灑，跟她外出只會招來無數艷羨目光。我想，在喜歡對方外表這一點上，她也跟我一樣。

我打開房門，望向躺在床上的艾莉。

她現在這樣子就最美了。靜靜地躺在床上，亮出一副漂亮的臉蛋，不會對我頤指氣使，放狠話損我。

對，變成屍體的艾莉比以前更可愛了。

如果可以的話，我真的想把這樣子的艾莉永久保存下來。好像要用甚麼防腐液的吧？可惜我沒有這方面的知識，不知道網絡上有沒有新手指南。她死去不足二十小時，加上房間冷氣充足，她這個動人的樣子至少可以多保持一天半天吧。

我趨前靠近她的俏臉。我之前替她的臉上塗了點胭脂，讓她的臉上添點血色，看來這些名牌化妝品不會一時三刻褪掉。如果沒看到她頸上遭勒斃的瘀痕，任何人都只會以為她正在睡覺吧。

我檢查了她身體下的布置，確定一切安好，才離開床緣。現代的空調真好，附有除臭功能，房間裡連一絲臭味也聞不到。我本來以為要噴大量香水才能掩蓋屍臭。

我臨離開房間前，回首一望。

「啊，好險。」

化妝桌上的日記簿仍然打開著。那是艾莉的日記，記載著她跟我的真實生活——包括我們的惡劣關係、吵架的經過、我的外遇等等。她甚至有寫過「搞不好某天我會被躁暴的丈夫殺死」這種惡毒的話。我是在她死後，才知道她寫過這種東西。我把日記合上，鎖進抽屜內。

我回到客廳，再次裝出那個虛偽的笑容。

「艾莉仍在睡，我們繼續喝吧。」我打開櫥櫃，取出兩瓶紅酒：「在法國買的，特意留給你們品嚐。」

蘇愉快地訴說著育兒的苦與樂，東尼則默默地聽著，偶然點頭附和。蘇和艾莉的外表差不多，五官都很漂亮，只是腿沒艾莉的長，胸部罩杯比艾莉小兩號。不過她倆性格並不一樣，蘇比較開朗——並不是裝出來的開朗。論外表是艾莉優勝，但論個性的話，蘇一定較好相處。

東尼是個話少但精明的傢伙。我有一位情人在夜店工作，見過不少男人，她說沉默但眼神銳利的男人都是厲害角色，不是黑道就是警察。遇上這種人，必須多加提防。東尼給我的印象便是如此，我現在就怕他看穿我的詭計。

我們在客廳閒聊了差不多一個鐘頭，該是進餐的時間。羊排早在烤箱裡準備好——我從來沒像今天那樣子慶幸自己懂烹飪——沙律和配菜也準備就緒，而馬卡龍則是從外面的店買回來，假裝是艾莉弄的。希望不會露餡。

「該吃晚餐了，」我往樓梯走去，「我去叫艾莉。」

「我們一起去吧。」東尼突然說道。「蘇妳不是說艾莉告訴妳買了新的化妝桌嗎？好像是意大利名師設計的？」

「啊，對啊……不過姊不舒服，現在去參觀會不會不太好？」

蘇的目光轉向我。

「嗯……沒關係，一起來吧。」我努力裝出笑容，說道。要提防沉默但眼神銳利的男人喔——那位情人的話猶在耳邊。

我們三人來到我跟艾莉的睡房。我打開門，亮起電燈，再大踏步往睡床走過去，坐在床邊。我把艾莉的屍體放在大床上遠離房門的一邊，我坐在床上，就能阻隔東尼和蘇的視線。

「姊夫你們的房間好冷！」蘇邊說邊打了個哆嗦。

「妳姊喜歡嘛。」冷氣除了讓屍體減慢腐爛外，更重要的是讓艾莉合理地蓋上厚重的被子。

「艾莉，要吃晚餐囉。」我靠在艾莉的屍體上，左手越過她的胸口，趁東尼和蘇沒注意，在艾莉的右肩旁抓住從被下冒出來的一段繩子。

「艾莉？」我假裝用右手搖她的肩膀，再用左手猛拉繩子。我利用幾個長方形的塑膠盒子，墊在屍體右半身下面，左半身則用捲起來的毛巾墊高。繩子連著盒子，當我一拉，盒子跌倒，屍體就往右邊轉身——就像睡著的人翻身一樣。

我裝作親暱，把臉孔貼近艾莉的肩膀，抓住艾莉原本已放在左肩上的右手，搖了一下。從東尼和蘇的角度來看，就像是睡著的艾莉轉身揮手，示意他們別打擾。

「她說她要繼續睡。」我裝作艾莉在我耳邊耳語，然後離開屍體。「我們就讓她睡吧，她今早說昨晚睡得差，從額頭到脖子一直在痛。」

東尼和蘇被我推出房間。我的布置沒有失誤，很好。如此一來，蘇就會作證今天晚上艾莉仍然生存。沒有東西比親妹的證言更有力吧？

我讓東尼和蘇坐在餐桌旁，端出一道道佳餚。蘇好像滿欣賞我的廚藝，對香草羊排讚不絕口。

「東尼，再喝我就要醉了。」東尼為蘇再斟了滿滿一杯的紅酒。她雙頰發燙，眼神有點茫，剛才已喝過不少。

「又是妳說今晚難得可以盡情玩樂，叫我別阻妳喝的？」東尼微笑道。

「但回家還要照顧孩子……」

「放心吧，大不了我明天請一天假，反正我之前常常加班，公司欠我假期。」

「親愛的！你真體貼！」蘇往東尼臉頰吻了一下，再大口灌一口紅酒。她真的醉了。

我收拾盤子後，我們圍著餐桌，繼續喝酒聊天。蘇已經不勝酒力，挨在椅子上打瞌睡，只餘下我跟東尼解決瓶子裡剩餘的瓊漿。

「剛才的馬卡龍出奇地好吃，足可媲美 Le Petit Chocolatier 的啊。」

該死，我就是在 Le Petit Chocolatier 買的。

「哈，就是無法瞞過你。」我以尷尬笑容掩飾心虛，笑道：「羊排和沙律的材料是昨天預備的，艾莉本來打算今天才弄甜點，但因為不舒服，所以叫我去買現成的。她大概想騙騙蘇吧，沒想到蘇醉成這個樣子，連甚麼味道也嚐不到了。」

「原來如此，呵——」

東尼身上傳出音樂聲。他往衣袋掏出手機，邊看邊皺眉。

「是公司。」他說。

「喂……是。對，對。不會吧？這麼晚……唉，好吧。」

「怎麼了？」我問。

「鄰組的企劃書出了大錯，要重做，但明早要見客戶。他們想我回去幫忙，因為我之前寫過一份類似的。」

「那麼你現在要回公司？」我問。

「對，不過……」東尼望向不省人事的蘇。

「讓她留在這兒吧。」

「不是這個問題，而是保姆十點半下班。」東尼指了指時鐘。現在是九點五十分。「她從來不肯加班。」

「呃……可以找其他保姆嗎？」

「通宵的較難找，不過我也有一位相熟的，之前就有請過她來幫我。」

「那你快找她吧。」

東尼撥了一通電話，說了幾句，再回頭跟我說：「她另外有工作，十一點才能到我家。可以麻煩你替我送蘇回去，等這位保姆嗎？」

「可是……」

「只是半個鐘頭的空檔，麻煩你幫幫忙吧，姊夫。」

「那好吧。」

東尼再打電話回家，跟在家中的保姆交代了兩句，就扶起蘇，跟她一起往大門走過去。我從玄關牆上掛勾取下我的車匙，跟東尼一起到屋外。

「蘇就拜託你了。」蘇在我的車子的後座昏睡著，而東尼開著他的車子，一溜煙地離開了。

我扭動車匙，發動引擎，在路上開了一個街口的距離，停下，把車停在路邊一個陰暗處。

我確認蘇不會一時三刻就醒過來後，把她留在車裡，然後直奔回家。我沒打開電燈，直接跑進冰冷的睡房，打開抽屜，取出一把小巧的曲尺手槍，確認子彈已經上膛，再躲進衣櫥裡。

我知道，我不用等太久。

沉默但眼神銳利的男人，一定要小心提防。

不過五分鐘，我聽到樓下大門傳來扭動鑰匙的聲音，然後就是「咯、咯、咯」的腳步聲。腳步聲的主人沒有刻意放輕腳步，我清楚知道他何時來到房門口。

「咔。」

房門緩慢地打開，我從衣櫥的縫隙看到電燈亮著，一個男人往大床走過去。

那是東尼。

就在他走近床邊的一剎那，我霍然推開衣櫃門。

「別動，東尼。」

我舉槍指著他的後腦。他跟我的距離不過三公尺。

東尼緩緩地轉身，看到我的手槍，沒露出驚惶的表情，反而皺了一下眉。

「為甚麼你……啊，對，我被你看穿了。」東尼說。

「沒錯。你那個公司的來電是假的吧，我在收拾盤子時瞄到你為手機設時間，那不是來電鈴聲，是鬧鈴。」我說。

「那麼艾莉她……」東尼瞄了一下床上。

「就如你所想的，死了。」

「嘿，你之前果然是在演戲！」東尼嚷道：「無論房間的冷氣、艾莉翻身搖手，統統都是你布的局！」

「這一點你也不遑多讓吧？」我冷笑道：「找甚麼『看化妝桌』當借口跟蘇一起上來，又灌醉蘇令我不得不離開房子，你也要了不少手段嘛。」

「好了，就當我們扯平吧。」東尼把雙眼瞇成一線，說：「你現在想怎樣？」

「往浴室那邊走過去。」我用槍威脅他，要他退到房間的浴室內。

「然後呢？」東尼站在浴缸旁。

「然後告訴我——」我逐個字逐個字慢慢說道：「你為甚麼要殺死艾莉。」

東尼露出冰冷的微笑。

「我要跟她分手，她就威脅說要告訴蘇我跟她的關係。」

「就為了這點事？」我瞪大雙眼。

「蘇知道後，一定受不了。」東尼說：「換成其他女人還好，丈夫跟自己的姊姊有染，她會跟我離婚，然後奪去孩子的撫養權。」

其實我早知道艾莉有個秘密情人，不過反正我自己在外面也有一堆女人，就姑且睜一眼閉一眼。我知道這個男人都會趁著我在外過夜時，登堂入室，甚至有我家的門匙。只是，我是到近一個月才發覺那人是東尼。他們似乎是在蘇懷孕期間搭上的。

今天清晨，當我告別在酒吧結識的不知名美女，回到自己的家後，我赫然發覺艾莉倒斃床上。她是被人用手勒斃的。我當時連忙找手機報警，但幸好手機沒電，在我手忙腳亂地找充電器時，發現化妝桌上艾莉的日記。

日記打開寫著「搞不好某天我會被躁暴的丈夫殺死」的一頁。我從來不知道艾莉有寫日記的習慣，而翻開日記的每一頁，我就愈看愈心寒——那是活脫脫來自死者的指控。如果警察來到，撿走日記，再以此視為我的殺人動機，我就百口莫辯。艾莉在日記裡對自己的婚外情卻隻字不提，她那種不知反省的惡劣性格，連在日記也表露無遺；不過就是這一點，我被冤枉的可能性就大大增加。

讀完日記，我才遽然想到日記在桌上的原因——那是兇手為了嫁禍於我的手段。這不是強盜或陌生兇手所為，而是熟悉艾莉跟我的生活的傢伙做的，他甚至知道艾莉有這一本日記。任何人回到家，看到妻子被殺，都會第一時間報警吧，而犯人就利用這個盲點，將日記大剌剌地放在命案現場，製造出對我不利的證據。我很可能會被當成跟陌生女人上床後回家、妻子醋意大發、一言不合大打出手、最後錯手掐死對方的惡魔丈夫。

於是，我決定反過來，利用這形勢試探東尼。我讓他以為艾莉沒死去，在他逃離現場後醒過來。如果東尼是真兇，他一定會找方法確認艾莉的狀態，例如查探艾莉沒報警的原因甚至再下殺手。只有這個方法，才可以讓我不被陷害。

而果然，東尼中計了。

「你想把我鎖在浴室，然後報警吧？」東尼微笑著說。他似乎瞭解了形勢，知道其實他仍站在有利的一方。「你在外面玩女人是事實，艾莉跟你關係不好也是事實。艾莉被殺，你的嫌疑最大，而我今晚耍的手段，可以說是察覺你的行為有異，設法揭破你的詭計而做的。」

「你說得對，報警的話對我很不利。」我說：「不過你似乎弄錯一點——我跟艾莉關係不好，不代表我不愛她，即使我愛的是她的外表。我討厭她的性格，但我更討厭從我手上奪去她的性命的傢伙。」

我跟艾莉一樣，是很好強的人。

東尼眼中露出不解的神色，然後望向我手上的槍——他察覺到了。

槍嘴上附著滅聲器。

我沒等他說話，直接往他胸口開了兩槍。霎時間他的胸前染成一片血紅，然後身體向前倒下。

在他仍在痛苦中掙扎時，我說：「我會想方法讓你們兩人的屍體消失……就裝作你倆私奔吧，難得你對保姆撒了謊，說公司有要事，警方只要查一下就知道是謊話。我要走了，免得蘇在車上醒過來發覺有異。」

東尼想抬頭，但他沒機會這樣做，因為我朝他的背後多開一槍。

我關上浴室的門，往睡房的門口走去，在熄燈的一刻，不由得再瞧一眼床上的艾莉。

防腐保存甚麼的就別鬧了，雖然很可惜，但這副美麗的軀體還是盡早消滅比較保險。

不過不要緊，蘇跟艾莉的外表差不多，說實話，她也挺對我的口味。

自己的丈夫跟姊姊私奔，然後跟關心自己的姊夫續緣，互舔傷口，發展再正常不過吧。

而且，我相信，跟蘇一起生活，一定比跟艾莉輕鬆得多。

比跟我所鍾愛的艾莉一起輕鬆得多。

Étude.2

習作・二

關鍵字：生病／船／衣服／人們相遇／一道陷阱

我生病了。

是一種名為「孤單」的病。

即使我身處人海之中，四周滿是燦爛的笑靨，到頭來我還是會落得孤單的下場。

為了逃避現實，我只能漫無目的地逃跑，從亞洲走到歐洲，從歐洲走到美洲，可是，任憑我落腳於任何一座熱鬧璀璨的大都會，我始終擺脫不掉命中注定的那道詛咒，無奈地繼續這趟孤獨的旅程。

我承認我是一個討人厭的自私鬼，只是我不知道我是因為自私而變得孤獨，還是因為孤獨而變得自私。也許這疑問有點多餘，因為人本來就是自私的，從來沒有人願意無償地對他人付出。我不是要一竿子打翻一條船，但這是無可否認的事實，所謂愛，不過是一種渴求回報的付出罷了。人最終還不是要孑然一身地走完人生這條路嗎？

我們每個人都是孤單地完成這慘澹磨人的旅途啊。

當我再訪這城市時，一切已面目全非了，昔日的榮景恍如海市蜃樓，令人嘆一句造物弄人。或者這正好，我想我該下定決心終結這段旅程，一個孤單的流浪人在一座破敗的城市中逝去，也算恰如其分。

我走進一家不知名的百貨店，希望能換上一套較光鮮的衣服，風風光光地離開這個世界。雖然人出生時光著身子，我想，死時還是體面一點較好。

我似乎被世俗荼毒了。就像戀人們相遇時在意自己的外表一樣，我在試身室的鏡子前換了六件外套才選到合意的。穿上簇新的皮鞋時我不由得搖頭失笑，譏笑自己就像蠢蛋一樣。

反正換上再漂亮的衣裝，也沒有人會看到。

在離開百貨店、經過櫃檯的瞬間，我再一次瞥見那張舊報紙。上面印著我的樣子，旁邊還寫著斗大的字——

「危險人物！如發現此人必須立即通報！」

這是造物主對人類設下的一道陷阱吧……為甚麼祂創造出這種能透過空氣傳播、無藥可治的致命病毒，卻讓身為病原體宿主的我一直活著呢？我想那些企圖抓住我、拿我解剖當白老鼠的蛋頭學者應該知道答案的，可是我已無從知曉了。

畢竟這世上仍活著的，就只有我一個人。

一個孤單的、被上帝指名當死神的人。

Var.X

Presto

misterioso

咖啡與香煙

「我實在搞不懂！
甚麼時候咖啡
變成違禁品了？
這三天發生了甚麼事？」

我揉揉眼睛，環顧四周。

我的左方聳立著一棵老榕樹，根鬚從差不多有三樓高的樹杈垂下。樹幹底下的紅色路磚被樹根擠得歪歪斜斜，兩隻麻雀正在啄食地上的顆粒。我的前方是一片小小的花圃，種滿紅色、黃色的小花——我不是植物學家，所以除了「小紅花」或「小黃花」外，我找不到更好的名詞來說明。右邊不遠處有一道欄柵，旁邊有個兩米高的金屬牌子，上面以半褪色的綠色油漆寫著「康樂及文化事務署管理·差館上街休憩公園」，下方貼了數張撕去一半的卡通貼紙，大概是住在附近的頑童的傑作。我坐在老舊的木長椅上，呆看著空蕩蕩、只有兩張長椅、一棵榕樹和一個小花圃的公園。

當我回過神時，一個問題在腦海浮現。

我為甚麼在這兒？

我再次回頭望向四周，就是記不起自己為甚麼坐在這長椅上。事實上，我連我從何時開始坐在這兒也不知道。

今天是星期幾？

我看看手錶，日期顯示是七月二十六日星期日，時間是上午十時零八分。我只記得上星期三趕著在休假前完成青少年濫藥的專題報道排版，晚上十一時回家便睡，之後毫無印象。

這是失憶症？

我從褲袋掏出皮夾，熟悉的照片、身分證、駕照、信用卡、名片原封不動夾在本來的間隔裡。

我知道自己住在香港中環半山區堅道的嘉安樓七樓B座、在時事資訊雜誌《Focus》的編輯部上班、半年前跟女朋友分手、父母和弟弟住在沙田、弟弟剛進大學修工商管理⋯⋯我連遠至小學二年級時跟鄰班的死胖子幹架，被他脫去褲子的糗事也記得，卻想不起過去三天我如何度過。

我摸摸口袋，想看看手機的通話紀錄，可是手機螢幕卻漆黑一片。我按動電源鈕，螢幕只閃動了一下，接下來我按多少次也沒有反應。沒電了？可是我記得上次檢查電量時，螢幕左上角的電池符號還有結實的兩格——啊，不對，那是四天前的事。幸好繫在腰間的一串鑰匙還在，我想我現在能做的只有先回家，然後再作打算。

我站起身，走向公園外的行人路。雖然只是早上十時，但天氣很熱，太陽不算猛烈仍令我感到唇乾舌燥。

好想喝一口冰凍的咖啡。

在大暑天，冰冷香滑的鮮奶咖啡，從喉頭灌下去的一剎，真是舒暢得筆墨難以形容。不，這一刻就算是Mocha、Cappuccino、愛爾蘭咖啡、黑咖啡、甚至是茶餐廳那些酸得難以入口的三流咖啡，我也能喝上三、四杯。我的舌頭渴求著咖啡的味道，身體每一個細胞也在呼喚著咖啡的香氣。雖然我自問不是咖啡癡，但腦海裡不斷出現各式各樣的咖啡，苦澀的、濃郁的、甘甜的、爽口的⋯⋯我恍如幾天沒喝過咖啡，感到渾身不自在。

我翻遍全身的口袋，嘗試找尋咖啡——當我意識到我的動作時，不由得停下腳步。奇怪了，為甚麼我會在口袋裡找咖啡的？難道我曾經買了罐裝的咖啡，放進衣袋？即使失去三天的記憶，因為潛意識中仍保留了「口袋中有一罐咖啡」的片段，所以我才會這樣做？不錯，一定是這樣子。

Discovery Channel 的節目好像提過，這種短期的失憶症狀是可能自然恢復的，也許這是一個徵兆，我回到家便能把這三天的事情都記起來了。

只要走十五分鐘，我便可以回到家。與其乘巴士回去，不如當作散步，好好思索一下。更重要的是，前方不遠處有一間便利店，我可以買一罐咖啡來止一止我的咖啡癮。

好想喝咖啡。

「歡迎光臨。」便利店店員垂頭看著雜誌上穿得清涼的女模特兒，以平板沒感情的聲調說出公式化的四個字，連稍稍轉個頭、瞟我一眼的小動作也沒有。便利店裡除了櫃檯後的店員外，有兩個十五、六歲的少年，挨在放飲品的雪櫃前抽煙。現在的小鬼真沒教養，年紀輕輕便大模廝樣在公眾場所抽煙，把煙灰彈滿一地。政府不是通過了法例，禁止在商場、食肆、戲院、甚至公園和一些公共場所裡抽煙嗎？我記得這家便利店一向不容許顧客在店內抽煙啊？看樣子那店員跟他們是一伙，讓他們一邊享受冷氣一邊吞雲吐霧，不用在酷熱的大街上曬太陽。真是不知所謂的小鬼。

那兩個不良少年似乎看到我走近，稍為移開身子，我以不友善的目光向他們瞪了一眼，但他們沒理會我。我打開雪櫃的玻璃門，打算伸手拿我常喝的藍山咖啡，卻不禁呆住。

雪櫃裡，放滿一包包的香煙。

我詫異地看著雪櫃裡的架子，從上往下，每一層也放著不同牌子、不同種類的香煙。有特醇的、薄荷的、特長的、濃味的、硬紙盒的、軟包裝的。每款香煙也整齊地陳列著，價錢牌更詳細列明了產品的名稱和折扣。香煙的包裝上沒有常見的警告字句，那些「吸煙可以致命」、「吸煙導致肺癌」和用來阻嚇抽煙者的骷髏圖片、X光照片統統不翼而飛，取而代之的是顏色鮮艷的包裝設計、詳細的成分內容、以及斗大的品牌標誌。

這是甚麼玩笑？這是電視台的整蠱節目吧？我望向店舖的角落，卻沒看到能容納偷拍鏡頭的地方。旁邊的雪櫃依舊放滿啤酒、汽水和果汁，唯獨是本來放咖啡的雪櫃給換上數百包香煙。我時常光顧這間便利店，很清楚貨品的編排，上星期這雪櫃還是擠滿罐裝和瓶裝咖啡的。況且，為甚麼把香煙放在雪櫃裡？香煙需要冷藏防止變壞嗎？

「請問一下，」我走到櫃檯前，向那個心不在焉的店員問道：「雪櫃裡為甚麼放滿香煙？」

店員抬起頭，一臉不解的看著我，說：「有甚麼問題嗎？」

「我說，雪櫃裡放滿香煙。」我怔了一怔，重複說了一次。

「香煙放在雪櫃是理所當然的啊。先生你想要沒冷藏的香煙嗎？」店員站直身子，認真地跟我說。

「不，不是，」我搞不懂這傢伙是裝傻還是坊間推出了「冷香煙」而我不知道，只好改變話題：「我是想問，咖啡放到哪兒了？」

店員臉色一變，問：「先生，你說咖啡？」

「對啊，咖啡。三百毫升的罐裝藍山咖啡。」

「我們沒有賣這種東西。」店員皺著眉，彷彿我問了個不應該問的問題。

「沒賣咖啡？不會吧？我上星期才在這兒買過啊？」我雙手撐著櫃檯，身子向前傾。

「沒有！我們沒有賣！犯法的事情我們不會幹的！」店員提高聲調，緊張地說：「先生請你離開，否則我要報警了。」

我完全不明所以，只看到店員拿出電話，作勢要報警。我退後兩步，看到那兩個抽煙的少年正注視著我們，好像把我當成找碴的麻煩顧客，投以鄙夷的目光。我這個一等好市民竟然被兩個不良小鬼蔑視？這是甚麼道理？

為免小事化大，我連忙離開店子。這間便利店一定有問題。難道他們正在拍電影？抑或是某種測試？對，香港大學就在這兒附近，或許是心理學系的「社會實驗」？我多走兩步便停下來，期望有拿著問卷的女大學生走過來向我說明一切，可是我站了一分鐘，仍沒有人來拍我的肩膀。

在這一分鐘裡，我發現了更多怪異的現象。

我站在一間西式餐廳外。這間餐廳店面採用開放式的設計，既沒有櫥窗亦沒有大門，在行人路旁設有點餐處，往店子進去便是半自助式的櫃檯，提供三文治和法式麵包等簡餐。這兒附近有不少這類型的餐廳，畢竟這一帶有不少外國人居住。店裡只有五、六位客人，疏落地坐在幾張桌子前。他們之中有男有女，有長者亦有小女生，有本地人也有外國人，但他們都有一個共通點——正在抽煙。如果在西環街角的市井茶餐廳看到有顧客漠視政府禁煙條例，躲在一角抽煙便不足為奇，但這是位於中環半山區講究格調的餐廳喔？為甚麼店員不阻止的？

我開始察覺周圍的異常。一路上，我瞧見很多店子——尤其是食肆——裡有人抽煙，就連街上也多了煙民，當中更有不少是小孩子。最誇張的是有數個穿著整齊童軍制服的小孩，每人也叼著一根香煙，有說有笑的在我身旁走過。他們看來頂多只有十歲，而他們身後看來像領隊的成年人亦咬著煙屁股。到底這三天發生甚麼事？煙草商發動政變，把所有禁煙的條例廢除了嗎？就算如此，街上也不會一下子多了一大批煙民，連未成年的小孩也加入抽煙的行列！我愈來愈感到焦躁，腳步也愈來愈快，從慢步變成急步，從急步變成奔跑。這個世界怎麼了？我愈是焦急，就愈感到口乾。

好想喝一杯咖啡。

當我跑到住所附近，看到那個熟悉的綠色標誌，安心的感覺油然而生。我家樓下有兩間連鎖式經營的咖啡店，一間是星巴克，另一間是太平洋咖啡。我不假思索地走進較近的星巴克，一邊掏出皮夾一邊對收款處的女店員說：「大杯裝的 Iced Latte。」

店員默不作聲的盯著我，露出像是看到外星人的表情。

「小姐？」我拿出百元紙鈔，再說一次：「我想要一杯大杯裝的 Iced La……」

我沒把話說完，因為我突然發現這不是我認識的星巴克。櫃檯的另一端，有一位男店員正招待著兩位衣著時髦的女生，他遞給她們一個小盤子，盤子上有十數支香煙。我身後的六、七位客人，每人也拿著香煙——不，有些人把煙放在面前的煙灰缸，從容地閱讀書本，或是在使用電腦。他們面前都沒有咖啡，只有香煙。店裡原來擺滿供顧客選購的咖啡杯和咖啡豆禮品的架子上，統統給換成放水煙壺、煙斗、濾嘴和煙絲等等。告示板上寫著「本日特選香煙：維珍尼亞州煙草，陽光曬製」，餐牌上則列明「原味」、「特醇」、「超醇」、「薄荷」、「丁香煙」等等的價錢，還分「Tall：十二支」、「Grande：十六支」和「Venti：二十支」。從櫃檯後的機器流出來的不是咖啡，而是顏色深淺不一的煙絲，店員們以熟練的手法，把煙絲放在一張張煙紙上，加上濾嘴捲成「新鮮」的香煙。

「先生……？」女店員把看傻了眼的我叫住：「請問您點甚麼？我聽得不大清楚。」

「啊……」我結結巴巴地說：「請、請問一下，你們這兒賣的是香煙？」

「當然了。」女店員微微一笑，一副理所當然的樣子。

「你們本來不是賣咖啡的嗎？」

女店員臉色一沉，說：「您說的是……咖啡？」

「對，咖啡。我上星期才喝過你們的 Cappuccino 和 Double Espressos。」我感到這個環境的怪異，於是小聲的說。

女店員沒回答，她臉上雖然極力保持笑容，但眼神十分猶豫。她叫我稍等一會，不到半分鐘店長來到我面前。我認得這位店長，過去每次光顧我也看到他在櫃檯後工作。看到認識的臉孔，我稍感放心。

「您好，我是本店的店長。請問您有甚麼需要？」這位高大的男士微笑著說，語氣卻帶著威逼感。

「我不是來找麻煩的，」我輕聲說道：「只是想問一下，你們一直也是賣香煙的嗎？」

「是的，我們的美國總公司在四十年前已經開始售賣香煙了。」

我感到一陣暈眩。「你們不是賣咖啡的嗎？」

「我們公司從來沒有販賣任何跟法律抵觸的產品。」店長依然和顏悦色，但說話的態度明顯改變了。

「賣咖啡是犯法的嗎?」

「當然。」他直視著我雙眼，好像在質疑我為甚麼明知故問。他說:「香港和世界各國一樣，禁止販售咖啡。先生您是從外國回來的嗎?我知道某些歐洲國家的香煙店或酒吧容許售賣Mocha，可是這兒是香港。」

我實在搞不懂!甚麼時候咖啡變成違禁品了?這三天發生了甚麼事?

「天啊，只不過是咖啡罷了，又不是可卡因!」我再沒法沉住氣。

「可卡因?」店長表情略帶訝異，說:「雖然政府有管制，但吸毒沒犯法啊。相比之下，Mocha的禍害大得多了。」

咖啡比毒品更有害?吸毒不犯法?我瞪大雙眼，無法相信自己的耳朵。

「怎麼一回事!」我忍不住大嚷:「你們明明是賣咖啡的吧!別騙我!上星期你才親自給我賣了一杯Cappuccino!我記得很清楚!你們是串通來戲弄我吧!」

店長的笑容消失，怒目而視，朗聲說:「我們是正當生意，從來沒有賣咖啡!你把我們當成藥房還是咖啡販子?請你離開本店，不要騷擾我們的客人。」

店長的話引起所有顧客和店員的注意，他們都放下手上的書本或工作，定睛的看著我。從他們的目光，我感到自己成為了不受歡迎的人物……不，根本不能稱為「人物」，對他們來說我是個「異類」。我心中的不安像雪球般愈滾愈大，我彷彿踏進了一個不屬於我的世界。我不敢把視線移開，只好往後退，推開玻璃門，逃到街上。

站在大街，瞧著四周的景色，我絲毫感覺不到真實感，一切就像是夢境。行人路、燈柱、路牌、商店、汽車的噪音、廢氣的氣味，我明明對身旁每一樣事物感到熟悉，卻又充滿置身陌生環境的錯覺。星巴克的招牌中，下方本來寫著「COFFEE」的地方替換成「TOBACCO」，不遠處的太平洋咖啡店，商標中央那杯冒蒸氣的咖啡變成一支冒煙的香煙。抽煙的途人一個又一個路過，我總覺得他們都在偷看我，懷疑我跟他們不是同類。

過去三天世界給改變了，在我不知道的情況下改變了。人們的記憶和常識給偷換，灌輸了「香煙是日常生活的必需品」、「咖啡對人類有害」的想法。

還是這個世界根本不是我本來的世界？

搞不好這兒不是香港……不，這兒不是地球，而是一個和地球相似的星球？

我其實沒有失憶，而是被外星人擄走，花上三天給帶到這個有少許差異的環境，目的是觀察我的行為和反應？

抑或這是平行宇宙？電腦的虛擬空間？美國政府陰謀下的實驗場？

我的腦袋一片混亂，只想逃出這個詭異的空間，可是我無力離開。不知怎的，這一刻，我仍然渴望再次嚐到咖啡的味道。如果下一分鐘這個世界會崩潰、這個星球會毀滅、我的肉身會死去，我希望在消失前能嗅一下咖啡的香氣。我隱約覺得，「咖啡」是這個困局的出口，即使理智告訴我這種想法毫無理據可言。

哪兒可以找到咖啡？

——你把我們當成藥房還是咖啡販子？

我想起店長的話。「咖啡販子」是甚麼鬼東西我不清楚，但「藥房」兩個字卻聽得明白。這個世界裡，因為咖啡是受管制品，所以在藥房能買到嗎？即是說咖啡有藥用價值？我記得路口轉角有間小小的藥房，值得試一試。

三步併成兩步，不一會我已來到這間藥房前。細小的店子裡只有一個穿汗衫的大叔在顧店，在玻璃櫃檯後托著腮打呵欠。

「要甚麼？」他看到我走進店裡，滿不在乎地問道。

「請問有沒有……咖啡？」我略帶遲疑，但還是說出了來意。

那大叔先是一愣，望向店外，又上上下下的打量著我。

「甚麼咖啡？我們沒有。」大叔回答道，可是我覺得他的態度並不像之前的便利店店員和咖啡店店長，似乎在等我追問。

「沒有嗎？可是我真的很需要咖啡……」

「笨蛋，」他壓下聲音，說：「別那麼大聲。咖啡前咖啡後的，想你也不是當差的。你想要甚麼貨？」

我喜出望外，看來找對門路了。「任何一種咖……任何一種貨也可以。」

「我只有M和C。本來我不做生客的生意，但最近手緊得很。」

「M和C？」我奇道。

大叔稍稍皺眉，說：「Mocha 和 Cappuccino 啊！你不是外行吧？」

「啊，啊，那 Mocha 便可以了。是罐裝還是瓶裝？」

「哪有甚麼罐裝瓶裝！」大叔從櫃檯下拿出一個像藥丸膠袋的小包，說：「一包三百。」

「我要的是咖啡啊！你給我這一小包是甚麼？而且還這麼貴？」我大惑不解。

「你要 Mocha 嘛。」他把膠袋翻過來，原來背面是透明的——小包裡面是十數顆咖啡豆。

「啊！真的是咖啡！」我難掩興奮的心情，即使價錢高昂，也心甘情願付款。我想這是埃塞俄比亞的咖啡豆，Ethiopian Mocha 一向是頂級產品。只是看到咖啡豆的模樣，我已經彷彿聞到咖啡的芳香，心底那股渴求咖啡的慾望要從胸口迸發出來。

當我掏出三張鈔票交給對方時，兩個短髮的男人突然衝進店內。我還沒來得及反應，肩膀已被其中一人抓住，手臂被扭到背後，我的頭給按到檯面。

「幹甚麼！」我意圖掙扎，但那男人力氣很大。大叔想往店裡逃走，但另一個男人一步便跨過櫃檯，把他壓在地上。

「我們是警察，現在懷疑你們正在進行咖啡交易。你可以保持緘默，但你所說的話可能被記錄並成為證供。」我背後的男人冷冷的說道。我側著頭，看到這兩個警察的樣子——我認得他們，他們是剛才在星巴克的顧客之一。

「放開我！只不過是咖啡而已！你們都是瘋子！」我用力反抗，可是沒法掙脫。

「你不安分一點我便多控告你一條『拒捕襲警』。不知道是你們倒霉還是我們走運，上班前抽支煙也偵破一樁咖啡販賣。」

「跟我無關！」大叔喊道：「是這傢伙拿這包東西出來，我甚麼都不知道！」

「我們躲在角落看得一清二楚，檢查一下膠袋上和鈔票上的指紋，你便沒得抵賴。支援很快便到，到時搜一搜，我才不信會搜不出甚麼。你還是省口氣，想想如何向法官求情吧。」

結果，我仍沒搞清楚狀況便給押上警車，給送到中區警署。我茫然若失的呆坐著，待了兩、三個鐘頭後，有兩個年輕的警員帶我到一個小房間做筆錄。

「先生，藏有這麼小量的咖啡，罪名不會重，」替我做筆錄的警員跟我說：「頂多是罰款了事。不過我需要你的供詞來指證那藥房老闆販賣咖啡，所以希望你跟我們合作。」

我默不作聲，盯著面前二人。這是一個甚麼荒謬的世界？喝咖啡有甚麼罪？為甚麼我想喝杯咖啡，卻弄得如此下場？桌子上放了一包香煙，是我剛坐下時警員們放在我面前的。抽煙不是比咖啡更有害嗎？那又為何容許？我不明白，一點都不明白。

「老兄，」另一位個頭較高、一臉惡相的警員說：「你可以聘用律師，但老實告訴你，即使律師在場也沒法幫你。我們對你犯的罪沒有興趣，主控官可能連起訴也省掉……」

「罪？我有甚麼罪？」我按捺不住，高聲說：「你們都瘋了！這個世界都瘋了！小孩可以抽煙，吸毒沒犯法，但喝杯咖啡卻被當成罪犯！到底為甚麼？我上星期還在喝 Mocha、在喝 Latte，每一間餐廳也在賣黑咖啡！為甚麼才幾天光景，咖啡便和罪犯扯上關係了？混帳！我要回去！我要離開！」

兩位警員表情變得嚴肅，高個子說：「我們是警察，不用跟你辯論甚麼歪理，亦沒責任和你研究法例的細節。我們的時間很寶貴，才不想在你這種有咖啡癮的人渣身上浪費時間。你要是不識相一點，我可以拘留你四十八小時，慢慢招呼你，到時看看你願不願意說老實話。」

「實話！我句句也是實話！媽的！」我看到桌上的煙包，火上心頭，一把抓起擲向他們。手心傳來一股奇妙的灼熱感，但我沒時間多想，高個子警員把我的領口揪住，將我推至牆邊。

「襲警！你他媽的好大膽子！」他打了我小腹一拳，但我不甘示弱，忍住痛用額頭狠狠的撞向他的臉上。對方一拳朝我臉龐揮過來，我腳下一滑跌坐地上，他的拳頭落空，打在玻璃窗上，碎玻璃散滿一地。

「你們在幹甚麼！」房門突然打開，一位像是高級警官和一位西裝筆挺的老頭走進房間。那個惡警似乎沒聽到上司的制止，往我的腮幫子再補一拳，在我昏過去之前，我看到那老頭和警官衝過來分開我們，混亂中玻璃碎片刺中了某人的手臂。那個在手錶旁邊、手腕上的傷口是我最後看到的情景，接下來漆黑一片，我失去知覺。

※

「你終於醒來啦。」

睜開眼睛，我發覺自己身處於一間像是私人病房的房間內，躺在床上，右手手臂插了點滴。那個西裝筆挺的老頭站在床邊，他現在披上了白袍，一副醫生的模樣。

「你……是誰？我在哪兒？」我問道。

「我是陸醫生，這兒是菲臘專科醫院。唔，情況有點複雜，要花點時間來說明。不過，讓我先給你這個吧。」老頭遞給我一個紙杯，一陣香氣傳來。

「是咖啡！不犯法嗎？」我大喜過望。

「喝咖啡犯甚麼法？」他笑道。

太好了，我回來了，回到本來的世界了！我猶如久旱逢甘霖似的大口喝著，可是，我預期中的滿足感卻沒有丁點兒。我之前明明渴求著咖啡的味道，為甚麼現在卻沒半點感覺？

陸醫生似乎看穿我的疑惑，說：「這杯咖啡和你想像中的不同吧。這也難怪，畢竟那是治療的作用。」

「甚麼治療？」

陸醫生摸摸灰白色的鬍鬚，說：「先聲明一點，這次事件你可不能追究責任，你之前簽了字，我們不會作出賠償。不過，院方會負責任作全面的善後處理。」

「簽甚麼字？甚麼責任？」這老頭總是在自說自話，到底他是如何把我帶回這個世界的？

「這份合約。」他拿出一個厚厚的公文袋。接過紙袋時，我看到他左手手腕包紮了繃帶，我想那是在警署時被玻璃割傷的吧？

我打開公文袋，在文件的第一頁下方看到自己的簽名。我的視線向上移，看到上方的文字——「IC實驗戒煙療程」。後面的數十頁都是法律條文，說明參加者要自行承擔參與這醫療試驗的風險，但同時毋須支付任何費用云云。

「甚麼是『IC實驗戒煙療程』？」

「IC是 Insular Cortex 的縮寫，即是大腦裡的島葉。你上星期參與了我們的實驗療程，嘗試戒掉煙癮。」陸醫生說。

「參加療程？我有煙癮嗎？我是因為參加實驗所以給丟到那個奇怪的世界，讓你們觀察我的反應嗎？」

陸醫生微微一笑，說：「這三個問題的答案，分別是『對，你參加了療程』、『你有煙癮』和『你從沒有到過甚麼奇怪的世界』。」

我呆呆的看著陸醫生，完全不理解這情況。

「雖然你上星期四參加療程時我已說過一遍，但你大概失去部分記憶，我只好再說一次了。你不知道人類為甚麼會上癮吧？」

我搖搖頭。

「尼古丁或可卡因這類物質會刺激大腦分泌多巴胺，讓人感到愉悅，然而一旦使用這些毒物，平時的多巴胺分泌便會減少，當分泌不足時大腦便會驅使人作出行動，找方法攝取尼古丁或可卡因——這便是煙癮或毒癮的形成。」陸醫生坐下來，說：「有研究指，負責把『渴望』變成行動的便是大腦中的島葉。我的治療理論就是利用藥物更動島葉的運作。我不奢求完全禁絕島葉對渴望的操作，只是改變渴求的對象，代替像尼古丁這種對身體有害的物質。只要利用藥物，配合類似催眠的指令便可以辦到。參與實驗者根據飲食習慣分成四組，採用四種常見無害的食品作替代方案，分別是朱古力、可樂、辣椒、以及……咖啡。」

「咦？」我聽到「咖啡」時不由得呼叫一聲。

「治療成功的話，只要三天便可以讓一個人忘記對香煙的渴求，當煙癮發作時只要吃朱古力或喝咖啡便能止癮。這不是對抽煙者、吸毒者、酗酒者的喜訊嗎？」

「即是說，我本來並不喜歡咖啡？」我問。

「應該說，你上癮的不是咖啡，是香煙。」陸醫生說。「根據紀錄你和普通人一樣，每天或隔天也會喝喝咖啡。」

我突然明白了為何早上在口袋找「咖啡」——當時我一定是慣性地找香煙！

「原來我對咖啡的渴念只是煙癮的替代品……但那些警員和咖啡店又是怎麼一回事？是療程一部分嗎？」

陸醫生沒回答，從口袋掏出一支墨水筆，在公文袋上寫了個「十」字，說：「我剛才幹了甚麼？」

「你用墨水筆寫了個『十』字，怎麼了？」

「你為甚麼知道我用墨水筆寫了個『十』字？」

「我看到啊。」這老頭當我是小學生嗎？

「不，我是問你，為甚麼你知道這是『墨水筆』，我剛才的動作是『寫字』，寫出來的是個『十』字？」

我答不上腔，只能說：「我……我學過嘛！」

「假設有一個外星人，他看到我剛才所做的事，大概會說我拿了一根棒子，在一個平面上揮動，產生一個兩條直線相交的符號。」陸醫生緩緩地說：「我們對事物的認知，都是基於經驗和常識，由大腦來分析。如果認知出錯，便無法理解現實，更壞的情況是把現實詮釋成另一種現實。」

他把墨水筆放到我面前，說：「如果你的大腦告訴你，這一支不是墨水筆而是吃飯用的叉子，你能分辨真正的叉子和墨水筆嗎？」

「墨水筆能寫字，叉子只能用來吃飯啊！」

「那如果你的大腦告訴你，我剛才的動作是『吃飯』，你又分得出來嗎？」

剎那間，我弄懂了陸醫生的話，一陣寒意從心頭湧起。我戰戰兢兢地說：「你是說，我今天一直把咖啡當成香煙了……？」

「我們在你昏倒時已替你注射藥物作逆向治療，回復你的煙癮，你的『症狀』已經消失。」陸醫生說：「不過你說得對，你今天一直把香煙和咖啡搞混了，有點像威而鋼令服用者誤把綠色看成藍色的情況。」

我訝異地聆聽著陸醫生的解釋。

「一般實驗者只會忘記『自己有煙癮』這事實，以及將對香煙的渴望轉為對咖啡的需求，但我們察覺有部分人失去更多的記憶，以及對香煙的認知產生錯覺，變成『短暫失憶』和『認知失調』等嚴重副作用。」陸醫生神色略帶尷尬，說：「很不幸地，院方弄錯文件，讓你沒有做檢測就出院，於是我們今天一直在找你。當追查至你家附近，知道你大鬧咖啡店後被抓到警署，我便趕緊聯絡相熟的警官幫忙。」

菲臘醫院就在差館上街附近，我一定是出院後渾渾噩噩地走到那個公園去。週日早上十時多，難怪滿街也有人抽煙……不，喝咖啡啊！

「慢、慢著！」我突然發現有些不妥。「縱使我把咖啡都看成香煙、喝咖啡當成抽煙，買賣香煙並不違法啊？」

陸醫生不好意思地抓抓稀薄的頭髮，說：「你的情況十分特殊。先告訴你一點，大腦中負責理解一項事實的部分，和構成語言的部分是分開的。」

「嗯？」

「理解他人說的話和分析看到的影像，分別由顳葉的韋尼克區及枕葉的視覺聯合區負責，而構成語言、讓一個人正常地說話得依靠額葉的布洛卡區。把咖啡放到你面前，你會看成香煙，當你想說香煙時，卻會說出咖啡。問題是，當你想說咖啡時，卻說了另外的東西。」

陸醫生站起來按著了房間角落的電視，說：「我以醫學理由向警方拿到他們盤問你的錄影帶，也多虧這片段，我才能掌握你的情況，作出診治。」

畫面裡出現那兩位年輕的警員，桌子的另一邊是我，我面前有一杯熱咖啡，而不是記憶中的煙包。即使這個細節已叫我吃驚，接下來擴音器傳出的聲音才令我瞠目結舌。

『你們都瘋了！這個世界都瘋了！小孩可以喝咖啡，抽煙沒犯法，但吸毒卻被當成罪犯！到底為甚麼？我上星期還在抽大麻、在注射安非他命，每一間餐廳也在賣可卡因！為甚麼才幾天光景，毒品便和罪犯扯上關係了？混帳！我要回去！我要離開！』

「你把咖啡當成香煙、香煙當成毒品、毒品當成咖啡，而你説話的機制卻又碰巧相反，把咖啡説成毒品、毒品説成香煙、香煙説成咖啡。天曉得你會不會把氯胺酮看成 Cappuccino，把可卡因説成薄荷香煙。驗血報告顯示你沒有濫用藥物，為甚麼你的意識讓『毒品』參一腳我便不得而知了。」陸醫生聳聳肩。

我上星期三離開辦公室前的景像浮現眼前。

「我……在《Focus》當編輯的……」我掩面扶額，哭笑不得地説。

「是那一本時事資訊雜誌嗎？」

「我上星期的工作，就是撰寫毒品問題的專題報道……」

「哦？看來患者的某些記憶片段會直接影響認知失調這副作用……」陸醫生自顧自地説道。

「天哪！」我突然驚覺自己幹了甚麼。「我到藥房買咖啡、不、毒品，那傢伙給我的是 Mocha……即是……大麻？」

「對喔。」陸醫生點點頭。

「糟糕了，我真的犯了刑事罪行！我還在警署襲擊警察……我會被炒魷魚嗎？我要坐牢嗎？啊……我要找律師……」我慌張起來。

「別擔心，我會替你呈上精神報告，警方不會提告。」陸醫生亮出笑容。「我在這方面總算有點權威。」

我舒一口氣。

「幸好陸醫生你及時趕到，否則我要不明不白的進監牢了。」我帶著歉意，微笑道：「我還害你的手腕受傷，真是過意不去。」

「甚麼手腕受傷？」

「你左手包紮了繃帶嘛，是之前在警署被玻璃割傷的吧？」

陸醫生看看手腕，頓了一頓。他把繃帶解下，放到我的耳邊。

「滴答、滴答」

「我想，」陸醫生說，「你的治療還有點問題要解決哩……」

Var.XI

Allegretto

malincolico

姊妹

在這個人口密度高得要命、
閉路電視鏡頭
多如繁星的城市裡
讓一個人——
和她的屍體——
消失，
實在太困難了。

當我從電話聽到阿雪那慌張的聲音，我便知道大事不妙。

「妳別亂動，我立即過來。」

我趕到阿雪家，掏出鑰匙打開大門，只見阿雪失神地跪坐在客廳正中，滿手血紅。在她跟前，阿雪的姊姊阿心躺臥在血泊之中，旁邊還有一柄八吋長的刀子。

「嘎！」阿雪好像沒聽到我開門的聲音，她抬頭時發出怪叫，雙手抓起那柄染血的刀子，顫抖地將刀尖朝向我。

「阿雪！是我！是我！」

阿雪愣了愣，刀子隨即往下掉，然後面容扭曲，嚎啕大哭。我立即關上大門，確保沒有鄰居聽到聲音，再走到阿雪身旁，緊緊抱住她。她在我胸前號泣，令我的T恤沾滿她的淚水——還有阿心的血。

我環視四周，這情況真是太糟糕了。

阿雪是我的女友，我們交往兩年，相識純粹出於偶然。我們住在同一幢大廈，兩年前電梯故障，我跟她被困電梯內，沒料到這意外造就了一段戀情。阿雪和姊姊阿心住在三樓，單位是她們去世的父母留下的，而我住在五樓，不過我只是個劏房租戶。雖然今天的社會不再講求門當戶對，但阿心對我諸多挑剔，對我的職業頗有微言。我在電腦商場當推銷員，收入不穩定，阿心便經常指桑罵槐，譏諷我三十歲還要住劏房。其實阿心根本沒資格小看我，她自己也是個無業遊民，就是靠阿雪在旅行社當文員的薪水生活。我聽阿雪提過，她們父母知道大女兒不務正業，所以指明房子由阿雪繼承——他們怕兩腳一伸後，阿心便會變賣房子花光積蓄，害自己和妹妹流落街頭。

兩位老人家真有先見之明。

阿心是個控制狂，對阿雪諸多管束，自己卻揮霍度日，不時即興到外地旅遊，兩姊妹經常吵架，我總害怕有天會一發不可收拾。

只是我沒想到事情會糟到如斯地步。試問誰想到姊妹間也會萌生殺意呢？

或者是我太天真吧。

我好不容易安撫了阿雪，面對阿心的屍體，不得不想方法收拾這爛攤子。

報警不是選擇之一。我才不要讓我的阿雪坐牢。

我只能想方法棄置屍體，令阿心消失。

可是，在這個人口密度高得要命、閉路電視鏡頭多如繁星的城市裡讓一個人——和她的屍體——消失，實在太困難了。

我盯著屍體，苦思一個鐘頭，勉強想出一個辦法。死馬當活馬醫，就只能試試看。

我將計劃告訴阿雪後，她再次露出震驚的表情，但她只能同意。

她很清楚，事件一曝光，未上法庭傳媒便會將她塑造成冷血的殺姊兇手，她的人生就完蛋了。

翌日中午，我租了一輛白色的日產客貨車，到北角的夜冷店買了一台看起來滿簇新的綠色雪櫃。那老闆人很好，用封箱綑膜把雪櫃綑住，看起來更像新貨。我付過錢後，打開客貨車的尾門，鋪上斜板，有點狼狽地用手推車把雪櫃推進車子裡。三十分鐘後，我回到堅尼地城我和阿雪的家附近，穿上準備好的工人服，戴上假髮、假鬍子、帽子和眼鏡，期望這偽裝能瞞過大廈管理員耳目。

「送貨，三樓D座姓馬的。」我推著雪櫃，壓下聲線對管理員說。他戴著老花眼鏡在看馬經，瞄了我一眼便示意我繼續走。

呼。

我家大廈日間管理員是個有點糊塗的老伯，說話有一搭沒一搭的，我一直覺得管理公司該換個正常一點的員工，可是這一刻我卻對他的存在深深感激。假如是精明的管理員，大概要我出示身分證用作登記，尤其近日附近有不少爆竊案發生，管理公司有下指示。萬一我真的被要求出示身分證，我只好推說皮夾遺留在車子裡，貨車停得老遠，一來一回很花時間，逼老頭放行。還好我不用說這種鳥藉口。

我在電梯一直垂著頭，以防鏡頭拍到我的樣子。到三樓阿雪家門前，甫按下門鈴，大門便應聲而開。

門後是穿著阿心衣服的阿雪。

阿雪和阿心的外貌相似，只是阿心平日戴著一副圓形眼鏡，把頭髮綁成一個髻，而阿雪習慣將長髮散在肩上。這刻戴上眼鏡、紮了髮髻的阿雪，乍看猶如死去的阿心。

我將新雪櫃放在客廳一旁，再將阿雪家原來的白色雪櫃放上手推車。兩個雪櫃尺寸差不多，但白色的較重——因為裡面放著阿心的屍體。

昨天我將阿心的衣服脱光，在浴缸放血後，用三個黑色垃圾袋將屍體包好，再塞進雪櫃裡。還好阿雪家的雪櫃夠大。

我跟阿雪確認計劃的後半部後，便獨個兒推著白色雪櫃離開。經過管理處時，糊塗老伯還說了句「這個街尾夜冷舖應該會收吧」。

我將雪櫃放上客貨車後，關上車門，再小心翼翼地從雪櫃拖出阿心的屍體。萬一垃圾袋破了洞，流出血水，那便很麻煩。幸好那三層垃圾袋夠厚。

我把屍體塞到車廂一角——看起來就像包著黑色膠袋、很普通的雜物——再開車到中環結志街垃圾收集站，把雪櫃丟棄。或者有清潔人員會將它送去夜冷店賺它幾百塊，甚至放在員工休息室使用，總之有不知情的人接手，那便消除了一項證物。

解決雪櫃後，便要處理屍體。我開車到租庇利街中環街市旁，等了十五分鐘，看到那個熟悉的身影。

挽著一個名牌手提包、裝扮成阿心的阿雪正急步向車子走過來。

我打開車門，阿雪迅速上車，我便立即開車。

「還好嗎？」我問。

阿雪點點頭。「管理員以為我是姊姊，還問我今天是不是又出門旅行，我便點頭示意，沒出聲。」

好，那正好。

車子經過紅隧時，阿雪已將身上的衣服換下，穿回她放在手提包裡自己的衣服。我讓她在油麻地下車，叮囑她留在家裡，等我回來。

「記得別搭電梯。」我再三提醒她。電梯的鏡頭沒拍到她外出，假如卻拍到她回家，那就留下難以抗辯的證據。

阿雪離開後，我將車開往西貢，餘下的便是將屍體丟進大海了。

我在車子裡一直等到深夜，等待期間進行了準備作業。我替車廂鋪好兩層防水帆布，再謹慎地打開垃圾袋。由於屍體在雪櫃冰了半天，意外地沒有甚麼臭味，不過我還得小心血水或體液沾到車廂。替阿心穿上之前阿雪脫下的衣服相當困難——因為阿心四肢成屈曲狀——但我還是完成了任務。我用兩條很粗的索帶紮住屍體腳踝，再用鐵鍊穿過去。之後將屍體塞回三層垃圾袋便大功告成。

凌晨一點，確認附近沒有人後，我便將屍體拖出車外，用手推車推到海邊。在微弱的燈光下，我將裝著磚塊的帆布袋綁上繫著屍體的鐵鍊，用小刀在垃圾袋上刺幾個小洞，再將屍體丟進漆黑一片的大海。磚塊會令屍體沉到海床，留下破洞的垃圾袋會讓海水和生物鑽進去侵蝕屍體，也讓微生物產生的氣體能順利排出，不會令屍體浮起。除非碰巧有潛水員留意，否則屍體被發現時，已化成難以查證死因的白骨。

我駕車離開西貢，一路回去港島時，一直對未來感到憂心。

我們將阿心偽裝成出門旅行失蹤，而之後便要考慮甚麼時候報警。姊姊消失了，妹妹不可能不聞不問吧。一星期後，阿雪一定要報警。我最擔心的是阿雪的談吐表現會不會令調查人員起疑——這類案子露出破綻的地方，九成不是環境證據，而是犯人的表情。

我只好在接下來一個星期好好訓練阿雪了。

這真是個糟糕到極點的計劃，我本來的設計明明排除了這些不定因素的。

就在我將刀子刺進阿心胸口的剎那，我已設計好一個更簡潔更少破綻的做法。

我和阿雪打算結婚。當我們告訴阿心時，她一如我們所料，十分不高興。

但我後來發現，原來我一直誤會了她討厭我的理由。

某天我在阿雪家幫忙打掃時，在阿心的床邊發現一本筆記簿。裡面寫著一堆很恐怖的計劃。

殺死阿雪的計劃。

裡面有一堆毒藥的名字、模仿阿雪字跡撰寫的遺言、阿雪的保險單號碼和資料等等。

我一開始以為是阿心用來發洩的戲言，但看到最後一頁，我便知道這是真的。

筆記簿夾著地產公司的傳單，還有這一幢大廈其他單位的成交紀錄。

阿雪這個四百呎單位，因為西港島線地鐵通車的關係，樓價已突破六百萬。阿雪一死，作為唯一親人的姊姊便擁有繼承權。然而，我跟阿雪結婚，阿雪很可能將我的名字加進屋契，就算她沒這樣做，只要我們有了孩子，阿心也會完全失去財產的繼承權。

我拿走了筆記簿，待到阿雪在公司加班的一天，直接跟阿心對質。

她看到筆記簿時，臉色發青，但之後便惱羞成怒，以荒謬的理由指責我這個外人搶奪本來屬於她的家產。當我說我會拿筆記簿給阿雪看時，她竟然從抽屜拿出一柄八吋長的刀子，向我刺過來。

還好我眼明手快，奪去刀子，將她制伏。

「哼，你以為你贏了嗎？我呸！阿雪是我的妹妹，就算她再討厭我，她還是會聽我的！因為她就是無法反抗我！她一輩子也得活在我的陰影下……」

阿心說得對。我凝視著她，發現真正的解決辦法只有一個。

我今天不幹掉她，他日她便會對付阿雪、我、甚至我們的孩子。

我用枕頭壓著阿心的臉孔，一刀插進她的胸口，她在枕頭下的低沉喊叫不過短短幾秒，房子便回歸平靜。最近附近經常有小偷鑽窗戶爆竊，這正好可以用來偽裝。我把環境布置成犯人闖空門卻遇上戶主，錯手殺人後落荒而逃。

在這個人口密度高得要命、閉路電視鏡頭多如繁星的城市裡讓一個人消失，實在太困難了。嫁禍給不存在的兇手較容易。

我換上平時放在阿雪房間的乾淨衣服，沿樓梯回到自己的劏房。我慶幸之前也是走樓梯到阿雪家，沒有在電梯的閉路電視留下紀錄。

我本來的計劃是，跟阿雪一起發現屍體，再一起向警方報告。雖然阿雪討厭阿心，但阿心被殺，她一樣會傷心欲絕，警方不會認為她是兇手，而我有不露馬腳的自信。

或者該說，就算有精明的警察識破一切，我也能確保阿雪不會遇害。只要阿雪安全就行了。

可是我沒料到阿雪提早回家。

我剛回到房間，阿雪便打電話給我。她主管讓她提早下班，令她失去在旅行社加班的不在場證明，她更笨到走進兇案現場，拾起兇刀，讓自己沾滿一身血。

連糊塗管理員都知道她們姊妹不和，她毫無疑問會變成頭號疑犯。該死的。

迫不得已，我只好用這種冒險的方法去棄置屍體。

明天阿雪一定會後悔，認為自己應該報警。可是如今騎虎難下了。

「……她一輩子也得活在我的陰影下……」

我想起阿心的這一句。

該死的。

Var.XII

Allegretto

giocoso

惡魔黨殺（怪）人事件

馬鈴薯怪人身首異處，
土黃色緊身衣
包裹著的身體俯伏地上、
頭顱的部分空空如也，
身體旁邊
卻有一大堆金黃色的、
香噴噴的馬鈴薯泥。

「大王！大王！不得了啦！大王！」

一連串的呼喊把坐在寶座上搖著酒杯、閉目發著白日夢的巴達大王喚醒。一臉墨綠色的皮膚，頭上長著兩根香蕉形的彎角，配上一個金色的爆炸頭髮型，任誰也想不到近年不斷破壞世界安寧、揚言要征服地球的惡魔黨元首巴達大王是這副滑稽模樣。這天上午，他在戰略室的王座上構思下一個侵略計劃，但當他想到那幾名處處跟自己作對、戴著古怪面具、老是裝模作樣擺出白癡動作耍帥的「幪面戰士」，思緒便徐徐遠去，幻想有天把幪面戰士一號丟進馬里亞納海溝、把二號送上珠穆朗瑪峰、把三號綁在火箭上射往月球，心裡十分得意。巴達大王正在考慮如何說服老是罵自己想法不行的哥薩參謀，執行這個「馬里亞納．珠穆朗瑪．月球」大作戰，之後又如何奴役低等的人類，冷不防地下屬衝進戰略室大呼小叫，硬把他從春秋大夢抓回可悲的現實。

「媽的，洋蔥怪人！你沒看見我……不、你沒看見『朕』正在深思侵略世界的鴻圖大略嗎！」巴達大王嗆聲罵道。雖然已復活三年多，他對人類的語言還是不甚了解，不知道為甚麼身為大王要自稱「朕」。

「大、大王！」穿著古怪的褐色盔甲、和正常人類外表差不多、頭顱卻是一顆大洋蔥的洋蔥怪人結結巴巴地說：「薯、薯大哥他死了啦！大王！」

「甚麼！馬鈴薯他……」巴達大王嚇得從寶座上跳起來，廉價紅酒濺滿一地。馬鈴薯怪人和洋蔥怪人是惡魔黨的重要幹部兼戰鬥怪人，這陣子不景氣，惡魔黨收入大減，怪人們又老是被幪面戰士打個落花流水，以殘暴的方式殺害，餘下的都是組織的重要戰力。如今洋蔥怪人宣稱馬鈴薯怪人遭逢不測，巴達大王也不禁亂了陣腳。

「就在薯大哥的宿舍！大王！請跟我來啊！」洋蔥怪人雙目含淚，氣急敗壞地說。洋蔥怪人能發出催淚氣體攻擊敵人，可是連自己那雙死魚般的眼睛也受影響，整天淚眼汪汪，他現在流淚是因為哀傷、還是被自己的毒氣燻倒，連巴達大王也說不上來。

惡魔黨總部位於近郊一幢三層高的鋼鐵加工工廠地底，以經營鋼鐵加工業務作為掩飾，暗中進行征服人類的陰謀。大樓有十層地庫，面積不廣但設備齊全，有武器庫、研究室、情報室、通訊室、拷問室、囚室、作戰會議廳、醫療室、食堂、休息室、健身室、電影院、小酒吧、保齡球館及圖書館等等。最低一層是首領巴達大王和幹部們的專用樓層，戰略室、怪人培植槽、巴達大王的寢室和幹部們的宿舍也在這兒。

「天啊！真殘忍！」巴達大王跟洋蔥怪人走到馬鈴薯怪人的房間，看到慘酷無比的情景。馬鈴薯怪人身首異處，土黃色緊身衣包裹著的身體俯伏地上，頭顱的部分空空如也，身體旁邊卻有一大堆金黃色的、香噴噴的馬鈴薯泥。馬鈴薯怪人和洋蔥怪人一樣，身體是用超科技培植的生體肌肉，頭部則是巴達大王和哥薩參謀以其他生物為原料合成。巴達大王本來想製作凶猛的老虎怪人、毒蛇怪人等等，但哥薩參謀丟下一句「我們哪來閒錢買老虎和毒蛇」，結果只有以洋蔥和馬鈴薯這些在食堂唾手可得的材料來製作惡魔軍團。

「大王！這一定是謀殺！一定是螳螂那混蛋幹的！」洋蔥怪人嗚咽著。螳螂怪人是惡魔黨的元老怪人之一，跟黃蜂怪人同時誕生。

「不會吧，螳螂他連開扇門也要人幫忙，怎會幹出這種事呢……」巴達大王說。

螳螂怪人沒有雙手，只有一對像鐮刀的前肢，鋒利無比，削鐵如泥，可是這令他的日常生活十分不便，連開門也要小心翼翼，一不小心便把門把切成兩半，換來哥薩參謀的責罵。他的兄弟黃蜂怪人比他更不幸，巴達大王說要製造「會飛的怪人」，把巨大的翅膀加到人工身體上，不過他沒認真計算過身高兩米、體重百多公斤的怪人要怎樣才能靠翅膀飛起來，結果那雙礙手礙腳的大翅膀害黃蜂怪人吃了大虧，初次出戰便慘死於幪面戰士一號的「幪面電磁劍」劍下。

巴達大王召喚所有怪人幹部到凶案現場集合。這陣子惡魔黨節節敗退，怪人們死得七七八八，只餘下洋蔥怪人、馬鈴薯怪人、海參怪人、海膽怪人和螳螂怪人，但前天「奪取寶石作戰」中海膽怪人英勇殉職，所以說集合「所有」幹部，也只不過是傳召海參和螳螂而已。惡魔黨成立初期頗具規模，但近年受低迷的經濟影響，作為掩飾的鋼鐵生意利潤直線下跌，幪面戰士又一再打擊他們的犯罪活動，資金緊絀，巴達大王整天被兼任財務官的哥薩參謀唸得耳朵長繭。

因為財困，三個多月前巴達大王發出通告，指示惡魔黨上下節省開支，全部資源減半——為了省減電費，四台電梯中關掉兩台，食堂的料理種類刪去一半，出戰時的武器配給只及平時的二分之一，研究人員和醫療人員等後援員工也被辭掉一百人。為了阻止離職的人員洩漏基地的秘密，他們離開前得要接受洗腦，有怪人幹部提議殺死這群普通的人類一了百了，哥薩參謀就狠罵：「該死的，你們知不知道我花了多少工夫才找到這些有才能又願意加入我們的人類？我們只有兩個培植槽，每三個月才能夠製造出兩個像你們的戰鬥怪人，可是你們每次出動不是受重傷便是噶屁了，誰替你們善後?把離職員工殺掉,你們以為餘下的傢伙還願意替我們賣命嗎?如果薪水不夠高,他們老早向幪面戰士打小報告出賣我們啦!你們這群笨蛋!別老把『幹掉』、『幹掉』掛在嘴邊,怎麼不見你們幹掉幪面戰士?」

螳螂怪人和海參怪人趕到現場,看到慘遭毒手的屍體也一臉驚惶。螳螂怪人一身綠色的皮衣,兩隻長在額角的眼珠左顧右盼,神情緊張;海參怪人穿著黑色的橡膠盔甲,臉部正中央的大嘴巴一開一合,似乎想說些甚麼卻又說不出來。

「臭螳螂!你為甚麼要殺死薯大哥?!」洋蔥怪人走到螳螂怪人面前,憤怒地說。他不敢走得太近,畢竟螳螂怪人那雙鐮刀可以輕易地把他變成碎洋蔥。

「我?你無憑無據別誣蔑我!」

「哼!你不用抵賴!這樓層只有咱們幹部可以自由出入,能把薯大哥的頭砍下來,再剁成馬鈴薯泥的,只有你辦得到!你一定是眼紅前天我和薯大哥立功,所以下殺手!」

螳螂怪人大吃一驚,複眼瞥見巴達大王一臉狐疑,心想這回百口莫辯。螳螂怪人一向跟馬鈴薯洋蔥兄弟不對盤,自己在惡魔黨裡當了三年幹部,卻看到晚一屆的兩名後輩每次在激烈的戰鬥中也能逃過大難,又偶然走狗屎運完成一些無聊任務,深得巴達大王歡心,感到很不是味兒。前天的「奪取寶石作戰」中,他們一行五名怪人襲擊市中心的著名寶石展覽,打算強搶大量寶石來應付惡魔黨的經濟危機,可是最後他們只搶得數顆鑽石,海膽怪人還被幪面戰士二號的「幪面鐳射槍」擊中,返魂乏術,簡直是偷雞不著蝕把米。

這個寶石展覽由政府主辦，美國、英國、德國、法國、意大利、瑞士、加拿大和澳洲的珠寶商出借名貴寶石，給市民參觀欣賞，政府又搞了個噱頭，請每個參展國家挑選一位鑽石切割師，各自切割一顆一卡拉的鑽石，把它們合起來命名為「鑽石組曲」，作為這次展覽的主題。相比起其他展出的寶石，這些一卡拉鑽石的價值很低，然而馬鈴薯怪人和洋蔥怪人偏偏只搶到這套「鑽石組曲」，那些三十卡拉的巨鑽、一千年歷史的紅寶石等等，一概沒得手，哥薩參謀知道結果後氣得直跺腳。話雖如此，這次作戰中馬鈴薯和洋蔥兩兄弟至少沒有空手而回，失去兄弟的海參和老臣子螳螂自然更覺面上無光了。

「大、大王，」螳螂怪人結結巴巴地說：「我真的不知道發生甚麼事！我昨晚在酒吧見過馬鈴薯和洋蔥後，便一個人回房間去。我真的沒有殺死馬鈴薯啊……對了，如果說有嫌疑，海參也很可疑！」

「甚、甚麼！」海參大聲嚷道：「螳、螳螂你、你想把罪推到我頭上來嗎？」

「昨天在酒吧，馬鈴薯說死去的海膽壞話，我聽得清清楚楚！」螳螂怪人說話像機關槍，一口氣的說道：「我記得馬鈴薯說『海膽樣子嚇人，一頭尖刺，卻只懂得用頭來撞人，那種垃圾早死早超生，乾脆變成壽司好了』。那時海參也在場，還氣沖沖地離開，說不定他是去武器庫拿大刀和火焰槍，待馬鈴薯回房間後殺死他呢！」

「我、我、我沒、沒有！」海參一緊張起來，口吃的毛病便發作。

巴達大王一時間也沒有頭緒，只知道馬鈴薯怪人先被人斬首，再把他的頭顱烤熟，剁碎成馬鈴薯泥。或者，兇手先煮熟了馬鈴薯怪人的頭，再把它砍下⋯⋯巴達大王的頭腦一向不大靈光，這時更覺一籌莫展。

「洋蔥，給我叫哥薩參謀過來！」巴達大王下令。

哥薩參謀是惡魔黨的重要人物，僅位於巴達大王之下，是組織的軍師。事實上，惡魔黨是由他一手建立的，據說他曾在撒旦軍團、地獄結社、惡龍組擔任要職，當這些邪惡組織一一被幪面戰士消滅後，哥薩便努力找尋新的主子，扶助他成為新一代的黑暗霸王。巴達大王本來是個外星罪犯，被流放地球冰封了三萬年，全靠哥薩把他挖出來，提供從前任組織得來的金錢和技術，建立惡魔黨。巴達大王很奇怪為甚麼一個人類會全力協助自己，哥薩只答道：「人類都是愚蠢的傢伙，我們征服地球，是讓世界步回正軌的正確做法。」

「甚麼事呀？食堂那邊剛跟我投訴說有小偷，我忙得很⋯⋯嘩！這是甚麼？」哥薩參謀拿著記事簿，一臉不情願的走進房間，當看到馬鈴薯怪人的屍體時，也像巴達大王一樣叫了出來。

「哥薩，有人殺死馬鈴薯了。」巴達大王說。

「該死的，這陣子還不夠麻煩嗎？」哥薩蹲下，仔細檢查著屍體和馬鈴薯泥。哥薩的膚色蒼白，臉型瘦削，眼神十分冷漠，一身黑色的西服，手上戴著黑色皮手套，活脫脫一副吸血鬼的模樣。雖然他自認是巴達大王的手下，但他對巴達大王說話十分不客氣，很多時候直斥其非，然而巴達大王清楚知道假如沒有哥薩，惡魔黨不用一星期便會瓦解，所以對他的勸諫從不發怒。

「參謀大人，這一定是螳螂做的吧？」洋蔥說。

「死洋蔥，你別亂說！」螳螂罵道。

「你們給我住口，我正在調查。」哥薩抬起頭，冷冷的丟下一句。螳螂怪人總覺得這人類深不可測，有時開戰略會議，雙方鬧得面紅耳赤，他幾乎想狠狠砍對方一刀，但哥薩參謀就是不怕死的站在他面前，令他不敢下手。

「這人類的氣勢真是可怕耶。」怪人們心想。雖然每次作戰哥薩都躲在大後方，一次也沒上過前線，但螳螂怪人從沒質疑過他是因為怕死，不敢跟幪面戰士對戰。

「兇手大概是先用刀把馬鈴薯的頭砍下，再火燒頭部，把它剁碎。」檢查了好一會兒，哥薩站起來，說。

「為甚麼不是先燒後砍？」巴達大王問。

「頸項沒有燒傷的痕跡。而且切口很乾淨，說不定兇手先把他迷暈再下手。」

「如果是臭螳螂的話，即使薯大哥清醒時，他也能瞬間砍下頭顱啊。」洋蔥說。

「這……」螳螂怪人不知該如何回答。如果自誇功夫了得，就像承認自己是兇手；但如果否認的話，又好像暗指自己的能力不到家，巴達大王對自己的印象只會更差了。

「啊！」海參怪人突然大叫。

「怎麼了？」巴達大王問。

「除、除、除、除了螳、螳、螳螂外，還、還有人做、做、做得到啊！」海參好不容易把句子說完。

「誰？」

「幪、幪、幪面戰士一號。」

眾人目瞪口呆，巴達大王的下巴幾乎掉到地上。幪面戰士一號！的確，幪面戰士一號使用的「幪面電磁劍」比螳螂怪人厲害，而且他的絕招「幪面高熱斬」能發出高溫，把馬鈴薯怪人的頭顱燒熟剁成泥更是易如反掌。

「幪、幪面戰士潛進我們基地了?!」洋蔥嚇得面色發青，褐色的洋蔥皮變得比大蔥還要白。

「警報！紅色警報！」巴達大王高聲嚷道。

「冷靜一點。」哥薩緩緩地說：「如果一號真的潛進基地，我們大呼小叫也沒有用。看樣子，馬鈴薯死了已七、八個小時，一號若要殺死我們、攻陷基地，七小時前我們還在呼呼大睡時已幹了。而且，我對我設計的基地很有信心，即便是幪面戰士，也不能無聲無息地闖進我們基地中守衛最森嚴的第十層。」

巴達大王稍為安心，想到這個基地安裝了一大堆防禦系統，就像哥薩參謀所說，沒有人能輕易潛進來。

「你們逐一告訴我昨天晚上至今天早上做過甚麼。」哥薩說。

螳螂怪人說他昨晚在酒吧喝酒，喝到晚上十二時便回房間，躺在床上看收費電視的電影台，看了兩齣電影才睡，他可以說出劇情證明自己有把電影看完。洋蔥怪人說他跟馬鈴薯十時離開酒吧，各自回到房間，晚上十一時馬鈴薯還走到洋蔥的房間，聊天至一時才離去。他今天早上十時醒來，打算找兄長一起吃早餐，卻看到這個慘狀。海參昨晚在酒吧被馬鈴薯的話氣走後，獨個兒走到健身室，在跑步機上忘我地跑了差不多一小時，差點脫水而死，還好守衛發現他，把他送到醫療室。他昨晚沒回房間，醫療室的值班人員可以作證。

「這麼說，疑犯螳螂和海參也有不在場證明。」巴達大王說。

「那麼，大王你昨晚又如何？」哥薩問。

「咦？」巴達大王怔了一怔，說：「你不是懷疑我吧？」

「不，我只是想問個明白。」哥薩邊問邊在筆記簿上記下重點。

「我昨晚……九時回到房間，打開保險箱欣賞前天作戰的戰利品……雖然價值不高，這七顆鑽石可以解決我們的燃眉之急啊！在黑市出售，一顆大約值一萬八千元，合起來便有十……十……十幾萬了。」

哥薩停下筆，盯著巴達大王。

「哎……哥薩老弟，你也知道我算術不好，你別想太多吧。我知道今天要把鑽石交給你，讓你找黑市買家，所以昨晚才會把它們拿出來欣賞一番……」巴達大王有點發窘。

「不，不。」哥薩放下筆記簿，說：「請你把剛才的話重複一次。」

「哦？我說我九時回到房間，打開保險箱欣賞馬鈴薯怪人搶回來的那七顆鑽石……叫甚麼來著？對，甚麼『鑽石組曲』。我想每顆值一萬八千元左右，合起來便有……十……十一萬六千元了。」巴達大王努力地心算，可是他不知道自己還是算錯了。

哥薩參謀忽然轉身蹲下，再一次檢查屍體。

「怎麼了？」巴達大王問。

「你們別走開，我很快回來。」哥薩神色凝重地離開房間。

三個怪人和巴達大王摸不著頭腦，卻只好呆站在原地，等參謀回來。十分鐘後，哥薩怒氣沖沖，回到案發現場。

「解決了啦！」哥薩劈頭第一句便宣告事情已完結。

「怎麼一回事？」巴達大王問。

「參、參謀大、大人找到幪、幪、幪面戰士一號了？」海參怪人焦急地問。

「兇手不是幪面戰士！我說過了，他沒辦法闖進這裡！」哥薩對海參愚蠢的發問感到十分不屑。

「殺死我們面前這傢伙的，是怪人幹部之一！」

「我不是兇手啊！」螳螂怪人慌張地說。

「我沒說是你。」

「不、不、不是我……」海參也連忙否認。

「連話也說不清楚的傢伙，當然不可能是你了。」

「咦？」巴達大王、螳螂怪人和海參怪人驚訝地望向餘下來的怪人幹部。

「參謀大人！」洋蔥怪人大驚，顫聲說：「我不可能殺死著大哥啊！我們情同手足，一直以來他又很照顧我，我沒有……」

「不是你。」哥薩簡單地說出三個字。

巴達大王回個頭來，說：「甚麼？既然不是螳螂、海參和洋蔥，難道是海膽？但海膽前天已殉職……」

「大王，你怎麼想得這麼遠？」哥薩說：「兇手便是馬鈴薯怪人啊。」

眾人發出詫異的呼聲，懷疑自己聽錯了。

「薯大哥……自殺？」洋蔥怪人問道。

「不，不是這麼簡單的。」哥薩頓了一頓，說：「剛才大王說他昨晚在房間欣賞那套鑽石，對不對？」

「對喔。」巴達大王說：「那七顆可以讓我們度過難關的鑽石……」

「鑽石是馬鈴薯怪人搶回來的吧？」哥薩問。

「是啊，前天他在混亂之中，把展覽廳中的玻璃箱子打碎，一手抓起所有鑽石……」洋蔥說。

「大王，這些鑽石有甚麼來頭？」哥薩問道。

「它們是參展各國的鑽石切割師，各自切割一顆一卡拉的鑽石，組合成一套名為『鑽石組曲』的套裝美鑽……」

哥薩嘆了一口氣，說：「參展國家有美國、英國、德國、法國、意大利、瑞士、加拿大和澳洲。請問共有多少個國家呢？」

巴達大王細心一數，發覺差異時不禁呆住。

「八……八個……」巴達大王說：「你是說……」

「馬鈴薯怪人私吞了一顆鑽石。」哥薩冷冷地說。

「薯大哥他……」洋蔥欲言又止。

「經濟不景，惡魔黨又要節省開支，馬鈴薯他一定很不爽吧。有機會拿到價值不菲的財寶，當然不放手了。」哥薩搖了搖頭，說道。

「即使他私吞了一顆鑽石，跟他自殺有甚麼關係？」螳螂怪人問。

「甚麼自殺？」

「你剛才說兇手是馬鈴薯啊？」螳螂怪人奇道。

「兇手是馬鈴薯，死者不是馬鈴薯啊，這算甚麼鬼自殺了？」哥薩說。

「這不是薯大哥？」洋蔥怪人問。

哥薩參謀以外的人，無不大為驚訝。

「你們跟我來吧。」

哥薩招了招手，帶領眾人離開馬鈴薯怪人的房間。

「大家還記得這兒吧？」眾人來到怪人培植槽的房間，這裡一向只有哥薩參謀和巴達大王出入，而近一年來巴達大王也對研製新的怪人失去興趣，全權交由哥薩處理。

「當然了，我們都是在這兒培植出來的啊。」洋蔥怪人說。

「你們的身體要花三個月才完成，最後結合頭顱的部分只要一星期，所以我們最快每三個月才會有新的怪人誕生。因為我們有兩個培植槽，所以怪人總是一雙一雙的出來，像洋蔥和馬鈴薯、黃蜂和螳螂、海參和海膽等等——」哥薩一邊說，一邊按動儀表板上的按鈕。

「我們都知道，參謀大人你不用說啦。」螳螂怪人插嘴說。

「那麼，我們來看看死者的雙胞胎兄弟吧。」哥薩按動按鈕，眾人面前的金屬牆壁打開，亮出兩個鑲玻璃的巨大水槽。左邊的水槽裡有一副差不多完全成長的無頭人工身體，而右邊的水槽卻空空如也。

「這……你是說……」巴達大王驚奇地說：「死者是……右邊水槽中的身體？」

「剛才我到食堂走了一趟，」哥薩說：「大廚說今天凌晨有人打開雪櫃，偷走了一箱馬鈴薯。我也到過武器庫檢查，發覺有一把火焰槍不見了。這樣很清楚了吧？馬鈴薯怪人偷走鑽石，讓培植中的身體穿上自己的衣服，在頸項簡單地切一刀造個傷口，再把偷來的馬鈴薯烤熟剁個稀巴爛，製造被殺的假象。我看，他現在已經逃得老遠了。」

「薯大哥為甚麼要這樣做啊……」洋蔥怪人困惑地自言自語。

「他可能看到海膽慘死，害怕有天步其後塵吧。」哥薩參謀露出悲哀的表情，說：「他太傻了，身為怪人，逃到人類的社會又有何用？唉，如果他回來，我也不追究他的過失就是了。」

「對，我們就像一家人啊。」巴達大王點點頭。

三位怪人幹部感到上司溫情的一面，紛紛舉手表示效忠。

「說到底，都是幪面戰士的錯！如果他們消失了，我們的侵略計劃也不會遇上這麼多阻礙！」

巴達大王激昂地說。

「對！我們要更努力地跟他們戰鬥！他們死了，薯大哥便會安心回來啦！」洋蔥怪人說。

「下次我們要打倒混蛋戰士！」

「打倒他們！」

「哥薩，我有個作戰構想，叫作『馬里亞納・珠穆朗瑪・月球』大作戰……」

※

擾攘過後，惡魔黨基地回歸平靜。為了不影響軍心，馬鈴薯怪人逃跑一事被列作機密，巴達大王假稱派遣馬鈴薯離開基地進行秘密任務。

凌晨一時，哥薩參謀離開房間，走到空無一人的通訊室。他再三確認沒有人後，打開通訊機，戴上一邊耳機，調至一個秘密頻道。

「嗨，是我。」哥薩對著麥克風說。

「你還好吧？」耳機傳來一把哥薩熟悉的聲音。

「還好。昨天真是好危險。」

「我老早說過有一天會被人撞破吧！」

「我真的想不到那『薯』頭『薯』腦的傢伙這麼精明，知道我跟你們通訊。我一直以為抓包的會是螳螂。」

「那麼，解決了嗎？」

「當然解決了。幹掉那傢伙不難，難處是事後的布置。」

「你怎麼辦？」

「我想，與其處理屍體，不如乾脆讓他被人發現，製造假象誤導巴達和其他怪人。我把馬鈴薯的頭顱剁碎，令人看不出原來的樣子，再到廚房偷走一箱馬鈴薯，之後便指那些馬鈴薯泥是那傢伙所布的局。不過看來這陣子我得每天偷偷在房間煮馬鈴薯當早餐了。」

「哈。那身體呢？」

「我說那傢伙把培植槽的人工身體拿來掉包。」

「但你如何藏起一副人工身體？你可以吃掉馬鈴薯，可吃不掉人工身體啊？」

「根本沒有身體，水槽本來便是空的。」

「空的？」

「惡魔黨財困，巴達下指令所有部門開支減半，我連怪人培植槽也關掉一個，那是三個多月前的事了。我記得曾跟巴達提過，但這傢伙健忘得很，我早知道他忘得一乾二淨。」

「既然惡魔黨缺錢，巴達又這麼無能，不如乾脆讓我們毀掉惡魔黨……」

「就是無能才好！他是我扶植過最無能的首領啊！我說甚麼他也言聽計從，實在找不到比他更好用的壞蛋首領啦。你知道，成立惡魔黨不是我的主意，是『老闆』的意思啊。如果這世上沒有壞蛋，人民就沒有可以憧憬的英雄，老闆也失去針對的對象……社會一亂，好人壞人都沒飯吃啦。」

「你忘了說，而且壞人消失了，老闆也不會發薪水給我們哩。」

「嘿，說起來，幸好老闆只找到七顆用來代替的贋品鑽石讓怪人們搶走，我才可以誣陷那傢伙私吞了一顆，錯有錯著，這真是天降的好運。剛才巴達把那些假貨交給我，叫我明天拿去賣給黑市商人。」

「所以你明天回來拿新的資金給巴達？」

「對，我們辭退了一百人，老闆也覺得對就業市場有不良影響，畢竟一百人失業便影響一百個家庭。這點小錢，還不到注資進金融體系裡的撥款十萬分之一，老闆輕輕鬆鬆便發下來。本來這邊的鋼鐵加工廠可以自負盈虧，唉，不景氣真要命啊……」

「真是辛苦你了。」

「不打緊，人生就是如此嘛。告訴你一個笑話吧，今天巴達又提出白癡作戰方案，說要把我丟進馬里亞納海溝，把你送上珠穆朗瑪峰，還要把老三綁在火箭上射上月球……」

Var.XIII

Allegro molto

moderato

靈視

我既不懂預言
也不會千里眼，
我就只有一項技能
我能看到鬼魂。

每逢工作完畢，忙碌過後，我都喜歡找個開曠的地方輕輕鬆鬆地抽一根煙，可是煙民在這城市裡飽受歧視，車站、球場等等固然禁煙，就連公園和廣場之類也一樣被列作禁煙區。即使在遊人不多的公園裡，別說吞雲吐霧，光是掏出煙包已會招來白眼，所以我只能找一些稍為綠化、安裝了木長椅的路邊休憩處滿足我的煙癮。

「呼。」

這天我來到東區的天橋底下，坐在長椅上好好享受這根「事後煙」。我對這邊的環境不太熟悉，只知道面前十字路口左邊不遠處有一棟老舊的警察局，右邊有一家不便宜但啤酒像尿一樣難喝的酒吧。當我漫無目的地叼著煙、歪著頭遠眺街景時，無意間瞥見一個老頭緩步走近。這老傢伙看來七十多歲，衣著寒酸破爛，頂上的黑色棒球帽罩著一頭骯髒打結的灰髮，唇上唇下留著不長不短但總之很惹人嫌的鬍鬚。他拖著數個脹鼓鼓的褪色塑膠袋，從這身行頭我猜他不是流浪漢，便大概是個以撿破爛為生的潦倒可憐蟲。

「少壯不努力，老大徒傷悲」就是這種人的寫照吧。

我呼出一口白霧，沒理會這老頭，但我數秒後再回首，卻發覺對方坐在長椅的另一端，直愣愣地瞧著我，表情怪怪的。他的視線似乎落在我指間的香煙上。

也許我今天心情好，抱著日行一善的精神，我從口袋掏出只餘兩根煙的煙包，向老頭遞過去。老頭看到煙眼神都亮起來，喜孜孜的伸手接住，一邊道謝一邊以顫抖的手抽出一根，就像孩子收到糖果般急於放進嘴巴裡。

「呼。感覺活過來了……」老頭用他的拋棄式打火機點煙後，深深吸了一口，再緩緩吐出煙霧。他好像不捨得將那口煙呼出來，恨不得品嚐久一點。

「最近政府又加煙草稅，真混帳。」我說。老頭的談吐舉止滿正常的，我就不介意聊幾句。

「對啊，天殺的……要不是我當年犯錯，賠上了事業，我今天哪用管他們加百分之五十還是五百，愛抽多少便抽多少……」老頭一臉無奈，語氣略帶傷感。

「你以前是從商的嗎？」

「不……」老頭瞄了我一眼，頓了頓，再說：「我是個靈媒。」

我怔了怔。這傢伙是神經病嗎？還是個騙子？

「哦。」我不置可否地回答道。

「你一定以為我在胡扯吧。」老頭微微一笑，亮出一排整齊但發黃的牙齒。「千真萬確，而且我當年滿有名氣的，連條子都找我當顧問。前面不遠那家分局我可是常客呢。」

「是嗎？」我敷衍地回答。他應該是醉酒被抓到警局的常客吧？

「你一定不相信吧。不要緊，反正這三十年來我已經信用破產，這城市裡再沒有人相信我了。」

老頭聳聳肩道。「枉我當年替大家破了上百椿案件，逮捕了數十個冷血的殺人兇手……」

「你會對警察說『我看到水』或『兇手跟數字3有關』，然後讓他們像無頭蒼蠅到處碰運氣嗎？」

我吐槽道。

「不哪，說那種話的都是騙子。」老頭沒被我的話惹怒，反而點頭贊同。「我既不懂預言也不會千里眼，我就只有一項技能——我能看到鬼魂。」

我盯著老頭，感覺他在吹牛，可是他的表情很認真。

「比起那些甚麼偵探或刑警，我厲害百倍喔，我只要看看死者的幽靈站在哪個疑犯身後，或是含恨地指著誰，真相便一目瞭然。你應該聽過四十多年前的『貨車藏屍案』吧？那便是我的成名作，兇手是死者的老闆，當時傳媒和條子還一口咬定犯人是死者兄長哩。」

那案子我好像聽過，有傳聞說警察能破案全靠一個顧問，詳情我就不清楚了。

「嗚——」一輛鳴著警笛的警車在我們眼前飆過，往東面的遊艇碼頭方向駛去。響亮的警笛聲打斷了我們的對話，而我們很有默契地閉嘴，默然地抽幾口煙。

「你當年賺很多嗎？」警車駛遠後，我隨口問道。

「懸案獎金可不少耶。」老頭笑道。

「既然你說你是真材實料的靈媒，那你為甚麼落得如此下場？」我說話時以眼神在老頭身上從上往下掃視一遍，好讓他知道這謊難圓。

「唉。三十年前有樁案子叫『工程師豪宅命案』，聽過沒有？」

我搖搖頭。

「任職工程師的A先生跟太太兩個人住在南區一幢獨棟豪宅，」老頭自顧自的說起案情來，「某天A太太被鐘點女傭發現陳屍家中，身上被刺十多刀，血流滿一地。因為住所裡有財物失竊，條子認定是竊賊殺人，但我後來獲邀協助調查便判斷他們弄錯了——A太太的鬼魂一直站在丈夫身後，一副死不瞑目的樣子，身上的傷口還流著血，有夠難看的。我拿出道具裝模作樣請死者指出兇手，她面目猙獰地指向A先生。」

「警察這樣子便相信你？」

「當然沒有，就算我往績優異，他們也不會憑我的片面之詞來判別犯人。」老頭吸一口煙，再說：「我向A太太問凶器在哪兒——對了，我忘了說條子找不到兇刀——她便指著花園。我依她指示，在園圃旁倉庫小屋的一個暗格裡，找到那柄染血的廚刀，刀柄上還有A先生的指紋。」

「為甚麼他要殺死妻子？」

「條子調查後發現，原來A太太的善妒在朋友圈中人盡皆知，A先生又長著一副明星臉，時常惹來狂蜂浪蝶，外人以為他們是模範夫妻，實際上二人在家中經常吵架，嚴重時甚至動手動腳，舞刀弄槍。A先生被捕的消息一公開，他的女秘書便主動投案承認是小三，生怕被誤以為是共犯。」

「噢。」這種老掉牙的八點檔劇情，在這城市裡也見怪不怪了。「那後來呢？」

「最後A先生被判死刑。那年頭的效率比現在高得多，案發後不到一年便全案審結，死刑在半年後執行，真是乾手淨腳。現在回想，假如當時的效率低一點就好了……」老頭苦笑一下，「誰也沒想過，行刑後不到三個月便被翻案。」

「翻案？」

「真兇再犯案，但這次被抓了。」

「咦？真兇？誰？」

「那個女傭。」

我訝異地瞪著老頭。

「甚麼第一發現人都是假的，她根本就是兇手。」老頭語氣帶點苦澀。「她是個偷竊慣犯，覬覦老闆家中的金銀珠寶，戴上手套趁家中無人大肆搜掠，怎料被提早回家的A太太撞破，她就殺死對方。她招供時說A太太平日態度橫蠻，為了洩忿所以怒刺十多刀。之前失去的首飾在兇手家中尋回，人贓並獲。」

「那、那女傭再犯案？又殺人了？」

「她後來在另一個家庭重施故技，又碰巧被主人撞破，只是這次她太大意，下手過輕卻以為對方已斷氣。這臭三八還愚蠢得以為多招供可以獲得減刑，於是告訴條子A先生案件的真相。」老頭不屑地說。「自己倒楣就好，還要拖累我，害我變成過街老鼠，整盤生意都被她毀掉了……他媽的……」

恐怕被毀掉的還有當年聘請你當顧問的警察分局吧——我想。捅出這種大漏子，可怨不得人。

「所以你那甚麼見鬼的超能力不過是幻覺吧？」我說。

「不，你還未明白啊……」老頭嘆一口氣。「A太太的鬼魂說A先生是兇手，不見得那是真話嘛。」

「咦？」

「對A太太來說，比起將殺死自己的兇手正法，她更在乎丈夫會不會和小三雙宿雙棲，代替她成為元配夫人。A先生行刑當天我也在場，那時候A太太的鬼魂一副笑吟吟的樣子，我還以為那是沉冤得雪的喜悅哪……」

我愣了愣，半信半疑地瞧著老頭。這故事結尾太惡毒了，也許一切都是胡說罷了？

老頭從長椅站起，將已燒到煙屁股的煙再深深吸一口，依依不捨地將煙蒂弄熄。「謝謝你的煙啦，小哥，和你聊天很愉快。」

「嗯。」我想，還是別跟這妄想過度的吹牛皮大王扯上瓜葛較好。

「人不可信，幽靈也一樣不可信，明白到這一點後我就不再說三道四了。」老頭走了數步，再回首一臉感觸地說：「所以，就算小哥你身後站著一大群鬼魂，我也不會胡亂猜測你們的關係……只是，那個瞎了左眼的胖子露出一副想將你碎屍萬段的樣子哩。」

我背脊一涼，猛然回頭望向後方，可是我身後只有幾棵瘦弱的矮灌木。當我再回頭時老頭已走遠，雖然我好想追上去，但他這句話令我無法動彈，只能呆然坐在長椅上。

我剛才的工作，就是到碼頭替客戶解決一個銀行家。那傢伙是大胖子，他的脂肪厚到我懷疑能夠擋子彈。當然那只是玩笑話，我一槍便斃了他，轟掉他的腦袋。

那一槍的子彈，是從他的左眼射進去的。

Étude.3

習作・三

關鍵字：
惡魔／父母／
即將死亡／
幸運／戒指

那些傢伙不是人類，是惡魔。是來自地獄的惡魔。

自從他們開著吉普車、裝甲車，揮舞著長長短短的衝鋒槍，大搖大擺地闖進我們這個村子時，我們就知道這兒不再有將來了。

他們仗著正義之名奴役我們、拷問我們，只要我們稍為嘗試反抗，子彈便會貫穿我們的胸膛、我們的頭顱。死亡已經是最好的待遇了，我知道有不少人生不如死——上星期有一個婦人為了乞求那些惡魔饒過她的孩子，跪在地上發瘋似的不斷磕頭。當然她卑微的乞討得不到半分回應，因為地獄裡是沒有「憐憫」這個詞語的。

我想，對父母來說，看著躺在血泊、奄奄一息即將死亡的孩子，應該比子彈打進胸膛痛苦百倍。這些慘劇每天都在發生，你說，被一槍了結的傢伙，是不是比起在活地獄受苦的倖存者來得幸運？

不過，即使我知道自己活不過明天，我也能笑著面對。因為我知道那些惡魔永遠得不到他們想要的。

我會在臨死前告訴他們那個地點，好讓他們挖出他們不欲面對的真相。縱使那兒埋著的屍骨大抵已腐爛掉，如今已面目全非，那些惡魔總有方法認出她們的。比如從殘破的衣服、家傳的首飾戒指之類。

那些被我們軍團擄走的女孩子，他們是救不回來的了。

我沒記錯的話，那個在年邁母親面前被行刑處決的弟兄，總共處置了八個小女生。他像屠宰家畜一樣將她們解決掉。

既然以一抵八的他能笑著離開，那以一抵百的我更是死而無憾了。

嘿。

Var.XIV

Finale:

Allegro moderato ma rubato

隱身的X

這遊戲的關鍵不單是找出X，
更要防止對手找出X。
這比在暴風雨山莊裡
當偵探更難纏。

我討厭星期六早上的課。

尤其是下著傾盆大雨、令忘記帶傘的我無法回家、只能待在大學校園發獃的星期六早上的課。

C大校園遠離鬧市，座落於香港新界吐露港旁的一個山丘上，校內大樓依山而建，充分表現出文化與自然結合之美——就是這個「文化與自然的結合」，害我在這個鳥不生蛋、從大學本部要步行二十多分鐘才到達的偏僻大樓的屋簷下，呆看著從天而降的瀑布，苦惱著如何不弄濕衣服也能回去的方法。

星期六要早起已夠討厭了，下課後被迫呆在這兒更叫人不爽。

這幢建築物叫國風樓，我不知道是取名自詩經的《國風》，還是捐款者的名字叫王國風或趙國風之類。大樓樓高三層，有六個可以容納一百二十人的演講廳，平時作上課之用。星期六的課都是讓學生掙學分的無聊通識選修課，這兒六個講堂就只有兩個有人使用，而且選修的學生極少——一般而言，老早計算好學分如何分配、有前途有計劃的菁英大學生都不會笨得選星期六早上的課……

我不是「有前途有計劃的菁英大學生」嘛，唉。

站在屋簷下，看著大雨沒有絲毫緩和的跡象，我只好回到空無一人的講堂裡。雖然手邊有些課本和講義，但我實在沒有衝勁去看。被困在這兒相當沉悶，我沒關上大門，托著頭，一邊喝著從自動售賣機買來的罐裝冰咖啡，一邊瞅著外面豆大的雨點拍打著樹葉，消磨時間。

真是頹廢。

「卡嗒。」

講堂外傳來關門的聲音。對了，二號演講廳好像也有課。週六早上在國風樓只有三個課程，兩個在八時半至十時的時段，一個在十時三十分開始，中午下課。我瞄了手錶一眼，時間是早上十時二十五分，這麼說來，旁邊的演講廳的課快要開始了。

橫豎無事可做，不如去旁聽一下吧？

我離開一號演講廳，隔著二號演講廳的大門玻璃瞧了瞧，再輕輕開門進去。教授似乎還未到，偌大的講堂裡零星坐著六、七個學生，各據一方，看來彼此並不認識。新學年第一課，又是通識選修課，各人互不相識倒很正常。

我悄悄的坐在最後一排的左邊，倚在椅背，好奇這是甚麼課。對，我連課程名字也不清楚便貿然進來旁聽了，不過這樣正好，我看電影也不喜歡看簡介，我覺得這樣較有驚喜。

五分鐘後，一個滿臉鬍鬚、身材略胖、穿著淺藍色襯衫的男人走進來，逕自走到講台上。他放下公事包和一疊類似講義的A4紙，拾起桌上的藍色水性馬克筆，在白板上寫起字來。

「推理小說欣賞、創作與分析　耿旭文教授」

「歡迎各位選修這通識課。」鬍鬚男向各人微微一笑，他的樣貌令我想起台灣的歌手張菲，就欠一副方形墨鏡。「這課是『推理小說欣賞、創作與分析』，沒有同學跑錯棚嘛？」

台下傳來夾雜笑聲的回應，可是聽起來有點敷衍。拜託，這課的題目很有趣啊！跟我剛才的

「網絡平台理論與實作」放在一起，簡直就像拿《名偵探柯南》跟《x86 組合語言指令手冊》來比較嘛。

「雖然我知道週六早上的課很不受歡迎，但我也沒想過報讀的同學只有七位這麼少。」髫鬍男打了個哈哈，把印有修讀學生名字的名單揚了揚。「不過反過來想，會選修這課的同學應該也對推理小說有點興趣吧。有沒有人完全沒讀過推理小說，純粹是想拿學分所以修這課的？」

台下沒有人回答。我本來想舉手，說明自己只是來旁聽，但我也讀過一些福爾摩斯探案、看過幾齣偵探電影、追過好些日本推理劇集和動漫畫，算是「有點興趣」吧？

「這便好了。」髫鬍男露出張菲式笑容，說：「這個課程的內容包括分析推理小說的結構，簡略介紹推理小說的發展史，讓同學了解不同類型的推理小說的形式，討論推理小說常見的誤導手法等等。這課程沒有教科書，但有一張書單，上面列出六本長篇小說和十篇短篇小說，各位同學需要把這些作品按時讀好作上課準備。說不定你們已讀過當中好幾本，因為它們都是經典或具代表性的小說……」

「教授，」一個穿得花枝招展、頭髮染成金色的女生稍稍舉手，插嘴說：「這個課程要不要交論文？有沒有測驗和考試？我主修的科目課業已很繁重，怕沒有時間讀這麼多本小說……」

妳是為了逛街拍拖唱K所以沒時間吧——我想在場各人跟我一樣很想這樣子吐槽。

「這個課程沒有考試和測驗，但各位需要就每部作品寫簡單的讀後報告，而學期結束前要寫一篇評論文章或短篇推理小說，作為評分參考。」張菲沒有表現出半點厭煩的神色，真不愧是金牌節目主持人……呃，不對，真不愧是教授。

有幾位同學微微發出不滿的聲音。這也難怪，以通識選修課而言，這樣的功課量算是很多了。電腦科學系辦的「網絡平台理論與實作」不但沒有功課作業，就連考試和測驗都只是四選一的選擇題，按機會率計算，擲骰子賭運氣也有25%的正確率，而這課的合格分數就是定在二十五分。這才是給學生掙學分的通識課的典範嘛。

「教授，合格分數是多少？萬一我沒有時間讀完書目的所有作品，我最少交多少份報告才能合格？」一個肥胖的男生問。

張菲沒有回答這個問題，只是從講台上走到各人面前，以不像張菲反而像吳宗憲調戲女明星的語氣問道：「你們都怕沒時間寫報告，令自己不合格拿不到學分嗎？」

這不用問吧，大家最重視的當然是學分啊。眾人點頭。

「好，新課程大贈送，今天我不講課，跟大家玩一個推理遊戲。只要在這遊戲勝出，我便立即給那位同學派個A等的成績。」喂，怎麼張菲變了曾志偉，主持「超級無敵獎門人」了？雖然我聽說哲學系那邊有位著名講師，曾作出「誰能在我的課裡抓到我說出邏輯錯誤的話，我立即賞他一個A」的宣言，我倒沒想過有幸親眼目睹這種神奇的場面。

「甚麼遊戲？輸了會不會令我不合格的？」一個頭髮短得比軍人還要短的男生問。

「不會，這是一個『有賞無罰』的遊戲，」獎門人教授說：「就說是大贈送嘛。不過勝出者只有一位，搞不好沒有人找到答案，無人勝出也有可能。」

雖然我看不到台下所有人的表情，但我感到氣氛剎那間改變了。

「這遊戲叫『隱身的Ｘ』，目的就是要找出躲藏起來的『Ｘ』。誰先解開謎底便勝出。」

「Ｘ是甚麼？」胖子男生問。

「犯人的代號。」鬍鬚教授亮出詭秘的笑容，說：「外面下著大雨，這種情境有夠巧合的。我們假設這個演講廳是一個山莊，各人也被困於此，期間發生了像主人被殺的案件，而犯人只會是被困這個山莊的賓客之一。這是很典型的推理小說布局，將來我會詳細說明當中的特色……先回到我們這遊戲。犯人偽裝成普通人，混在角色當中，偵探要憑著蛛絲馬跡，找出Ｘ的正體。」

哦，這課蠻好玩的。如果每一課也是這樣子，或許我以後也來旁聽，過一過偵探癮。

「是類似角色扮演的遊戲嗎？教授，那誰當犯人？當犯人的同學豈不是沒有機會勝出嗎？」金髮女生說。從她的側面，我看到她還化了像日本少女偶像的厚妝。妳是想拿了成績便逃掉餘下的所有課吧。

「對，角色扮演。」教授豎起一根手指，說：「不過Ｘ不是由同學扮演，而是由這課程的助教飾演。」

「助教？這課有助教嗎？」胖子插嘴說。大部分通識課沒有助教，因為通識課不設導修課堂，助教的作用很小。「這樣子遊戲怎進行？既然我們知道助教就是Ｘ，他來了我們就不用特意找他出來喔？」

教授沒回答，倒是露出一個深邃的笑容，視線向台下各人掃了一遍。

「啊！」一個穿紅色外套的女生突然大叫，眾人把視線移到她身上。那女生似乎有點不好意思，但她兩手按著桌子，結結巴巴地說：「這、這應該是推理小說裡最常見的那個吧？那個甚麼『犯人就在我們當中』……助教早就扮成學生，坐在台下了？」

這太有意思吧！我愕然地看著台下每一位學生，眾人也像我一樣，緊張地彼此對望。我記得在我大一的迎新營中，學長安排一位二年級生假扮新人混進新生的小組裡，在第三天的活動中揭發事實，嚇了大家一跳，開一個玩笑之餘，亦能讓前輩後輩之間更融洽。沒想到現在竟然遇上類似的情況……

「大致上就如這位同學所說。『犯人就在我們當中』……對，就像金田一漫畫的名言一樣，偵探要找出那些綽號既長且怪兼意義不明諸如『來自地獄的惡魔醬菜』之類的犯人，不過咱們的犯人的代號只有一個簡潔的『X』。」教授步回講台上，笑著說：「這個遊戲很簡單，只要有同學在下課——即是十二時——之前，像推理小說中的偵探指出誰是X，並且說明理由和證據，便算成功破案。不過，每人只可以指證一次，如果推理錯誤，冤枉好人的話，便失去比賽資格。」

「沒有任何提示或線索，我們怎麼可能找出X？」一個戴鴨舌帽穿黑色短袖汗衫、坐在第一排的男生問。

「你們可以互相發問，從說話裡找尋漏洞或矛盾。」教授微笑著說：「不過，所有對話必須公開，因為推理小說講求公平性，如果你私下跟某人談話，取得關鍵證據，即使成功指證亦不會得到承認。你們可以細心觀察彼此的動作和行為，這些細節很可能讓你抓住X留下的破綻。」

教授摸了摸鬍子，繼續說：「這遊戲容許說謊，就像犯人為了逃避偵探的追捕，會想盡辦法自保一樣。另外，你們要記得這是一個比賽，其他人是你的對手，不要笨得隨便跟他人分享你留意到的事情或想法，你可以用方法欺騙你的對手。你不單要找出X，更要防止他人比你早找出X。」

「砰！」一聲巨響從後方傳來，叫我們嚇了一跳。我回頭一看，一個渾身濕透的男生狼狽地站在大門前，剛才的巨響應該是他不小心把門用力關上所發出的。

「對、對不起！我遲到了！」受到眾人的注視，這男生漲紅了臉，不好意思地坐在我前方一排的座椅上。

鬍鬚教授先是怔了一怔，瞟了他一眼，再點點頭，自顧自的繼續說：「剛才談到……對，X。你們也許擔心X矢口否認身分，你們會無可奈何，所以我想到一個證明身分的方法……」

教授走到講師桌後，從抽屜拿出一疊包裝好未開封的A4紙，接著又掏出一個黃色的小盒。我坐在最後排，看不清楚那是甚麼。

「請問……」當我伸首張望時，坐在我前方的落湯雞回頭小聲問道：「甚麼X？第一課便要測驗嗎？」

我看他一臉可憐相，襯衫的衣袖還濕漉漉的淌著水，不由得苦笑一下，向他約略解釋目前的情況。

「是暴風雨山莊嗎？帥啊！」落湯雞興奮地嚷道，表情跟他那邋遢模樣完全不搭調。

「這些白紙每人拿一張，還有馬克筆也是。」教授把一疊白紙和數支馬克筆遞給鴨舌帽男生，示意他把物品傳給各人。剛才那個黃色小盒原來是一盒十二支的油性黑色馬克筆。

我們各人坐得零散，鴨舌帽男生把紙筆傳給坐在他後兩排的短髮男生後，短髮男生不得不站起來把東西交給坐在他後方的胖子和另一方的一個嬌小的女孩。我坐在最後排，當白紙和馬克筆輾轉傳到我手時，倒多了一些出來。

「你們坐得分散，這樣正好。」教授舉起白紙，說：「每人也有一張紙了吧？這張紙將會是你們的『身分』。」

教授把紙放在桌上，用馬克筆擦了兩下，再把紙舉起，紙的中心有個不大不小的「X」字。

「隱藏身分的助教會在紙上畫下這記號，相反，各位『無辜』的同學，你們可以在紙上寫上『X』以外的任何符號或文字，甚至讓它留白。當你要指證『X』，說出推理後，你指證的目標便要公開他的『身分』，以示『偵探』的推理正確與否。請記著，你們彼此是對手，讓他人看到你的『身分』對你相當不利──用『消去法』得出答案也是容許的。」

鬍子教授微微一笑，把白紙對摺兩次，放進胸前的口袋，像是示範我們應該怎樣做。台下各人也拔掉馬克筆的筆蓋，在紙上塗塗畫畫。我提起筆，隨意畫了個拳頭大小的圓形，把紙摺好，放在桌面用冰咖啡的罐子壓著。

我抬起頭往右面一看，發覺各人都在摺疊白紙，收藏到口袋之類，唯獨胖子正瞅著我前方的某人。當他發覺我看著他時，連忙回過頭，裝作若無其事。這個色胚是在看女生吧？

「大家也寫好了嘛？很好。」教授坐在講師桌旁的一張扶手椅，說：「遊戲開始。我會好好觀察你們的表現。」

教授交疊雙臂，翹起腿，面帶微笑的看著我們。演講廳忽然充斥著異樣的沉默，各人面面相覷，卻沒有人主動說話，彷彿一開口便會洩了底，讓他人得知自己的身分，便宜了對方。

靜默的一分鐘過後，我按捺不住，說：「大家一直不說話也沒有意思啊，不如輪流自我介紹吧？」

「對啦，大家連對方的名字也不知道，『偵訊』便很難進行啦。」短髮男生附和道。

「我反對。」打扮時髦的女生說：「雖然我們彼此不認識，來自不同的學系，但難保有人事先看過選課名單，知道這選修課的學生的姓名，如果我們報上名字，那個人便有很大的優勢。」

「她說得沒錯，就算沒有看過名單，假如有人聽過我們其中一人或幾人的名字，知道是學生的身分，也能排除部分嫌疑。」鴨舌帽男生回頭向著眾人說。看他的樣子，他似乎是校內的名人，也許是辯論隊成員或拿過某些獎項的運動好手，怕自己的名字曝光。

「連名字也不知道，那麼我們如何進行討論？」我有點不滿。「難道我們設定各人編號，叫男生甲男生乙、女生A女生B嗎？還是乾脆叫你做『喂』算了？」

「我們以推理小說的情境來考慮好了，」鴨舌帽男生沒有反駁，保持著平靜的語氣說：「在這種人物眾多的故事裡，為了讓讀者留下角色的印象，光是名字是不夠的，必須加入角色的背景和特徵。陳大文是位留著八字鬍的廚師、李小明是個高傲的警官、張志強是個陰沉不苟言笑的畫家……就是這些描述才能讓『陳大文、李小明、張志強』變得立體，不是平板的名字。反過來說，讓讀者留下印象，與其用名字不如用特徵——例如『鬍子廚師』、『警官』、『怪畫家』，這樣的代號便較容易分辨角色。我們都不會輕易透露自己的背景——即使說出來也可能是謊言——那不如用一些一目瞭然的外表特徵來當稱謂好了。」

「那麼你便是『鴨舌帽』吧。」我說。雖然他有點臭屁，但我也得同意他的意見，只好這樣子尋他開心。

「我沒異議，請叫我鴨舌帽。」他抓著自己的帽子，向眾人微微一笑。媽的，這種裝模作樣的態度是要泡妞嗎？可是這兒只有三個女生，而且她們現在跟你是爭奪「A級特快通行證」的敵人，你就省下這爽朗的笑容吧。

「那我叫甚麼？」坐在第二排左方的紅色外套女生主動向鴨舌帽問。嘖嘖，想不到這麼快便有女生上釣了。

「妳叫曼聯吧。」鴨舌帽指了指自己的胸前。「妳外套上的徽章是英國曼徹斯特聯足球會的標誌吧？」

女生忸怩地點點頭，她的身體語言似是說著「啊鴨舌帽哥哥你的觀察力真好耶，人又帥又有頭腦」。拜託，這男生是盯著妳的胸部才會看到那徽章啦！這種男生我見得太多了。

坐在曼聯後排右面、穿著入時化厚妝的金髮女生說：「我叫『倖田來未』好了。」

她話剛說完，講堂另一邊便傳來噗嗤的笑聲，我也幾乎大聲笑出來。哪有人這樣厚顏，替自己冠上日本偶像的名字啊？別說「倖田來未」，妳就連倖田的妹妹、那個常常上日本搞笑節目「男女糾察隊」的傻妞 misono 也遠遠及不上！我瞧了鬍鬚教授一眼，看到他表情沒大變動，但嘴角悄悄上揚，他也正在忍笑吧。

「嗯，大家可以叫我做『和尚』。我昨天理髮給剪壞了，那個師傅剪得太短，我的室友們笑說我像個和尚。」那個頭髮很短的男生苦笑著說。這樣正好，我心底裡老早叫他做「光頭」、「一休」幾十遍。

大家似乎習慣了從前排至後排逐個自我介紹，所以這時候各人的目光集中在第四排左方的嬌小女生身上。

「無所謂。」那女生只丟下冷冷一句。

「這位同學，這樣子不行啊，妳便合作一點想個綽號吧。」和尚說。

「甚麼也好。」那女生仍是冷漠地回應。

「那……我叫妳『熊貓眼』也行囉？」和尚以滑稽的表情說。因為我坐在最後的第七排，那女生沒轉過頭來，到底她有沒有熊貓眼、她的熊貓眼有多黑我也不知道。

「隨便。」

和尚大概沒料到對方接受這「屈辱」的綽號，表情有點無奈。他大概是班上的開心果，看樣子是一年級生吧……不對，搞不好這態度是裝出來的，也許他便是X。

輪到胖子發言，他站起來說：「大家可以叫我『阿虎』，就是劉德華主演的那套老片……」

「你是胖虎吧！」和尚吐槽說。這次大家也沒忍住，放聲爆笑。胖虎臉上一陣紅一陣白，但也沒回答甚麼，悻悻然坐下，似是接受了這比「熊貓眼」更屈辱的稱號。

現在只餘下落湯雞和我未作介紹。落湯雞站起來，結結巴巴的說：「啊……我、我叫……叫……」

「叫『口吃』嗎？」和尚搶白道。剛才的對話好像讓他的惡搞能力全開，就連不認識的人也全力吐槽。如果這不是裝出來的話，他平時一定得罪很多人。

「不！請叫、叫我……」他似乎是個不善於面對群眾發言的人，一緊張便口吃。

「你濕淋淋的，叫『落湯雞』吧。」我插嘴說。

落湯雞回過頭，卻沒有反對。他應該認為「落湯雞」比「口吃」好一點？

最後到我。我拿起面前的冰咖啡，說：「嗯，叫我『冰咖啡』吧，我看在座各位沒有人跟我一樣帶了飲品進來？」

「喂喂，講堂內不准飲食啊。」和尚說。

我聳聳肩，把罐子倒過來。「早喝完了，這只是個空罐子。」

各人的稱號已定，算是完成了初步討論的布置。講堂的座位分左右兩邊，中間、左側和右側是通道，後排的座位比前排的略高，數目亦較多，座位的編排呈現扇形。我坐在第七排最左側，前一排是落湯雞，跳了一排靠近中央通道的是熊貓眼，她的前面有倖田和曼聯。講堂右側的座位則坐著三位男生，分別是鴨舌帽、和尚和胖虎，坐在第一、第三和第五排。只有和尚坐在偏右的位置，其餘兩人都靠近中間。

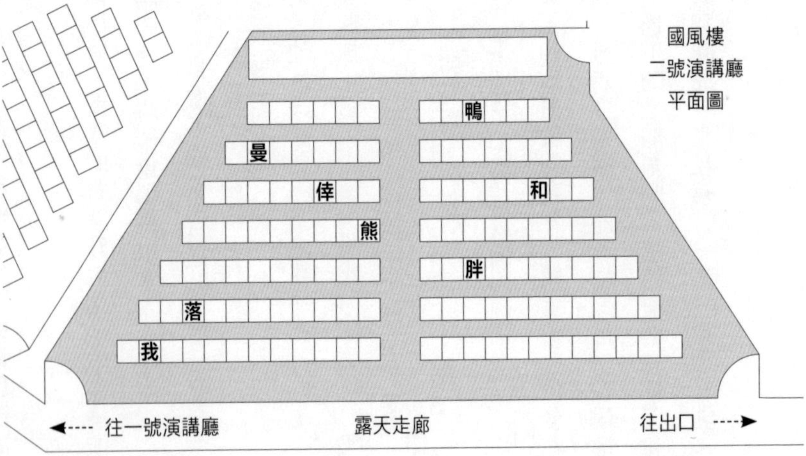
國風樓
二號演講廳
平面圖
鴨
曼
倖
和
熊
胖
落
我
往一號演講廳
露天走廊
往出口

「好了，我們不如先分析一下X的特徵……」鴨舌帽坐在桌子上，面對我們說。他老是裝出領袖的樣子，令我想起老電影《十二怒漢》裡面那個主導討論的陪審員。

「不必了。」胖虎忽然站起來，打斷鴨舌帽的話。「我已經知道誰是X了。」

眾人詫異地盯著胖虎，只見他冷笑一聲，擺出勝利者的姿態。

「教授，如果我留意到某項其他人沒留意的事實，這也不能說是不公平，我的推理仍會被承認吧？」胖虎向教授說。

「沒問題，不過你要向各人說明你留意到的事實是甚麼。」

胖虎亮出欺負大雄時的招牌笑容——我想不到比這更好的形容詞了——高聲說道：「其實從剛才起，我一直懷疑某人便是X。我們可以想像一下，犯人作案後會有甚麼行動？他當然是不動聲色，躲在人群之中看好戲。他不會高調地讓自己受到注目，更不會多說話，因為說得愈多，便愈容易露餡。所以，從教授說明比賽規則開始，我便偷偷留意這兒所有人的行為。」

我們沒有人插嘴，默默地聽著胖虎解釋。

「剛才各位在紙上低頭寫上記號時，其實我緊盯著某個特別沉默的可疑人物。果不其然，那個人很大意，雖然她用身體遮掩，但從手腕的移動方向，我肯定她在紙上畫上X的記號。這就像犯人大意留下證據，被我這個名偵探狠狠抓住。」

「慢著，你是走狗屎運碰巧看到犯人畫上X吧！」和尚又一次發揮吐槽本色：「雖然你身材肥胖有點像名偵探白羅，但我看你跟他的唯一共通點就只有甜食！」

「你管我！」胖虎惱羞成怒，說：「總之我留意到犯人寫下X的瞬間！運氣也是偵探的實力之一！剛才教授也承認我的推理！」

教授說：「觀察力和運氣也是破案的因素，雖然有點反高潮，如果你的推理正確的話，我也會接受的。」

胖虎對著和尚哼了一聲，然後說：「各位，我現在便要指出犯人X的身分。那個人一直保持低調，當我們不斷發問時完全沒有加入，又隨便接受一個亂編的稱呼，一副事不關己的樣子——X便是『熊貓眼』！」

熊貓眼回過頭，向胖虎瞧了一眼。從她的側面我看到她沒有做出任何表情，仍是一臉木訥。附帶一提，她的確有一雙熊貓眼。

「當教授說出這課設有助教時，大家一定以為助教是男性吧！這也是盲點之一！熊貓眼小姐，請妳打開妳的『身分』給大家看，結束這無聊的遊戲吧。」胖虎起勁地說，語畢還把左手放在臉上，擺出神探伽利略的動作要帥。

熊貓眼緩緩站起，打開放在桌上的白紙，把它舉起。胖虎的表情瞬間大變，那個福山雅治式甫士變成搞笑藝人的模仿版本，更是失敗的版本。白紙上空空如也，別說X，就連半點墨水也沒有。

「為甚麼這樣的！我明明看到……」胖虎結巴起來。

「我也沒想過這麼順利，」熊貓眼說：「剛才我總是覺得有人盯著我，於是我特意假裝在紙上畫X，想不到真的有人中計。我根本沒打開筆蓋。」

熊貓眼拾起馬克筆，向胖虎揮了揮。
「妳……妳算計我！」胖虎大嚷：「教授，這種卑鄙的手段不容許吧？要取消她的資格吧！」
「很可惜啊，『胖虎』同學，」教授攤攤手，說：「我說過這是一場互相競爭的比賽，每一個人也是對手，所以你已經輸了。」
胖虎無力地跌坐回座位，左手扶著額頭。對，這樣子比伽利略式的動作跟他外表合襯多了。熊貓眼緩緩坐下，不發一言，繼續靜靜地看著眾人。
鬧劇結束，鴨舌帽重握發言權，說：「想不到這麼快便有人出局了。這樣也好，減少疑犯和對手的數目，對我們來說不失為一件好事。我提議先分析一下X的特徵，縮小疑犯的範圍。」
「誰知道他有甚麼特徵？」和尚說：「我們只知道X是這課的助教，是男是女也不知道。我才不會假設助教是男的這麼笨。」
胖虎沮喪地托著頭，連和尚的譏諷也沒理會。
「縱使所知不多，我們仍能作出有限度的分析。」鴨舌帽說：「讓我拋磚引玉，先透露我的想法——X應該是二十二歲以上，是文學院文化及宗教研究系的碩士生或博士生。」
「你怎知道？」曼聯以仰慕的語氣問。
「通識選修課雖然由大學通識教育部統籌，但科目內容都跟不同學系合作，而這課『推理小說欣賞、創作與分析』是由文化及宗教研究系主辦的，選修章程裡註明『文化及宗教研究系本科生不能報讀』，這是通識課的常規吧。這一課是本學年新設的，耿旭文教授是客席講師，我記得簡介中的描述是『本課由客席講師H大中文系教授耿旭文博士主講』。一般而言，系方不會邀請客席講師的助手擔任助教，另一方面，如果系方讓屬下有博士銜頭的教授協助，按規矩會在課程簡介中註明。所以我認為這位助教是文化及宗教研究系的研究生。近年我們也沒聽過有甚麼天才兒童或低齡入讀研究院的新聞，那麼把那位助教當成二十二歲以上應該也沒大錯。」

鴨舌帽一口氣說完，就像舞台上的表演者表演完畢，期待著觀眾的讚賞。我是不想稱讚他啦，不過他的一番話，的確有足夠的說服力。

「你這分析好像很合理，」胖虎忽然復活，加入討論：「可是，為甚麼你要把這寶貴的發現說出來？如此一來，你便失去優勢了。你剛才說的是大話吧。」

鴨舌帽再次亮出爽朗的笑容。「你知道甚麼叫『拿殊平衡』嗎？如果每人也爭取最大的利益，到頭來只會無人得到。相反，讓對手共享一些益處，在整體上才能更有效地獲得最大的成果。何況我有信心，在相同條件下我一定能夠比各位快一步解開謎題。」

這傢伙夠膽作出這種豪言壯語，看來他真的胸有成竹。也許他還留下一手，沒把所有分析說出來。他只是說出部分結論，讓大家放下心防，提供一些情報，好讓他找到線索。

「假設你的推理沒錯，」倖田來未對鴨舌帽說：「但對我們有甚麼幫助？這比賽容許說謊，就算要我們報上年齡，也無法判定他是否說真話啊。」

「年齡可以謊報，但學系無法亂說吧？」鴨舌帽從容自若地說：「只要每人說出自己的學系，再說出一些專門知識或該系的特徵，便能判斷他有沒有說謊了。」

「不對。」一直沉默的熊貓眼小聲地說。講堂裡人少，她再輕聲說話，也傳進各人的耳朵裡。

「妳說甚麼？甚麼不對？」鴨舌帽稍稍皺眉，好像沒想過會提議遭到反對。

「我說這方法不對。」

「有甚麼不對？」鴨舌帽有點著急，說：「我是訊息工程系的二年級生，我可以跟各位說明模擬及數據分析軟件 MATLAB 的用法、Java 語言的物件導向語言特色和語法等等，這便能證明我沒說謊吧？」

「謝謝你，你讓我的疑犯名單減少一人了。」熊貓眼木訥地說。

鴨舌帽錯愕地定住，摸著下巴，坐回座位裡沉思。我隔了五秒才明白熊貓眼的意思——她說得對，這方法可以證明一個人屬於哪一個學系，問題是我們根本沒有義務說明嘛！事實上，聰明人應該會反過來，謊稱自己是某個學系，再故意露出破綻，引誘他人相信自己是X。就像剛才熊貓眼用計陷害胖虎一樣，這樣子更能有效減少對手。

這遊戲的關鍵不單是找出X，更要防止對手找出X。這比在暴風雨山莊裡當偵探更難纏。

在鴨舌帽觸礁後，我們有整整十分鐘保持沉默。各人互相對望，大眼瞪小眼，卻沒有人願意率先帶起話題。

我看著身旁桌面上多出來的白紙和馬克筆，再看看被咖啡罐子壓著的「身分」，忽然認清一個事實。

我為甚麼這麼認真去玩這個遊戲啊？

我又沒有必要爭取優勝，即使勝出，我也沒半點好處嘛？

我參加遊戲只是貪玩，拿不拿到A干我底事？

想到這處，我作出一個決定。熊貓眼的話雖然有道理，但我很討厭這種功利主義。也許我也是「拿殊平衡」的追隨者吧。

「各位！」我站起來，舉起那張折起來的「身分」，大聲的說：「我決定我公開我的身分，讓大家知道我不是X。」

「咦？要自爆嗎？你不是X吧？」和尚說。

「我當然不是X。」我說：「我只是不喜歡這種膠著狀態，大家沉默下去，也不見得能找出犯人啊？就是有人先付出，不怕吃虧，事情才會有進展。更何況我公開身分，只是讓大家減少一個懷疑的對象，這對大家也公平吧！如果其他人能仿傚，我也有所得著。這不是個零和遊戲，對落敗者而言，有人勝出跟沒有人勝出是沒有分別的，既然如此，何不成人之美？」

「可是我們可以主動公開身分嗎？」落湯雞問。

「教授只說過被指證時要公開身分，沒規定我們不可以主動公開啊。」我回答。教授默默地坐在講台上，露出微笑，沒有否定。

我打開手上的「身分」，向各人展示那個圓形。「看，我不是X。換句話說，現在已肯定我和熊貓眼不是犯人了。」

我這行動就像在平靜的湖面投下一顆石子，水波向外擴散，而且擴散的速度比我想像中更快。

「我也公開！」落湯雞似乎克服了緊張，站起來打開白紙，上面是一個像硬幣般大小的圓形。

「我也不是X！」

「咦，真巧啊。」和尚舉起四折的紙，打開，裡面亦是一圓形，但畫得扁扁的。「我也是畫圓形。你們不是偷看到所以模仿我吧？」

疑犯一下子減少至四人。我本來沒想過這麼有效，不過細心一想，搶先公開反而是聰明的做法，因為愈晚公開便愈要考慮得失，就像推理小說中的連續殺人事件，當所有證人都變成屍體，最後餘下兩人時，無辜者便能確定對方是犯人。

所以現在只餘下最後一個名額，這做法把疑犯減少至三人便得停止了。我相信大家也會明白這竅門。

可是，我突然發覺有點不妥……如果鴨舌帽現在不搶這個位置的話……

「我也是畫圓形啊。」曼聯高舉白紙，圓形下方還加了一條底線。糟糕，我沒想過她會湊熱鬧——

「我要指證！」倖田突然說道。「胖虎便是X！」

哎，果然是最壞的結果。這女生沒錯過這黃金機會。

倖田沒有讓我們插話，直接作出她的說明：「教授說過，用消去法找出X也是容許的吧。當你們公開證明自己是無辜者，餘下三人時，這便變得相當簡單了。首先，我不是X。」

她打開手上的白紙，上面除了摺痕外沒有任何符號。

「換句話說，X只會是鴨舌帽或是胖虎。然而剛才鴨舌帽作出分析，證明自己是訊息工程系的學生，這跟他推理的X的身分有出入，餘下的唯一可能，便是一開始讓自己出局，嫌疑最弱的胖虎。」

「等等，」曼聯問：「為甚麼你肯定鴨舌帽所說的是真的？他有可能是假裝出來，誤導各人啊？」

「不可能，因為剛才打斷他的話的是熊貓眼，當時唯一確定的清白者。這一課就如鴨舌帽所說是文化及宗教研究系主辦的，助教是該系的研究生這一點亦幾乎可以確定，而他在情急之下說明自己是訊息工程系的學生，並且說出甚麼MATLAB的項目來證明，這便能證明他的清白。假設他是X，事先準備這番說詞，如果熊貓眼沒打斷他，其他人又要求他繼續說下去，他便很容易露餡。萬一我們之中也有熟悉這些技術的人，這個謊言便更容易戳破。X可以用其他藉口來誤導我們，犯不著用上這種容易露馬腳的說法。」

我太小看這個趕潮流的女生了。如果最後餘下她、鴨舌帽和胖虎三人，她便擁有最大的優勢。鴨舌帽就如她所說的清白，如果她是X，胖虎已出局，這時候她不會主動指證，因為我們無法判斷犯人是她還是胖虎。雖然說如果她沒指證胖虎的話會大大增加她的嫌疑，但我們必須考慮她是否一個聰明人——她可能只是個愚蠢的無辜者，看不出胖虎是X的事實，還在懷疑X是鴨舌帽或胖虎之一。

想不到這遊戲這樣子落幕，只見胖虎一臉木然地從口袋掏出皺巴巴的紙團，打開，舉起……上面有一個拳頭大小的圓形。

咦？

我回頭望向倖田，她的眼睛瞪得老大，一臉難以置信的樣子。

「我要指證！我指證鴨舌帽便是X！」和尚突然發難。我還沒回過神來，和尚這傢伙便先走一步，把指證的優先權搶下。既然胖虎和倖田也是清白，餘下的人便是犯人了。

「一群笨蛋。」熊貓眼冷冷吐出一句。

和尚回頭向她裝出一個鬼臉。「嘿，妳就乾脆認輸吧！裝甚麼酷啊？沒法把握時機只能怪自己，可不能怨人啦。」

「你以為這遊戲可以用這麼簡單的消去法找出犯人嗎？」熊貓眼說：「到目前為止，真正清白的人只有我和那胖子而已。」

「你說甚麼？剛才大家也出示了……」

「啊！」鴨舌帽一聲驚呼，打斷了和尚的話。「冰咖啡！你手上是不是有多出來的白紙？」

「是啊。」我抓起身旁的一小疊A４紙。

「有多少張？落湯雞，你看著他數，驗證一下。」

我數了一次，然後交給落湯雞再數一次。我們得出相同的數字。

「二十三張。」我說。落湯雞點點頭，比了個OK的手勢。

「教授，我可以看看你面前那包A４紙嗎？」鴨舌帽神色凝重的說。

「請便。」教授揚揚手，示意鴨舌帽過去拿。

鴨舌帽拿著紙疊，手指不停翻著紙角。他來回翻了兩次，然後一臉謹慎地說：「各位，這兒有六十七張。」

「這樣又如何？你快點承認你便是X，讓我成為『第一課便拿A』的傳說主角吧。」和尚意氣風發地說。

「你笨蛋啊！」鴨舌帽罵道：「這是一百張A4紙的包裝，剛才教授在我們面前開封，他拿了一張作示範，然後我們八人每人一張，到冰咖啡手上餘下二十三張，那麼，你認為包裝裡應該還有多少張紙？」

「你當我小學生麼？一百減一減八減二十三，不就是六十八……咦？」和尚臉色一變，他注意到了。

「我手上這疊紙只有六十七張。你們想拿去核實再多數一次也可以。你說這代表甚麼？」鴨舌帽問。

「這包是不良品，只有九十九張嗎？」和尚露出為難的表情，說道。他好像不想面對現實。

「有一張不見了。」胖虎插嘴說。

「不是不見，是有人多拿了一張。」我說。在鴨舌帽點算紙張數目時，我已知道熊貓眼的意思。

「如果X多拿了一張，剛才出示的是『虛假的身分』，我們表示清白的行動便沒有意義。」

「等等！這被容許的嗎？」曼聯訝異地問。

「教授說被指證的人要公開『身分』，可是我們剛才的做法並不是指證，而是自願的公開。別忘了這遊戲容許說謊。」鴨舌帽說。

「就算紙張數目一致，也不能排除犯人用自己準備的白紙假裝清白。」熊貓眼難得打破沉默。鴨舌帽打開他的「身分」，上面有一個三角形。「和尚，你出局了。」

「慢著啊，這太不公平啦！都是冰咖啡出的餿主意，害我被奸人所害……」

「很抱歉，『和尚』同學，你已經輸了。」教授作出裁決，和尚只好乖乖認命。

「說甚麼『成人之美』，甚麼『不是零和遊戲』，到頭來還是沒進展！還害我們出局啦……」裝出一副明智小五郎的樣子，骨子裡不過是毛利小五郎罷了……」和尚叨唸著，他似乎非常不甘心。當然我也不知道這是不是演技，或許他便是X。

「我懷疑冰咖啡便是X。」倖田突然說道。

「倖田小姐，妳已經出局啦，還是快快回日本開演唱會吧。」和尚反諷她說。

「雖然我已經輸了，但我仍可以討論和發表意見吧？」倖田瞪了和尚一眼，說：「提議公開身分的是他，而他坐在最後一排，手上也有多餘的白紙，動甚麼手腳大家也不會留意。他不是最可疑的傢伙嗎？」

眾人紛紛望向我。

「不是我，」我連忙申辯，「我沒有說謊啊。何況我根本沒有意思爭取勝利嘛。」

「直接拿A等的成績不吸引嗎？你這樣說更代表你是X吧？」和尚也參一腳。

「我只是來旁聽，我本來就沒辦法拿甚麼成績。」

「這一定是謊話。」胖虎落井下石。

被圍攻下我有點不忿，於是從手提包中抽出「網絡平台理論與實作」的講義，說：「看，這是今天早上一號演講廳的課的講義。因為下著大雨我又沒帶傘，所以才進來聽課打發時間。」

「如果你是清白的，你可以用鴨舌帽之前提出的方法，說明自己是哪一個學系，並且舉出那個學系的知識，這樣做我們便信你。」曼聯說。

雖然明知是激將法，但我無法沉住氣。我明明是抱著善意來提出方法，卻被誣陷成狡詐之徒，這口氣吞不下去。

「我是工程學院電腦科學系的，你們要問我甚麼軟件硬件的知識儘管放馬過來，像C語言的語法、軟件工程的步驟、作業平台的漏洞、電腦病毒的發展、線上遊戲伺服器和用戶端的結構、三維圖像的演算法等等，要不要我逐項慢慢解釋？」

「好啊，橫豎鴨舌帽是念訊息工程的，你是說真說假能輕鬆確認……」曼聯邊說邊望向鴨舌帽，可是鴨舌帽沒理會她，直愣愣的盯著我。

「……冰咖啡，你是來旁聽的？」鴨舌帽謹慎地吐出這個問題。

「天地可表，句句屬實。」我認真的回答道。

「他可能在說謊啦。」和尚補一句。

「如果他真的只是旁聽生，我們很可能陷入教授的圈套了。」鴨舌帽回頭望向教授，說：「雖然有點魯莽，但我想提出我的結論——這兒根本沒有X或助教的存在，所有人也是清白的。這個才是這測試的終極答案。」

我們都被鴨舌帽的結論嚇了一跳——好吧，熊貓眼似乎沒有——他是說從一開始這個比賽的目的並非「找出X」，而是「找出X並不存在的證據」？

「你想如何驗證這個假設？我當這是你的指控，所以你只有一次機會。」教授的表情沒有變化，仍泰然自若地坐在椅子上，輕鬆地說。

「我要求餘下未曾被指控過的人公開『身分』。」鴨舌帽鄭重的說。「如果所有人也沒寫上X，那便表示我的答案正確。」

「等等，如果你答錯的話，這樣做不就剝奪了其他人爭勝的機會？」倖田說。

「那我先作出推理吧。」鴨舌帽回頭面向我們，說：「教授一開始便提過，這課的內容包括分析推理小說的結構、了解推理小說的形式、介紹推理小說的發展史、以及討論推理小說常見的誤導手法——最後一項便是重點，從一開始我們已被他誤導了。這兒各位或多或少都看過推理小說或推理電影吧，所以一開始教授說出『暴風雨山莊』、『犯人就在我們當中』，我們便直接聯想到那些犯人躲藏在角色之中的典型故事。問題是，近年有很多推理小說已經跳出了這種框架，讀者推理的內容不是侷限在作者提出的規格之內，而是在規格之外。」

「甚麼規格內外？」曼聯問。

「簡單來說，便是故事以一件案件作為表象，讀者的注意力都放在『誰是兇手』，然而故事的最大謎團卻不是這一點，而是其他的事情，例如作者運用了敘述性詭計，利用視點模糊角色的身分和數量、使用語帶雙關的敘事手法來引爆更大的謎團。」

「這跟我們這個遊戲有甚麼關係？我也讀過好幾本敘述性詭計的作品，像是綾辻行人或乙一等等。」倖田說。

「『尋找X』便等同於『誰是兇手』，然而真正的謎面在教授的言談裡透露出來，『X』只是掩護他想我們找出的真相的幌子。」鴨舌帽挨著桌子邊緣，說：「教授說的話其實充滿著提示。首先，他說過『這遊戲的目的就是要找出躲藏起來的X，誰先解開謎底便勝出』，留意他所說的並不是『找出X便勝出』，而是『解開謎底便勝出』，遊戲的目的跟勝負並沒有直接關係，就像某些圖版遊戲，目的是到達終點，但勝負卻是看過程中收集的點數。他從來沒說過『找出X的人便是勝利者』。」

「這……這太犯規吧！」胖虎嚷道。

「單單從教授這句話來分析，理由似乎有點薄弱。」倖田提出反對，但她的語氣沒有之前的強硬，充滿懷疑。

「真正令我察覺的是另一道線索。」鴨舌帽回頭看著我。「我一直沒懷疑X不在我們當中，因為我們多出一人了。可是，剛才冰咖啡說出他是旁聽生，這便大大的有問題。我們的人數根本不能容納那位隱藏身分的助教。」

「甚麼多出一人？」曼聯問。

「教授一開始便提過『沒想到只有七位同學報讀這麼少』，當時他還特意揚揚手上的學生名單。

他在那時候已給我們提供線索，把學生的正確數目告訴我們。只是他沒想過這天碰巧有一位旁聽生，令這個情報沾上瑕疵。」

鴨舌帽把視線轉向落湯雞，繼續說：「因為落湯雞遲到，打亂了教授的計劃。教授一開始看到我們七個學生，心想所有人已到齊，再假裝不經意透露這一班的報讀人數。如果冰咖啡沒來，我們只有七人，只要有人留意到教授最初說出的情報，對照之下，便會察覺這個事實——我們之中根本沒有甚麼隱藏人物。通識課本來就很少設助教，這常識也是鞏固我的推理的理由之一。」

「慢著啊！」我問：「你說教授在臨時決定進行遊戲之前已刻意留下破綻？這不是本末倒置了嗎？」

「甚麼臨時決定！」鴨舌帽苦笑道：「這一切都在他的預料之中啦！就算沒有人抗議功課太多，他也會主動提出遊戲。你看看手上的馬克筆，即使白紙是每個講堂也有的東西，但馬克筆不是啊！這是他老早預備好的道具！」

「國風樓的演講廳都是用白板而不是黑板，有一盒新的馬克筆有甚麼出奇？」和尚說。

鴨舌帽舉起馬克筆，說：「白板用的是水性可擦掉的馬克筆，但我們手上的是油性的。」

啊！對！如果沒有事先預備，教授怎可能忽然拿出一盒簇新的油性黑色馬克筆？

「啪，啪，啪。」教授拍了三下手掌，說：「非常有條理的推理。你留意到很多細節。」

「那我在這遊戲勝出吧？」鴨舌帽語氣昂揚，看來他很高興。

「不，你還要解決一道難題。」鬍子教授亮出深邃的笑容。「你如何驗證這個推理？就像『倖田』

所說，萬一你錯了的話，便剝奪了其他人得勝的機會。你有甚麼辦法在不損害他人的利益下讓所有人公開身分，確認當中沒有X的存在？」

鴨舌帽沉默下來，坐回座位，低頭沉思。他現在就是這舞台的主角，我們只是觀眾，期待他作出精采的表演。

「別管他吧，無法證明的推理就像娛樂新聞，聽聽就好，實際上干我屁事。」和尚輕佻地說。看來也有觀眾是來找碴的。

「教授，」靜默了近一分鐘，鴨舌帽開口問道：「你不可以直接說出答案嗎？如果我是對的，你直接說便可以了，相反我是錯誤的話，你確認『X是存在的』這一點也無損比賽的公平性。」

「如果這是一本小說的話，角色如何能要求作者透露這項情報呢？所以很抱歉，你的要求我無法做到。」教授笑了笑，回答道。

「那麼，我可不可以要求已出局的角色替我驗證？讓他逐一檢查他人的『身分』，再報告有沒有發現『X』的存在？」

「那也不行，出局的人仍可以參與討論，假如你的推理錯誤，那便會讓某人優先得知謎底，這也有違遊戲的本意。同樣道理，你自己也不能逐一進行驗證。」

「我可以用一個箱子收集各人的『身分』，然後確認當中有沒有X嗎？」

「這樣做的話，如果X存在，令你出局，那餘下的人又怎樣在指證後確認身分呢？」

「我可以要求各人再畫一張『身分』嗎？」鴨舌帽問。

「可以，不過遊戲不能規定他們在寫這張身分時誠實作答。」那即是沒用了，檢查可以作偽的身分沒有意思啊。

連續被打四槍，鴨舌帽托著頭，很苦惱的樣子。教授的要求就像「在不擦亮火柴的情況下確認每支火柴也能擦得亮」，未免太難了。

「教授，我這個指證也是規則之內的指證，換言之他們每人也必須出示真正的『身分』，不能偽造，對不對？」再隔了一分鐘，鴨舌帽問。

「沒錯。」

「而我需要做的，是令『可能存在的X』在不暴露身分下，讓『X是否存在』這事實曝光，是嗎？」

「就是這樣子。」

「好，我想到了。」鴨舌帽露出微笑。「除了曾被指證的熊貓眼、胖虎和我之外，我要求其他同學把『身分』撕下一角，大小形狀隨意。」

「你是想收集那一角，看看有沒有部分X的記號？你不能確定他撕下來的一角包括記號的部分啊。」曼聯說。

「不，我要收集的不是那一角，那一角由你們保留，我要收集的是那一角以外的部分。」

「咦？」

「撕掉的一角便是新的身分證明。」鴨舌帽拿起自己畫了三角形的紙張，撕去一隻大約兩公分長的角。「我之後以不記名的方法收集大家的身分，再檢查當中有沒有X，便能確定X是否存在。萬一我錯了，其中一張身分上有一個X，那麼之後再有人指證時，被指證的人在這些身分中選出自己的一張，補上撕下來的一角，如果兩者吻合的話便能確認身分。由於把角落撕下來的手法是隨意的，每人所撕的大小、形狀、角度都不盡相同，這方法既能保留各位的身分證明，亦能讓我檢查X是否存在。」

「這樣做可以嗎？」胖虎舉手向教授問道。

「唔，我想不到反對的理由。」教授摸了摸鬍子。

「由於這是一次指證，所以各位不能作假，必須使用真實的『身分』。這是教授剛才認可的。」鴨舌帽補充道。

我沒想到可以用這一招。雖說兩人撕下的一角有可能相像，但現在只有五人，形狀大小碰巧相同的機會很小。而且，除了X外，大家也沒有理由造假，而X想模仿他人也沒辦法，因為他不知道其他人的做法。我把「身分」的右上角撕下，大小就像半張名片。

鴨舌帽離開座位，走到白板旁的架子。架子上有些放A4紙的瓦楞紙箱，他抬起一個，把裡面一包包的白紙放回架上。

「各位請把身分摺好，放進這個紙箱裡。」鴨舌帽拿著有蓋的紙箱，走在中間的通道上。

「等等。」熊貓眼突然說：「不能由你收集和檢查。就算你不動手腳，你也可能會暗暗記住每人放下的紙張的特徵。」

鴨舌帽愣了一愣，說：「那妳有甚麼提議？」

「讓利益衝突最小，身分最清白的人負責。」熊貓眼指了指胖虎。胖虎是唯一已確認不是X，同時已出局的人。我們沒有異議，於是鴨舌帽把瓦楞紙箱交給胖虎。胖虎一臉不情不願的接過箱子，慢慢沿著通道，走過來收集我們五人的「身分」。他左手提著箱子，右手抓住箱蓋，只露出很小的空隙，讓我們把摺好的身分丟進去。

收齊後，胖虎走到左邊第一排的空位，回過身子向我們說：「現在我開始檢查，並且把每張身分向各位展示。這樣子沒有問題吧？」胖虎向熊貓眼瞪了一眼，看樣子他還記著被設計的仇。

胖虎把箱子搖了幾下，打開蓋子，掏出第一張，打開，上面有一個很小的圓形，左上角缺了一角。第二張是一個扁扁的圓形，左邊被撕下了長長的一條。第三張是個拳頭大小的圓形，右上角被撕去——這應該是我的。第四張是一張缺了一角的白紙。

在公布了第四張身分後，我看到鴨舌帽雙目炯炯有神，直盯著胖虎手上的第五張身分。胖虎打開紙張，瞄了一眼，表情沒有甚麼變化，再把結果舉起。在我們面前的，是一個有一條橫線在上方的圓形。

「YES！」鴨舌帽振奮地揮動手臂，整個人從座位彈起來。「這樣便證明了我的推理正確了！X根本不存在！無話可說吧！」

「教授，我要作出指證。我指證胖虎便是X。」

一時之間，我完全搞不懂這情況。說這話的是熊貓眼。她無視鴨舌帽的歡呼、曼聯的欣賞目光、教授的微笑、其他人的恍然大悟，自顧自的站起來，說出這句話。
「我指證胖虎便是X。」她再一次說道。
「妳發甚麼神經啊？」曼聯罵道，「鴨舌帽已經證明X不存在了，妳還不認輸嗎？」
「他的推理有漏洞。」熊貓眼淡淡地說。
「有甚麼漏洞？」鴨舌帽說：「我已經證明所有人的身分也是清白，而且當中更是規則所限的，不容作假。相反，妳指證一個早被證明清白的人是X，妳是不是弄錯甚麼了？」
「對啊，我不是已經指證了胖虎嗎？」倖田插嘴說。
「那時候他不是X，但現在他變成X了。」熊貓眼說。
「甚麼變成X？這是新的推理小說，叫『全部成為X』嗎？」和尚插科打諢道。
「鴨舌帽，我先問你一句，你有甚麼辦法證明在座的所有人除了冰咖啡外就是選修這一課的學生？」熊貓眼答非所問，丟出一個新問題。
「教授不就給予提示，告訴我們這課有七個學生嘛！難道妳說這提示是假的嗎？」
「我的問題是，你如何確定我們七人就是名單上的七人？」
「呃……」鴨舌帽為之語塞。
「今天下大雨，又是星期六早上的課，你肯定沒有人逃課嗎？」熊貓眼說。「通識課一向不計算出席率，我們亦不用點名，如果有一位同學沒上課，那我們這兒便有位置讓X補上。」
「就當我大意，沒有考慮這一點吧！」鴨舌帽反駁道：「可是，剛才的檢查已證明我們當中沒有

X，不是嗎？」

「你算漏了最重要的一步。」熊貓眼沒有展現任何表情，就像機器般說：「你沒有考慮共犯的存在。」

「共犯？」除了鴨舌帽外，連曼聯和和尚也一起不約而同地吐出這兩個字。

「你沒有考慮過，我們之中除了X外，還有另一位助教。」

「可是教授他說……」

「他只說過X由助教扮演，混在我們當中，他並沒有說過有沒有第二位助教扮成無辜者。我們不能假設X沒有共犯。」

「即使有共犯又有甚麼關係？」鴨舌帽的語氣有點激動。「即使有共犯，我們包括X在內也得依從遊戲的規則，來處理那張身分證明，剛才的檢查有共犯也沒法干預啊！」

「你忘記了，教授說的是『X是由助教飾演』，並不是『X是由一位助教飾演』。」

「這有甚麼分別？」

「胖虎收集身分，每人也被規則束縛，必須投下真正的身分。可是，規則並沒有規限檢查的人不准動手腳。如果這位檢查的人是共犯，剛才的結果就像之前冰咖啡提出的『公開身分』一樣沒有意義。」

「我可以怎樣動手腳？」胖虎問。他的態度變得很沉著。

「你只要偷龍轉鳳，把畫有X的身分拿走便可以。」

「但這樣做對X有甚麼好處？」倖田問。「否定自己的存在，只會讓鴨舌帽勝出吧？」

「推理小說中，偵探以為自己破案並不是結局。真正的結局是由作者告訴讀者的。我認為鴨舌帽在高呼勝利後，教授會問我們對這個推理有沒有異議，假如我們全部人也接受的話，他便會宣布X的勝利。」

「沒錯。」教授突然出聲，露出狡猾的笑容。鴨舌帽聽到教授的話，像是洩了氣的氣球，以不能置信的表情張望我們每一個人的臉孔。

「妳說胖虎之前不是X，現在變成X是甚麼意思？」倖田追問。我猜她尤其不甘心吧，畢竟她是因為指控胖虎而出局的。

「胖虎本來是共犯，他跟X早料到有人會提出檢查所有人的身分。X根本沒有撕去他的身分的一角，相反，胖虎先把證明他是無辜者的身分的角落撕下，藏在左手掌心。在收集身分的步驟中，胖虎偷偷把紙角交給X，同時間X把他的身分投進箱子時，胖虎用握著蓋子的右手接住，藏在右手和蓋子之間。趁著沒人留意，胖虎把自己的身分放進箱子裡，畫有X記號的紙則收進他的口袋。於是，胖虎由無辜者變成X了。」

「那誰是本來的X？」和尚問。我們都被熊貓眼的推理嚇住，畢竟這做法有夠厲害，而且乍聽之下還要合情合理。

「冰咖啡。」

我？

「為甚麼是我？」我大為愕然，焦急地站起來問道。

「你是唯一可以進行這陰謀的人。」甚麼陰謀啊？別說得這麼難聽好不好？

「為甚麼他是唯一的？」落湯雞問。

「剛才他發起的『公開身分』行動裡，雖然X可能作假，但被愚弄的無辜者佔大多數。或許各位沒留意每人展示的身分符號，但我一一記著。冰咖啡畫的是一個不大不小的圓形，落湯雞是小圓形，和尚是扁平的橢圓形，曼聯是下方加了一劃的圓形，倖田沒有畫上任何符號。雖然以上公開的身分未必真確，但配合剛才的檢查結果比對一下，便會發覺完全吻合。」

「這不就證明冰咖啡沒有使詭計，X的確不存在嗎？」鴨舌帽緊張地問。

「不，這證明了能使這個詭計，就只有冰咖啡一人。」熊貓眼首次亮出微笑。「倖田指證胖虎後，胖虎曾向我們展示身分上的圖形，他畫的也是一個不大不小的圓形，跟冰咖啡畫的符號一模一樣。要瞞騙眾人，X在先前作假的身分上必須和共犯使用相同的記號，如果他們畫的是不同大小、不同形狀的符號——比方說正方形——那剛才的檢查便會露餡。這便是事先串通、二人是共犯的證據。」

「等等啊！」我抗議道：「這是巧合啊！」

「你還有很多可疑之處。」熊貓眼很冷靜的對我說：「先不論你提出公開身分，引誘他人掉進陷阱的做法，你的座位是我們當中最具優勢的地方。你可以居高臨下仔細觀察情況，而共犯胖虎要跟你打暗號亦不容易被發現。更重要的是，你之前說的話有嚴重的矛盾，證明你在說謊。」

「我說過甚麼謊話？」我被她逼得緊了，愈來愈感到煩躁。沒想過一個小女生可以讓我如此焦急。

「你說你之前在隔鄰上『網絡平台理論與實作』的通識課，因為大雨被迫逗留，可是，你卻宣稱自己是電腦科學系的學生。眾所周知，本科生不能選修自己所屬學系辦的通識課，為甚麼電腦科學系的你可以修電腦科學系的『網絡平台理論與實作』？你留下這個謊言並不是意外，而是刻意露出破綻，讓我們可以公平地分析和推理。你便是我們這一課的助教，亦即是本來的X。」

熊貓眼恍如名偵探般，一口氣作出推理和解釋。面對這個難以解釋的矛盾，我想我只能認輸，哭著承認我便是犯人了。

可是，我壓根兒不是X啊！

甚麼鬼助教、甚麼鬼推理小說欣賞、甚麼鬼鬍子耿博士，我也是今天早上踏進這講堂才知道的啊！

「哎，請先讓我解釋一下……」

我的話突然止住。看著在場的眾人，我張開口，沒發出任何聲音。他們的目光注視著我，但我毫不在乎，因為，剎那間我明白了這個謎團的答案。回憶中的每個片段、每句說話，也跟這個謎底相符、吻合，形成一個完整的圖形。人家說讀推理小說時，謎底揭盅的一刻會讓讀者起雞皮疙瘩，我發覺，原來現實裡置身於類似的情境，那份感覺來得更強烈更難以形容。

就像在黑暗中忽然看到一線光明，而那道光線慢慢照亮了整個環境。

「……我想先問一下各位所屬的學系。」我說。

「你又要扮成明智嗎，毛利小五郎？你這時候應該要像夜神月那樣垂死掙扎，否認自己是X嘛！」和尚譏諷道。

「如果我是負責評分的助教，你認為你這態度會不會讓我留下壞印象？」我故意唬一下對方。和尚似乎沒料到我這樣回答，嚇得伸一伸舌頭，沒再回嘴。

「我想大家說一說自己的學系，不用證明甚麼，即使是謊言也不打緊。」我真笨，現在才發現這個遊戲的重點。我們不用怕無辜者為了減少對手誤導他人，真正的重點是讓想說真話的人說話。

「我是音樂系的。」落湯雞說。

「醫學系。」熊貓眼說。

「中文系。」倖田答。

「工商管理系。」和尚說。他回答得很乾脆，也許怕開罪我。

「新聞系。我想當記者。」曼聯說。

「訊息工程。之前說過了。」鴨舌帽說。

「化學系。」胖虎說。

「好了，這便足夠了。」我說：「我不是X，但我已經掌握了謎底。鴨舌帽跟熊貓眼的推理也有錯誤的地方，但他們都說對一些事情。我想，如果沒有他們，我也沒法子想到答案。」

「你說甚麼？」熊貓眼和鴨舌帽一起問。

「這遊戲裡的確有共犯。那便是倖田。」我指向那位穿得漂亮入時的金髮女生。

「甚麼？她是共犯？她剛才連身分也沒有投進箱子裡，如何跟胖虎合謀啊？」和尚問。
「胖虎不是X。」我說。
「那誰才是另一位助教？」
「甚麼另一位助教？」
「你剛才說倖田是助教之一，是X的共犯嘛。」
「助教只有一位。誰說共犯一定是助教？」我回答。
「你是說教授一早找了我們一位同學當內應嗎？」落湯雞說：「因為倖田是中文系學生，或許曾到過H大聽中文系的耿教授的課，所以他們事先串通好了？」
「不，我不是這個意思。」我笑著說：「『倖田來未』小姐——不，應該說耿旭文教授——請妳不要再假扮學生了，出來主持大局吧。」
眾人發出訝異的叫聲。最讓我欣慰的，是連熊貓眼也露出驚訝的表情。我差點以為她是個無血無淚的機器人，他日畢業後會變成冷血女醫師。
「你說倖田是……耿博士？」胖虎一臉錯愕，指著「鬍子教授」說：「那這位是……」
「就是助教X先生囉。」我笑道。「雖然我並不是這課的學生，沒辦法拿獎勵，但作為遊戲的參與者，我還是要認真的說一次：我指證台上的教授便是X。」
倖田和鬍子教授露齒而笑。鬍子教授說：「請說明你的推理。」
「鴨舌帽說得沒錯，這遊戲並不是即興，而是有預備的。除了馬克筆是證據外，如果這是一個即興的遊戲，假扮X的助教也許會手足無措，不知道如何欺騙學生，畢竟獎勵是A等的成績，沒有教授會如此魯莽的。這份獎勵就說明了，這個謎底一定不簡單，比功課和論文更難，策劃者一定有全盤計劃才會執行。」

「這一點沒有疑問，鴨舌帽也提出了。」倖田說。

「雖然鴨舌帽提出人數一點有他的理由，但熊貓眼的反駁亦非常合理。人數方面難以控制，所以『教授』那句『有七位學生』不一定是提示。不過，鴨舌帽的想法是對的，從『教授』進入講堂開始，他已經留下很多提示。這些提示並不是『說了甚麼』，而是『沒有說甚麼』。他由始至終也沒有作出自我介紹，只是在白板上寫下課程和教授的名字，我們便假設他是『耿旭文教授』。另外，大家記不記得誰最早叫他做『教授』的？」

「是……倖田！」鴨舌帽嚷道。

「沒錯，就是說課業繁重，希望減少功課量的倖田。如果我們有人稱他做『耿教授』或『耿博士』，便會損害了推理小說的公平性——亦即是這遊戲一再強調的公平性。如果最後謎底解開，他告訴我們他便是X，我們一定抗議問為甚麼我們叫他『耿博士』而他沒否認。『博士』是不可亂認的銜頭，但『教授』則比較寬鬆，而且他亦沒有自稱為教授，我們只是一廂情願的如此稱呼他……習慣性地依從第一個人提出的稱謂來稱呼他。」

「這太犯規吧！」胖虎再一次說道。

「只是我們沒問罷了。」我說：「或者我現在問一下吧——教授，請問如何稱呼你？你是哪一系的？銜頭是甚麼？」

鬍子教授笑著說：「我姓張，屬於文學院文化及宗教研究系，五年前在澳洲M大文化研究系碩士畢業，現在在C大攻讀博士學位。我在C大校外課程部主講兩課，叫我『教授』我可是當之無愧的啊。」

想不到他真的姓張。他不會跟張菲有親戚關係吧？

「X不是混在學生之中嗎？」曼聯問。

「他也沒說過這一句，這句是妳說的。他只是回答『大致上就是那樣子』、『犯人就在我們當中』，他從來沒說過『你們之中有犯人』。」

「光這一點又如何得知他便是X？」熊貓眼問道。

「你們沒發現這遊戲有一點是多此一舉的嗎？」我舉起那片撕下來的紙角。「為甚麼要犯人畫記號？如果單純猜誰是助教，我們只要用談話，再由教授證實便可以了。鴨舌帽說得對，教授一早已給我們很多提示，包括這張『身分證明』。身為主持人，他根本沒必要示範犯人會畫個怎樣的X，就算真的要讓我們留下證明身分的實物，他也只須派紙給我們，說『犯人會在紙上畫個X字，你們可以畫其他符號』便可以。難道我們連X字是甚麼樣子也不知道嗎？然而，教授不但在我們面前畫上一個大大的X，還說『隱藏身分的助教會在紙上畫下這記號』。這便是最大的提示，之後他囉囉嗦嗦的說甚麼消去法之類，都是轉移視線的手法。真正的答案，一開始便公平地展現在我們的眼前，只是我們沒留意而已。」

「那麼，你又憑甚麼判斷倖田便是真正的耿教授？」鴨舌帽問。「你剛才的推理只推論出台上的教授是助教X假扮，但耿博士不一定在我們之中啊？」

「會設計這種遊戲，讓我們投入思考和推理的教授，並不是那種拍拍屁股把工作丟給助教的老師。如果我是耿教授，我一定會想方法在現場觀察每位同學的反應，在助教X假扮自己進入講堂前，留意學生之間的舉動，向助教打暗號示意遊戲是否進行——萬一學生中有多人互相認識，這遊戲便無法進行。而且，讓自己混入學生之中，在揭露真相時會更有爆點，這才是推理小說的精髓。」我說。

「這些只是客觀條件罷了，並不是支持推理的論據。」熊貓眼說。她真是個一板一眼的女生。

「正如我剛才所說，最早提出『教授』這稱呼的是倖田，這是一個可疑之處。另外，我記得教授曾三次提到我們的綽號，分別是胖虎、和尚和倖田，就只有倖田沒有加上『同學』，其餘兩人是『胖虎同學』和『和尚同學』。我認為這是他給予我們的另一個小提示。」

「可是這亦可能是巧合。」熊貓眼說。

「沒錯，所以剛才我便提出查問各人所屬學系的問題。倖田說是中文系，跟耿博士一樣，加上之前提過的嫌疑，我便推理出她是博士的結論了。」

「你沒懷疑她會說謊嗎？」

「這個是我最後發現的盲點。」我吁了一口氣，苦笑一下。「我之前一直也認為妳說得沒錯，這個遊戲容許說謊，對手之間亦可以互相陷害，查問每人的資料似乎沒有意義。不過，這些都是煙幕。教授強調的『容許說謊』，其實是用來擾亂我們的推理方向的，這句話的真正意義是『就算說了真話，你們亦不能確定』。」

我望向倖田，繼續說：「這個遊戲和推理小說有一個最大、最關鍵的不同之處，就是沒有『案件』。我們只是單純知道有一位叫作X的人混進來了，他幹了甚麼嘛？沒有。在推理小說中，案件的特徵就是謎面，無論是皇冠上的寶石被偷走也好，屍體旁邊留下血字也好，甚至某人莫名其妙地被重金聘用抄寫大英百科全書也好，這些謎面也可以讓偵探追查下去。我們只要細心思考一下，這個遊戲根本是玩不成的——犯人可以說謊，其他角色又互相猜忌，別說一個半小時，給我們一個半月也無法破案吧？這和最初的設定『這遊戲必須公平』有著矛盾。可是，如果換個角度去想，犯人和共犯會公平地說真話，只是我們不能確定那是否謊言，那麼這遊戲便可以玩下去。對策劃者來說，他們真正的勝利是『沒有說謊或說最少的謊也能不被揭破身分』，所以，剛才我相信，真正的犯人是不會隱瞞所屬的學系這項情報——因為他們已料到，如何在不說謊的條件下誤導我們，即使實話實說，我們亦不能簡單地找出謎底。」

「正確無誤。」倖田——不，耿博士一邊拍掌，一邊離開座位，往台上走去。

「毛利小五郎怎可能會推理出真兇啊……」和尚嘀嘀咕咕的說。

「很抱歉，我這個毛利小五郎碰巧是劇場版的。」我回贈他一句。

鬍子張教授再次打開他胸前口袋的白紙，向各人展示那個在我們面前畫下來的X。「恭喜，有人破案了。耿教授跟我還猜沒有人能看穿真相。」

「事實上我很高興啊，」耿教授笑容滿面，說：「鴨舌帽猜對了一部分，在座的人之中並沒有X，而熊貓眼的推理雖不正確，亦相當合理，點出部分盲點和線索。」

「系方派我負責協助耿教授，當天第一次見面時我也沒想過對方是女性，畢竟耿旭文這名字太男性化了。我們聊起性別的敘述性詭計，後來便想到，可以弄這樣的一個遊戲，讓同學們參與一下，增加學習趣味。我們也知道星期六早上的課有點難熬，希望同學們覺得有趣，不會逃課啦。」張教授摸摸鬍子，笑著說。

「多拿一張白紙的是我，不過我也沒想過有甚麼實際效果。」耿教授從口袋掏出一張四折的白紙。「另外我們還留下一些線索，像我特意扣了個H大的胸章，張教授的公事包上掛了他的職員證，只是大家沒有走過去偵查……」

「不好意思……」胖虎怯懦地舉手，問道：「看樣子耿教授的年紀跟我們差不多，妳怎可能是博士啊？」

耿教授笑逐顏開，看來女人都喜歡他人稱讚自己年輕。「我這個博士銜頭滿新鮮的，我只比你們年長六、七歲吧！為了不被你們看穿，我才特意化這個誇張的妝，把頭髮染成金色。不過你們都認為教授是老人家嗎？二十多三十歲的女生也可以當教授吧？」

「嗶嗶……」電子鬧鈴的響聲響起。張教授看看手錶，說：「不知不覺已是十二時了，今天的課就到此為止。你們離去前每人拿一份下一課的講義，有時間的請備課，另外可以先閱讀一下書目上的作品，我們在第三課會討論愛倫坡的《莫爾格街凶殺案》……」

眾人站起來，向講台前走去，他們各自交談，好像在談剛才的遊戲的細節。我沒離開座位，回頭望向講堂的大門，透過門上的玻璃，我可以看到正午的陽光。我不知道暴風雨是何時停止的，不過，這一個半鐘頭算是過得相當充實有趣。或者，我下星期也來聽課吧？我想耿教授和鬍子助教應該不會反對。

「喂，冰咖啡，你下星期有沒有興趣再來旁聽啊？」倖田來未在講台上招招手，示意我過去。講堂裡只餘下耿教授、鴨舌帽、熊貓眼和我，他們三人都在講台前愉快地聊著。

「好啊，妳不嫌我打擾你們便行了。」我邊說邊走近他們。耿教授的妝雖濃，但靠近一看，她的樣子挺好看。好吧，我願意收回那句「連倖田妹妹也及不上」的評語。

「我有一點不明白，」熊貓眼面對著我，說：「你為甚麼要說謊？」

「說謊？」我訝異的問道。

「你如果是電腦科學系的，便不能修『網絡平台理論與實作』的通識課。這是矛盾吧。」鴨舌帽說。

「啊，這個啊……」我莞爾而笑，說：「如果熊貓眼沒有作出這個指摘，我也沒可能想到謎底，這是令我察覺真相的關鍵。請讓我自我介紹，我叫王迢之，四年前在P大電腦工程系取得博士學位，今年獲C大工程學院電腦科學系聘請擔任講師，除了在學系教授『電腦圖像應用』及『軟件工程』外，亦負責教授通識選修課『網絡平台理論與實作』，這是我的名片……」

Afterword

後記

不知不覺，原來我已出道九年多。撇除徵文比賽的得獎作品合集，我正式以作家身分出版小說是在二〇〇九年，當年和友人高普合作在明日工作室出版科幻小說《闇黑密使》。那次出版我們遇上不少波瀾（辛苦高普兄和編輯了），現在回想也真是啼笑皆非，但總之我就糊裡糊塗地出版了第一本作品（雖然事實上只有「半本」，個人獨立作品要到二〇一一年才面世）。連同兩本合著小說，我這幾年間共出版了十部中長篇作品，期間亦寫了好些短篇，於是我想是時候整理一下，為自己投身寫作的首十年畫下一個註腳，出版短篇合集。

本書起名《第歐根尼變奏曲》，是由於我不想將多部短篇隨便塞進書裡馬虎了事，決定以組曲的形式來包裝呈現，還要煞有介事地為每篇加上古典樂風格的次序題名（後面我會逐篇說明），而部分故事彼此雖無關連卻的確是以相近的主題作不同的「變奏」。至於選上「第歐根尼」這名字純粹是我的個人趣味使然——第歐根尼（Diogenes）是古希臘哲學家，犬儒學派始創人安提西尼的弟子，主張極簡生活（也有說他只是追隨了安提西尼的思想，二人從沒見面）；傳說特立獨行的他住在一個大木桶裡，過著流浪漢般的生活，某天亞歷山大大帝慕名拜訪他，說可以實現他的任何願望，正在曬太陽的第歐根尼卻只提出一個要求：「請你閃開，別擋住我的陽光。」後來，柯南道爾爵士在《福爾摩斯探案》系列中虛構了一個名為「第歐根尼俱樂部」的紳士會所，會所裡禁止任何人交談，讓會員們能在倫敦的喧囂生活中擁有一片容許沉思的寧靜樂土。

本作的短篇作品，都是我在「第歐根尼狀態」之下，沉浸在自己的思海中創作出來的。雖然當中有參賽作品，也有雜誌邀稿，但這些故事我都沒有考慮太多、單純地覺得「這樣寫就好了」而動筆創作。

我想，對一個作家而言，比起飛黃騰達、天降橫財，能躲在大木桶中寫自己喜歡的故事更教人稱心快意。

以下有各篇創作的背景資料與後話，部分有劇透，請自行斟酌閱讀。附帶一提，我除了為每篇加上了古典樂風格的題名外，也為差不多每篇選配了一首我心目中認為氣氛相符的古典樂曲，有興趣的朋友可以使用以下連結（YouTube 影片名單），當作 BGM 跟內文對應逐一欣賞：

https://tinyurl.com/diogenes-op5

Var.I Prélude: Largo

〈窺伺藍色的藍〉

完成日期——二〇〇八年十二月

首次發表——《神的微笑》（第七屆「台灣推理作家協會徵文獎」作品集）

第七屆「台灣推理作家協會徵文獎」決選入圍作品。因為台推獎容許參賽者投超過一份稿件，那年我共投了三篇，而本篇正是最後一篇。事實上，我完成首兩篇後距離截止日期只餘八天，心想還是放棄算了，可是過了幾天，思前想後我還是覺得不妨「衝一衝」，結果意外地只花三天便寫完——之前兩篇我各耗上一個月才寫好的啊。

雖然本篇的時代背景略久，作中的網絡元素如今都改變了，但大概將地下網站換成暗網、部落格換成 Instagram 或 facebook，故事放在今天一樣行得通，甚至有過之而無不及。現代人一方面主張私隱不容侵犯，另一方面卻更樂於「分享」個人生活點滴。為了得到更多人認同，我們好像對科技帶來的危機麻木了。

「Prélude: Largo」是「前奏：最緩板」，配上本篇的選曲是蕭邦（Chopin）的《二十四首前奏曲》的 E 小調第四號樂曲（24 Preludes, Op. 28, No.4 in E minor, Largo）。作為組曲的第一首，當然選一首大家耳熟能詳的作品較好。不過話說回來，這首樂曲的別稱是「窒息」，我想，跟故事滿匹配嘛。

Var.II Allegro e lusinghiero

〈聖誕老人謀殺案〉

完成日期——二〇一二年十二月

首次發表——誠品站　http://stn.eslite.com/

台灣推理作家協會曾跟誠品站合作，由會員輪流撰寫專欄增加曝光率，我們除了寫評論文章外，有時還會寫一些二、三千字的短篇小說。本篇就是聖誕檔期我一時興起之作，就是想寫一個有點美式風格、帶點奇幻趣味的生活故事。構思這故事時，因為背景設定在美國紐約，所以我連伏筆都用英語去想，結果用中文寫出來後才發現其中一條伏線變得十分隱晦——「丟進停屍間一律叫作無名氏」（"all become John Doe in the morgue"）。附帶一提，我最喜歡的聖誕故事是狄更斯的《小氣財神》（*A Christmas Carol*）。

「Allegro e lusinghiero」是「快板及哄誘」，本篇我選配聖桑（Saint-Saëns）的《哈瓦奈斯舞曲》第一樂章（Havanaise in E major, Op.83, I. Allegro e lusinghiero）。

Var.III Inquieto

〈頭頂〉

完成日期——二〇一八年五月

首次發表——《無形》Vol.2

來自香港文學雜誌《無形》的邀稿，主題是「鬼」。因為是文學雜誌，所以本篇主題傾向嚴肅，故事沒有甚麼邏輯推理元素，重點也不是放在驚奇感上，而是側寫對荒謬現實的驚悚感吧。我沒讀過幾篇卡夫卡的作品，但構想本作時的確有想起《變形記》。別問我到底本作主角是真的看到異象還是單純是個神經病，我不知道。有時現實裡精神病患比「正常人」還要清醒吧？

「Inquieto」是「不安」，選曲是普羅高菲夫（Prokofiev）的鋼琴曲集《瞬間幻影》第十五首樂曲（Visions Fugitives, Op. 22, 15. Inquieto）。

Var.IV Tempo di valse

〈時間就是金錢〉

完成日期——二〇一〇年八月

首次發表——《皇冠雜誌》685期

第十屆「倪匡科幻獎」三獎作品，初出其實是在比賽網站，但現在網站消失了，我只能確認差不多同一時期在《皇冠雜誌》有刊載過。這故事的理念很簡單，就是金錢和快樂其實跟時間一樣，多寡從來都是「相對」的。我本來沒打算在這兒闡明，只是坊間似乎有將本篇核心概念理解成「金錢到頭來還是很重要，至少要有幾百塊才能抱得美人歸」的微妙說法，我只好碎嘴一下吧。（笑）

雖然故事沒後續，但我覺得，假如為本篇加一篇「後日談」的話，立文大抵會在八十歲去世，但他死前十年的人生，會過得比以往七十年更精采、更充實。我深信就算活到古稀之年，一個人的頓悟還不會來得太遲，畢竟，時間是相對的嘛。

在此要特別鳴謝葉李華老師和國立交通大學圖書館，讓我無償取回本作版權。雖然倪匡科幻獎現已停辦，希望各位讀者仍繼續支持華文科幻小說的發展，讓更多作者投身科幻小說創作的行列。

「Tempo di valse」是「華爾滋的速度」。我想，人的一生就像一首華爾滋，有人華麗地轉圈，有人只能盲從其他舞者在舞池流動，可是不管華麗與否，終究只是一首華爾滋，有開始的一刻，也有完結的一瞬。曲子我選了德伏扎克（Dvořák）的《E大調弦樂小夜曲》第二樂章（Serenade for Strings in E Major, Op. 22, II. Tempo di valse）。

Étude.1

〈習作・一〉

完成日期——二〇一一年三月

未發表

我雖然很少遇上「缺乏靈感」的寫作障礙，卻不時碰到「缺乏手感」的麻煩——簡而言之，就是有覺得不錯的點子，卻無法寫得有趣或滿意。這些時候我會讓自己轉換心情，打開某個隨機選出五個莫名其妙的關鍵字的網站，拿這些關鍵字串連起來寫些亂七八糟的極短篇小說。我還規定自己必須依照次序讓關鍵字順序在文中出現。這些極短篇純屬遊戲之作，不過趁此機會，挑了三篇「比較像樣一點的」公開以饗讀者。

這篇沒有甚麼感想，純粹是覺得好玩而已。故事背景應該是歐美社會吧？「Etude」是「練習曲」的意思，因為是練習，所以就不配樂曲了。

Var.V Lento lugubre
〈作家出道殺人事件〉

完成日期——二〇〇九年五月
首次發表——《台灣推理作家協會會訊 2011》

早期實驗作品。因為想寫的是純本格推理的後設小說，所以特意抹去所有現實特徵，連人名也省下來，故事放在台灣、香港甚至韓國或日本都大概說得通（當然，放在歐美則不大合理，因為西方的新人作家想出道，主要找上的是經理人而不是出版社吧）。作中的作家名字、作品名稱都是隨便亂寫，這次修稿時看到當年寫的「S氏作品改編成電影，又翻譯成十二種文字外銷」也不禁嚇了一跳。因為科技進步的關係，這次追加了平面圖和示意圖。今天為推理小說的機關畫插圖真是比十年前輕鬆得多喔。

話說台灣推理作家協會在二〇一〇年辦了個會內交流比賽，主題是「不見血謀殺」，我便以此篇參加。我的想法是，「謀殺」不一定如字面般解讀成「奪去一個人的性命」，慫恿一個人犯下無可挽回的過錯、徹底摧毀他的人生亦是一種「謀殺」，而且往往比殺死對方更為殘忍。

「Lento lugubre」是「悲慟的緩板」，選曲是柴可夫斯基（Tchaikovsky）的《曼費德交響曲》第一樂章（Manfred Symphony, Op. 58, I. Lento lugubre）。

Var.VI Allegro patetico

〈必要的沉默〉

完成日期——二〇一四年四月

首次發表——facebook

記性好的香港讀者大概記得二〇一四年香港中學文憑試中文科卷二作文科出了一道備受爭議的試題，要求考生撰寫第一人稱自述「選擇沉默是正確的」的文章，有人質疑該題目是否有意向中學生灌輸「維穩」思想。忘了誰牽頭，總之當時香港網絡各界陷入了作文熱潮，每人也參一腳寫自己的版本，一時間全港創意大爆發，我也湊熱鬧在今天已荒廢了的 facebook 牆上寫上一篇。基於完整試題受版權法保護，無法在此記錄，但我想作文題目「必要的沉默」算是常見的語句，所以我就不避嫌，收錄本篇於此。試題有提供第一段要求考生續寫，這兒自然將該段刪去了——不過刪掉更好，我覺得試題中那個開首寫得有點、呃、土裡土氣。（出題的老師，得罪了）

「Allegro patetico」是「哀傷的快板」，配樂我選上李斯特（Liszt）的《十二首大練習曲》的D小調第四樂曲（12 Grandes Études, S. 137, No. 4 in D Minor, Allegro patetico）。

Var.VII Andante cantabile

〈今年的跨年夜，特別冷〉

完成日期——二〇一一年十二月

首次發表——facebook

二〇一一年我在明日工作室出版了好幾本中篇作品，當時出版社要求作家們年末在facebook或部落格弄一個串聯宣傳活動，撰寫應節的短篇或極短篇，於是我便寫了這篇小故事了。其實和我用來抓回手感用的練習極短篇風格很相似，只是沒有關鍵字綑綁。

「Andante cantabile」是「如歌的行板」。因為是愛情故事（啥？），所以挑選了膾炙人口的拉赫曼尼諾夫（Rachmaninoff）《帕格尼尼主題狂想曲》變奏第十八號樂曲（Rhapsody on a Theme of Paganini, Var.18. Andante cantabile）。主角抱著女孩，在公園長椅上等新年來臨，配上這首樂曲，不是浪漫得要死嗎？

……希望不至於令大家以後無法正視這首動人的樂曲吧……

Var.VIII Scherzo

〈加拉星第九號事件〉

完成日期——二〇一二年一月
首次發表——《台灣推理作家協會會訊 2012》

我在拙作《13．67》的後記提過，該作的第一章本來是參加台灣推理作家協會的內部交流比賽的，結果因為超過字數，於是留下來續寫成長篇，參賽的另外再寫。本篇就是「另外再寫」的那篇了。當年的題目是「安樂椅偵探」，但我在本篇裡想寫的題材卻遠超於這主題，結果變成「極北」的問題作。（笑）

本篇可以以幾個層面來解讀，表面上是一部隱喻社會與政治的科幻寓言，但實際上我想寫本格推理中的「後期昆恩問題」。「後期昆恩問題」詳細說明的話可以寫上萬餘字，故此暫且跳過，簡單解釋的話，就是由於偵探涉入案情導致角色不再處於局外，令讀者無法倚賴他獲取客觀公平的線索，從而推論出本格推理的「公平性」根本不完備，客觀的邏輯推理只是假象。我在本篇裡將偵探角色設定成作者代言人，他不需要推理，只是將線索串連起來便能輸出答案，可是在加入「將偵探自身當成線索」的一項條件後，所謂的「真相」便被逆轉。我不是要借本篇來解答「後期昆恩問題」，只是想製造條件，嘗試建基於「後期昆恩問題」創作出突顯出本格推理不完備性的本格推理故事。

再往深一層鑽下去，我在本篇還想寫劇情以外的新本格詭計。故事運用敘述性詭計當然是這層次的一部分，但更重要的是，我刻意在本篇裡迴避使用「人」這個字。「犯人」、「其他人」、「眾人」、「軍人」、「人員」、「人情」、「人工智能」等等全都不能寫，老實說，這簡直是自找麻煩，作品完成得很不容易，不過因為一開始便決定了這是一個「沒有人」的故事，所以有必要貫徹這個後設文字遊戲的始終。

最後補充一點：篇名使用「第九號」是因為我很喜歡一九五九年上映的著名科幻爛片《外太空九號計劃》（*Plan 9 from Outer Space*），算是一個小小的致敬。

「Scherzo」是「詼諧」，本篇配曲是蕭斯塔科維奇（Shostakovich）的《兩首弦樂八重奏》第二樂曲（Two pieces for String Octets, op.11, II. Scherzo）。本篇的故事背景配上搖擺於「屈從於國家體制」與「勇於挑戰意識框架」之間、既被譴責亦被褒揚的前蘇聯作曲家的作品，我想應該蠻有意思吧。

Var.IX Allegretto poco moderato

〈Ellie, My Love〉

完成日期——二〇一一年九月

首次發表——誠品站 http://stn.eslite.com/

可能因為我自小便看美劇，總覺得從夫妻恩怨發展而成的殺人案放諸西方社會比較有味道，於是這篇也循這個方向來寫了（縱使故事裡沒明言地域為何）。雖然我是日本樂團南方之星（Southern All Stars）的樂迷，但本篇的篇名只是信手拈來，跟樂團的同名歌曲內容無關……不過將人名換成日本姓名，場景放在湘南海岸好像也可以？

「Allegretto poco moderato」是……「稍快板略微中板」（這個有點難譯）。選曲是蕭斯塔科維奇的《多元化樂隊組曲》第七樂章「第二圓舞曲」（Suite for Variety Orchestra, Op.Posth., VII. Waltz No.2）。我可不是因為這首樂曲曾被用作某對荷里活影星夫妻合演的電影主題曲而選的，雖然感覺上真的很符合那種氣氛。附帶一提，這組曲一直被誤當成《第二號爵士樂團組曲》（Suite for Jazz Orchestra No.2），至今仍有不少唱片誤植。

Étude.2
〈習作・二〉

完成日期——二〇一八年一月

未發表

嗯，只是一篇有點科幻味的練習，沒有甚麼特別的。

Var.X Presto misterioso

〈咖啡與香煙〉

完成日期——二〇〇九年八月

未發表

本篇是寫來參加第九屆「倪匡科幻獎」，可惜只進入複選，沒入圍。某程度上，〈頭頂〉和本篇是同一題材（「身陷異常」）的變奏，不過創作手法與故事最終的著陸點卻南轅北轍。撰寫本後記時，加拿大剛實施大麻合法化，也許對很多人來說是一件不可思議的事——這令我們反思，一般國家法律禁止大麻、不禁絕成癮癥狀更嚴重的香煙，到底是出於冠冕堂皇的「為了人民健康」，還是牽涉到消費型社會中更廣泛的利益衝突而不得不妥協吧？

「Presto misterioso」是「神秘的急板」，配曲是阿根廷作曲家希納斯特拉（Ginastera）的《第一號鋼琴奏鳴曲》第二樂章（Piano Sonata No.1, Op. 22, II. Presto misterioso）。

Var.XI Allegretto malincolico

〈姊妹〉

完成日期——二〇一五年二月

首次發表——《Esquire 君子雜誌》

來自《Esquire 君子雜誌》的邀稿，不過我不清楚最後有沒有刊登，或是刊登在哪一期。因為寫給香港讀者，故事用上一些本土元素，諸如劏房、房價、地鐵等等，在地性有點強，所以本書的台版不得不加上一些注釋。本篇與〈Ellie, My Love〉是主題「姊妹與家庭」的變奏，而它們與〈窺伺藍色的藍〉更變奏自類同的故事構成。

「Allegretto malincolico」是「抑鬱的稍快板」，配上的樂曲是浦朗克（Poulenc）的《長笛奏鳴曲》第一樂章（Flute Sonata, FP164, I. Allegretto malincolico）。

Var.XII Allegretto giocoso

〈惡魔黨殺（怪）人事件〉

完成日期——二〇〇九年一月

首次發表——台灣推理夢工廠　http://mysteryfactory.pixnet.net/blog

因為想試試寫搞笑推理，於是寫了這篇。本來只是拿日本特撮片戲仿惡搞一下，結果還是加入了一些社會議題（？），變成另類的科幻諷刺小說了。話說我後來讀到日本漫畫家石黑正數的科幻推理漫畫《外天樓》，驚覺自己還是太稚嫩，《外天樓》那種才是揉合後設、推理、反推理、諷刺、科幻、戲仿、荒謬劇、喜劇、悲劇、人間劇的傑作啊。

「Allegretto giocoso」是「幽默的稍快板」，配本篇的選曲是約翰艾爾蘭（John Ireland）的《降

E大調鋼琴協奏曲》第三樂章（Piano Concerto in E-flat major, III. Allegretto giocoso）。

Var.XIII Allegro molto moderato

〈靈視〉

完成日期——二〇一八年六月

首次發表——《皇冠雜誌》774 期

來自《皇冠雜誌》的邀稿，主題也是「鬼」（跟《無形》的〈頭頂〉同期）。因為《皇冠雜誌》的刊載作品類型範疇較廣，所以這邊的風格比較靠近流行小說。這篇跟〈習作・一〉和〈必要的沉默〉是主旋律相同的變奏（「原來主角是〇〇」），同時亦跟〈聖誕老人謀殺案〉及〈頭頂〉以相同手法作變奏（「似乎是奇幻故事但無法確定」）。

「Allegro molto moderato」是「非常適度的快板」，選曲是佛瑞（Fauré）的《佩利亞斯與梅麗桑德》第三樂章「西西里舞曲」（Pelléas et Mélisande, Op. 80, III. Sicilienne）。

Étude.3

〈習作・三〉

完成日期——二〇一八年八月
未發表

餘味大概極差、背叛讀者期望的小作品。其實我想說的是，憑著不完整的資訊去選擇立場十分危險，但今天我們愈來愈容易因為片面的印象去支持或反對某些事情了。

Var.XIV Finale: Allegro moderato ma rubato

〈隱身的X〉

完成日期——二〇一〇年九月
首次發表——《九曲堂》創刊號

因為是寫給推理同人誌《九曲堂》的作品，所以故意加插了不少流行元素和吐槽，好讓故事活潑一點。其實我不止一次說過，我很討厭寫Whodunit的作品，因為不跳出框框（兇手在既定的疑犯之中）讀者可以憑直覺猜兇手，可是一旦跳出框架（兇手不在疑犯之內）讀者便會質疑公平性不足。本篇的創作目的，就是想看看可否將Whodunit「變奏」。在全書整體編排上，我想以一篇「討論本格推理小說的本格推理小說」作為短篇集的終章，就像披頭四以抽離的〈*A Day in the Life*〉為《*Sgt. Pepper's Lonely Hearts Club Band*》作總結，應該滿合適的吧。

「Finale: Allegro moderato ma rubato」是「終曲：自由發揮的中快板」，最後的配曲是布拉姆斯

（Brahms）的《第三號鋼琴奏鳴曲》第五樂章（Piano sonata no. 3, Op.5, V. Finale: Allegro moderato ma rubato）。

感謝讀到這兒的您，這篇後記長得過火，只是我無法刪減，必須一篇一篇留個記錄。期望將來能透過新作品與您再次碰面。

陳浩基

二〇一八年十月二十五日

第歐根尼變奏曲

The Diogenes Variations, Op.5

作者——陳浩基
編輯——阿丁
設計——曦成製本（陳曦成、焦泳琪）
插圖——陳浩基、曦成製本

出版——格子盒作室 gezi workstation
郵寄地址｜香港中環皇后大道 70 號卡佛大廈 1104 室
臉書｜www.facebook.com/gezibooks
電郵｜gezi.workstation@gmail.com
發行——一代匯集
聯絡地址｜九龍旺角塘尾道 64 號龍駒企業大廈 10B&D 室
電話｜2783-8102
傳真｜2396-0050
承印——美雅印刷製本有限公司
出版日期—2019 年 1 月（初版）
ISBN——978-988-78040-4-8
定價——HKD$108